Wie fast immer in ihren Werken geht es Luise Rinser auch in ihrem bislang jüngsten Band mit Tagebuch-Aufzeichnungen um die Opfer der Geschichte. Opfer begegnen ihr überall: Vertriebene, Flüchtlinge, Asylanten – Opfer einer zunehmenden Brutalisierung sind auch die Tiere, deren Seele und Heil die Aufmerksamkeit der Autorin gilt. Daneben und dazwischen Berichte der unermüdlich Reisenden, Anekdoten aus dem Alltag einer prominenten Schriftstellerin und Notate der kritischen Leserin Luise Rinser, für die Literatur bei aller Schärfe der intellektuellen Betrachtung vor allem durch ihre humane Dimension zählt. Faszinierend die immerwährende Lernbereitschaft von Luise Rinser, die Lernen als schmerzhaften Prozeß der Selbsterkenntnis begreift. Dies bestätigt sich an vielen Stellen ihres Tagebuchs auf die Jahre 1989 bis 1992; nicht zuletzt aus den Verletzungen, die Luise Rinser bei der nachdenklichen Betrachtung unserer Welt erfährt, wird der Leser zum Mit-Leiden aufgerufen – er soll in seiner unreflektierten Sicherheit aufgestört werden. Er darf sich freilich auch trösten lassen, so wie die Blumen und der treue Hund Unio in Rocca di Papa ein bißchen Hoffnung geben.

Luise Rinser wurde 1911 in Pitzling/Oberbayern geboren. 1941 erschien ihre Erzählung ›Die gläsernen Ringe‹; es folgen Berufsverbot und Verhaftung; nach Kriegsende eine Fülle von Veröffentlichungen; sie wurde unter anderem mit der Roswitha-Gedenkmedaille der Stadt Gandersheim und dem Heinrich-Mann-Preis der Akademie der Künste der DDR ausgezeichnet. Luise Rinser lebt in Rocca di Papa bei Rom.
Die Werke Luise Rinsers sind fast ausnahmslos bei S. Fischer und im Fischer Taschenbuch Verlag erschienen.

LUISE RINSER

Wir Heimatlosen

1989 bis 1992

FISCHER TASCHENBUCH VERLAG

Für Eugen Drewermann

Veröffentlicht im Fischer Taschenbuch Verlag GmbH,
Frankfurt am Main, Januar 1995

Lizenzausgabe mit freundlicher Genehmigung
des S. Fischer Verlags GmbH, Frankfurt am Main

Druck und Bindung: Clausen & Bosse, Leck
Printed in Germany
ISBN 3-596-12437-9

Gedruckt auf chlor- und säurefreiem Papier

STATT EINES VORWORTS

Wiener Colloquium, März 1991. Das Thema: Soll man Tagebuch schreiben? Törichte Frage. Überflüssige Tagung. Wer Tagebuch führen will, soll's tun, warum nicht? Aber wenn die Sache so simpel ist: Warum dann ein Colloquium darüber?
Ich frage mich, warum ich Tagebuch schreibe. Doch nicht bloß als Fingerübung. Es ist meine Art, Zeitgeschichte zu notieren, entweder in der Form der sachlichen Berichterstattung oder in jener der Reflexion. Genau gesagt in der Notierung meiner Gefühle und Gedanken beim Erleben der Zeitgeschichte.
Das Problem dabei: Wenn meine Tagesnotizen schließlich nach zwei, drei Jahren gedruckt vorliegen, ist die Aktualität bereits archivierte Geschichte. Wen interessiert's, was ich damals meinte, dachte, hoffte, fürchtete?
Anderes Problem: Ich habe einiges Politische geschrieben, das fast prophetischen Charakter hatte, jetzt aber simple, allgemeine Erfahrung ist. Ja, aber daß ich's lang voraussah, ist das nichts? Nun: Auch Thomas Mann schrieb in seinen oft sehr flüchtigen politischen Tagesnotizen vieles, was in seiner konsequent durchgehaltenen Berichterstattung heute als Zeitchronik wirkt und in seiner zeitnahen Spontaneität zur Bestätigung oder Korrektur dessen dient, was man uns heute als Geschichte vorsetzt. Nirgendwo sonst, zum Beispiel, las ich, was der Durchschnittsamerikaner über die Wiederbewaffnung Westdeutschlands nach 1945 dachte. Nirgendwo sonst wurde mir so klar, daß man 1950 in den USA statt des Kalten Krieges den neuen heißen, den dritten Weltkrieg erwartete. Auch der Wahnsinn der McCarthy-Ära mit ihrer Hexenverfolgung der Kommunisten wird durch den ziemlich objektiven Thomas Mann lebendige Wirklichkeit. Und so fort. So könnten auch meine

fragmentarischen Notizen später die Rolle einer Ergänzung zur Zeitgeschichte spielen, mitsamt den Irrtümern, die, wer weiß, sich in noch späteren Zeiten als intelligente Vorausschau erweisen.

Viele Kapitel meines Tagebuchs kamen zustande durch Umfragen der Medien zu politischen Zeitereignissen, die leichthin zu beantworten mir als unerlaubte Oberflächlichkeit und Ausdruck von Inkompetenz erschien; im Tagebuch schlug sich die Antwort nieder als Reflexion. Bisweilen sind die Notizen Ersatz für zornige Briefe an politische und kirchliche Autoritäten, die Unverantwortliches, ja, Menschenfeindliches schwätzen. Andere Kapitel bezeugen meine Untröstlichkeit über das Elend unserer Zeit, viele auch mein Mitleiden mit jeder geschundenen Kreatur, Mensch, Tier, Pflanze.

Nicht alle meine Tagebuchblätter übergebe ich der Öffentlichkeit, weil ich meine, sie seien entweder nicht interessant genug oder sie seien allzu privat. Freilich sage ich mir, daß auch das Private einen gewissen Allgemeinwert hat, denn meine Leiden sind ja die Reaktion auf Erlebnisse, die uns alle angehen. Darum wage ich auch bisweilen eine Preisgabe meiner privaten Gefühle, auch meiner Schuldgefühle. Warum nicht?

Im Wiener Colloquium wurde darüber diskutiert, ob das Tagebuchschreiben nicht eine Art Nabelschau sei, eine Art Autismus, eine Verführung zur Beschäftigung mit sich selbst. Andererseits sei es der Ersatz für das Gespräch mit Mitmenschen, die sich solchen Gesprächen verweigern.

Die therapeutische Wirkung des Tagebuchschreibens. Oft bekomme ich Leserbriefe, die nichts anderes sind als Tagebuchblätter, manchmal sogar ganze Hefte voll solcher Notizen, bisweilen anonym. Da steht dann: »Ich habe niemand, mit dem ich reden kann über das, was mich wirklich bewegt und quält. Eine Antwort wird nicht erwartet.« Auch das Tagebuch antwortet nicht.

Für mich ist das Tagebuchschreiben nicht nur, aber auch eine Art literarischer oder doch journalistischer Fingerübung. Freilich sind viele der Blätter nur flüchtige Aufzeichnungen, und beim Wiederlesen erscheint mir vieles, an strengeren literarischen Maßstäben gemessen, unzulänglich. Aber ein Tagebuch ist kein Essayband, und es verlöre seinen besonderen Charakter des Spontanen, wenn man es sorgfältig ausfeilte. So mag's denn hinausgehen, wie es eben, seiner Gattung entsprechend, nun einmal ist.

1989

Stanislaw Łem, der satirische Pole, schreibt: »Von der Mehrzahl der Werke bleiben nur die Zitate übrig. Ist es dann nicht besser, von Anfang an nur die Zitate aufzuschreiben?«
Ich sage: Von der Mehrzahl der Werke bleiben nur die Titel übrig. Ist es da nicht besser, nur die Titel aufzuschreiben? Meine Titel habe ich immer für das Schönste an meinen Büchern gehalten.

Weimar, Januar 1989. Einladung vom Börsenverein des Deutschen Buchhandels, zur Eröffnung der Buchausstellung in Weimar zu lesen. Ich sage gerne zu. Dieses Mal trifft sich's, daß zur selben Zeit ein weiteres Buch von mir in der DDR erscheint.
Morgenfahrt im Verlagsauto Berlin–Weimar. Da noch alle Bäume winterkahl sind, sehe ich die Verheerungen der Wälder nicht. Aber ich weiß sie. Seit vielen Jahren weiß ich, was da geschieht.
In Weimar wieder im »Elephant«. Geschichtsträchtiges Haus. Thomas Manns ›Lotte in Weimar‹. Um elf Uhr die Eröffnung der Ausstellung Ost-West. Ansprachen. Mittagessen. Besonders netter, gebildeter Oberbürgermeister, bei dem ich nachmittags zum Tee im Rathaus eingeladen war. Sehr lustiger, witziger Mann. Soweit alles gut. Dann die Enttäuschung. Ich hatte in den Jahren, in denen ich in der DDR las, immer große Säle. Man weiß, wie viele Hörer kommen, besonders junge. Vor dem Eingang zum Gebäude Schlangen von jungen Leuten, die, als sie mich sehen, auf mich zustürmen. Ich höre: keine Karten mehr, alles vorher verschoben, keine Bücher, alles nur für die Bonzen. Wir kommen eigens aus Jena, aus... weither...

Die Veranstalter ziehen mich rasch in den Saal. Ich rebelliere. Man läßt noch eine Gruppe ein, dann wird endgültig geschlossen. Der Saal ist lächerlich klein. 300 Plätze. Es gäbe viel mehr, ließe man die jungen Leute auf dem Boden sitzen. Draußen Protestrufe. Es klingt nach echter Demonstration. Warum dieser kleine Saal? Ich sah doch beim Betreten des Hauses einen großen Saal. Warum nicht der? »Weil die Kronleuchter nicht mehr festhalten, es ist gefährlich.« (Sie sind heruntergelassen.) Ich lache zornig. Ehe ich zu lesen beginne, eine Mädchenstimme: »Frau R., Sie tun so viel für Minderheiten. Warum tun Sie nichts für uns?« Ich stelle mich so, als verstünde ich, daß ich den draußen Wartenden Einlaß verschaffen sollte. Aber natürlich verstehe ich sehr gut, was gemeint ist. Ich kann jetzt nicht sagen, was alles ich schon versucht habe, zum Beispiel in meinem Brief an Honecker. Ich beginne zu lesen, aber mir stekken die Worte im Hals. Was kann ich tun, was denn? Nichts. Nichts. Engagiere ich mich zu sehr, darf ich nicht mehr in die DDR. Aber die Leute wollen mich haben. Nun: Fürs nächste Mal fordere ich einen großen Saal. Das wenigstens.
Nachher: Regen. Regen, kein Platz in einem Restaurant, und überhaupt gibt's nach 10 Uhr nichts mehr, auch kein Brot. Der katholische Propst nimmt uns mit in seinen schönen alten Pfarrhof. Es gibt zu essen und zu trinken, es gibt Gespräche bis weit über Mitternacht. Wichtige Gespräche. Offen. Aufschlußreich. Hier wird nicht gehässig rebelliert, hier werden Vorschläge gemacht. Wer hört sie? Hier werden mir auch Vorurteile, verursacht von westlichen Falschmeldungen, sachlich korrigiert. Am nächsten Tag zurück nach Berlin. Noch jetzt, nach drei Monaten, habe ich, denke ich an jenen Leseabend, ein bedrücktes Herz.

Eine wahrlich moderne Geschichte. Bei den Wahlen in Rom gab es viele Probleme. Entweder wurde absichtlich geschwindelt oder aber die Computer haben schlecht gearbeitet. Wie auch immer: denkbar eine Geschichte, in der ein Computer betrügt und vor Gericht gestellt wird...

Bewegende Lektüre: Tennessee Williams' ›Memoiren‹. Er war in den sechziger Jahren DER Bühnenautor. ›Die Katze auf dem heißen Blechdach‹, vor allem ›Die Glasmenagerie‹ und ›Endstation Sehnsucht‹. Alle großen Schauspieler rissen sich um Rollen in diesen Stücken: Liz Taylor, Marianne Hoppe, Bette Davis, Ava Gardner, Richard Burton, Paul Newman, Marlon Brando, Burt Lancaster und die große Anna Magnani. Ein ungeheuer erfolgreicher Autor. Ein ungeheuer trauriger Mensch. Homosexuell auch, und so depressiv, daß er schließlich nur mehr mit Drogen arbeiten konnte, mit sehr schweren. Er schreibt es. Er ist erschütternd aufrichtig. Er schleudert seine Konfession hinaus, ohne daß sie (mich) schockiert. Er schreibt von andern Autoren und ihren Drogen: Faulkner, der Whisky soff, Cocteau, der nur unter Opiaten schöpferisch war, und viele, viele andere. An Stendhals Wort zu denken: »Nur in kranken Muscheln finden sich Perlen.« Perlen sind die Krankheit der Muscheln.
Tennessee Williams' Klinikaufenthalt.
»Die Frage, was auf dieser Welt noch als geistig gesund durchgeht, könnte anhand zahlloser Beispiele weiterverfolgt werden.«
Seine Beschäftigung mit dem Tod. Er zitiert aus einem Buch: »Ein Sterbender braucht den Tod wie ein sehr müder Mensch den Schlaf.« Und er zitiert sich selbst aus dem Stück ›Die Katze auf dem heißen Blechdach‹: »Ein Schwein quiekt, wenn es sterben muß, der Mensch jedoch hat die

Möglichkeit, die Schnauze zu halten.« Er zitiert auch einen Japaner, der an die Wiedergeburt glaubt. Er selbst will nichts als ewiges Vergessen. Aber »mit dieser Abkehr vom Glauben ein Menschenleben lang zu leben ist schrecklich. Man hat mir erzählt, daß alle Geraden sich in der Unendlichkeit krümmen. Nun, eine gekrümmte Linie kann sich schließlich bis zu ihrem Anfang zurückkrümmen, was so etwas wie Wiedergeburt bedeuten könnte. Doch welch lange, endlos lange Wartezeit... So bleibt uns letzten Endes nur der schlichte Glaube unserer Kindheit, oder – was sonst?... Diese fernöstliche Praktik, sich mit dem Ende des eigenen Seins auszusöhnen, hat auch für mich etwas höchst Reizvolles, doch ich bin zu sehr ein Geschöpf des Westens, um ohne Opiumpfeife Gewinn daraus zu ziehen. Was bleibt mir anderes, als dem unaufhaltsamen, kaum hörbaren Steigen der Todesflut zu lauschen und meiner Natur so viel an Mut abzufordern, als ihr eingeboren ist.«

Der Schluß des Buches: »Schließlich erringt man sich eine hohe Stellung im Leben nicht zuletzt durch die aufrechte Haltung, mit der man schreckliche Schicksalsschläge hinnimmt und überlebt.«

Wichtiger Satz: »Wenn du nicht du selbst sein kannst, was hat es dann für einen Sinn, überhaupt etwas zu sein?«

Manche Stellen des Buches trieben mir Tränen in die Augen, so wenn er von seiner Begegnung mit Faulkner erzählt, der in Gesellschaft kein Wort sprach, sondern mit niedergeschlagenen Augen dabeisaß. »Schließlich hob er ein einziges Mal den Blick, um mir auf eine direkte Frage zu antworten, und der Ausdruck in seinen Augen war so furchtbar, so traurig, daß ich weinen mußte.«

Ich denke: Wenn unsere Leser wüßten, wie gefährlich es ist, Schriftsteller zu sein, wie ausgesetzt man lebt. Und da schicken mir junge Leute ihre Manuskripte und wollen Schriftsteller sein und haben keine Ahnung, daß ihnen die

Schattenseite fehlt, oder, falls sie sie haben, ob sie die lebenslange Zerreißprobe bestehen.
Tennessee Williams schreibt: »Was uns am allermeisten not tut, ist eine neue Moral.«
Wie sie sein soll, sagt er nicht. An dieser Stelle nicht. Aber an andern Stellen und zwischen den Zeilen steht es doch. Was er meint, ist nicht »Moral«. Er meint Religion, und Religion ist nichts anderes als Liebe zu allem und jedem, zum Ganzen, zum Sein und allem Seienden.

Großes Geschenk einer Sterbenden (Gisela Reich – Fernsehregisseurin, die den schönen Film über mich fürs Stuttgarter Fernsehen gemacht hat).
Jetzt ist sie endlich erlöst. Ihr letzter Brief ist vom 2. November 88. Sie gab sich noch wenige Wochen. Sie lebte bis Mitte Februar. Krebs. Operation, Chemotherapie. Danach acht schöne Lebens- und Arbeitsmonate, dann der Rückfall, das Ende vor Augen.
Ihr Brief: »Wie ein Wunder kam Dein ›Wachsender Mond‹ in mein Krankenzimmer. Darin lese ich, mit diesem Buch findet die schönste Tages-Abendstunde statt. Wie fühle ich mich beschenkt durch Dich... Jetzt verabschiede ich mich mit einer kleinen Traurigkeit von Dir, leb wohl, woanders. Jetzt habe ich noch an alle meine Freunde Dein Buch verschenkt.«
Mein Erschrecken über die Nachricht. Doppeltes Erschrekken: über das nahe Ende dieser ungewöhnlichen und schönen Frau und darüber, daß ich etwas schrieb, was im Angesicht des Todes standhält.
PS: Im August 1991 wurde der Film wiederholt. Eine Anzahl von Telefonaten und Briefen sagt, wie schön dieser Film sei. Danke, Gisela! So waren wir denn wieder beisammen!

So war das 1935. Beim Kramen in alten Briefen fand ich eine Postkarte Ernst Wiecherts vom 14. 10. 1935 an mich: »Verehrtes Fräulein Rinser, ich bin unmittelbar vor Beginn einer langen Vortragsreise und kann Ihnen nur mit diesen wenigen Worten für Ihren Brief danken. Es ist schön, daß Sie [in] der Stille erkannt haben, und mir ist es schön, zu sehen, daß alle Deutschen guten Willens eine Gemeinde bilden. Mit herzlichen Wünschen, Ihr E. W.«
Ob die »lange Vortragsreise« jene ins KZ Buchenwald war, die er vorauswußte, nachdem er an der Universität München seine ungeheuer mutige antifaschistische Rede an die Studenten gehalten hatte und die ihn tatsächlich ins KZ brachte? Jedenfalls: Ich muß ihm Zustimmendes zu dieser Rede geschrieben haben, mutig auch ich, denn ich war mir damals schon bewußt, daß die Korrespondenz politisch verdächtiger Personen überwacht wurde. Es freut mich, diese Karte gefunden zu haben.

Zur modernen Physik. Aus einem Gespräch Thomas Manns mit dem Dichter Wolfskehl (1934), was denn das 20. Jahrhundert gegen das unterschätzte 19. aufzuweisen habe: »Es sei das neue und allerwichtigste Leben in der theoretischen Physik, das kosmische Weltbild, bei dessen Neu-Konzipierung ein eigenartiges Souveränwerden des Menschen hervortrete. Was eigentlich vorgehe könne man nur von jungen Physikern erfahren.«
Thomas Mann fügt hinzu, »daß man dies mit der neuen Anthropologie, allem neuen Wissen vom Menschen zusammensehen müsse, denn damit zusammen werde es die Grundlage und das Pathos des neuen Humanismus bilden, der hinter aller Verwilderung sich in den Besten vorbereite«.

Fahrt zum Leuchtturm. Intervall zwischen zwei Arbeiten. Ich erlaube mir einen freien Tag. Um mein schlechtes Gewissen zu beruhigen, setze ich der Fahrt zum Meer Ziel und Zweck: Ich muß (will) Stephans Meerhaus in Terracina kontrollieren. Alles in Ordnung. Nichts ist in Ordnung: Stephan ist ja nicht da, wie sollte er auch, im Februar kann er doch nicht hier wohnen.

Der Strand ist leer. Keine Cola-Dose, kein vermoderter Liegestuhl, kein verrostetes Gestänge eines Sonnenschirms, nichts. Auch keine Spur von Menschenfüßen oder Hundepfoten. Francos Fischerkahn steckt kieloben im Sand. Das Meer winterlich abweisend, fremd, es erinnert sich nicht an den Sommer und nicht an die Menschen. Es ist für sich allein und zu groß für mich. Ich ertrage es nicht. Heute nicht.

Also Heimfahrt, aber den traditionellen Umweg über Felice Circeo will ich doch machen. Circeo: Homers Odysseus entging der Verzauberung der Circe. Was für eine klassische Landschaft. Hier beginnt der Frühling immer schon Ende Januar. Wirklich: Die Kirschen blühen, die Mimosen, die Mandeln. Die Sonne, schwach noch, verstreut Goldstaub übers Meer. Schön, ja, doch. Aber die Häuser sind verwaist. Das Ristorante geschlossen. Triste das alles. Nichts wie heimfahren.

Da kommt ein Auto. Es fährt vors Tor des Leuchtturms. Ein Mann mittleren Alters schließt auf. Überm Tor steht »zona militare«. Wir schauen uns an, einander abschätzend, dann freundlich. Wir suchen nach einem Anfangswort. Es findet sich. Ob er immer hier lebe im Leuchtturm, und wie lebt man so... Er greift das Wort hungrig auf, er will reden, er freut sich zu reden. Ich sage: »Es gibt einen englischen Roman mit dem Titel ›Die Fahrt zum Leuchtturm‹.« Er sagt: »Ja, er ist von Virginia Woolf, und die Leute kamen nie zum Leuchtturm.« Wie? Er kennt das Buch? Freilich. Er liest viel, was soll man sonst tun hier so allein, immer im Gärt-

chen arbeiten und kleine Möbel schreinern, das geht nicht, also liest er. Er kennt auch mindestens sechs Romane von Joseph Conrad, seinem Lieblingsautor. Er zeigt mir seine Behausung, »zona militare«, freilich, für mich also eigentlich verbotenes Gelände, aber...
Es ist schön da oben, hoch über den Klippen, jedoch der Verputz an den Mauern blättert ab und durch die Decke sickert Feuchtigkeit, »das Militär vergißt uns...«
Wir beschließen, uns wiederzusehen. Ich werde ihm Bücher bringen, ins Italienische übersetzte, zum Beispiel Hemingways ›Der alte Mann und das Meer‹ oder was sonst mir passend scheint.
Auf der Heimfahrt bin ich auf sonderbare Weise glücklich.

Die Schönheit der Geduld oder die Geduld der Schönheit. Mein kleiner Magnolienbaum hat viele Knospen. Sie sind noch kaum zu erkennen im Laub, denn die Blätter sind an der Oberseite glänzend grün, aber an den Unterseiten goldbraun. Die Knospen sind zuerst ebenfalls braun. Sie fühlen sich nicht glatt an, sondern wie mit einem ganz zarten Pelz bedeckt. Schutz vor Tierfraß. Die Knospen stehen aufrecht und erinnern an birnenförmige Kerzen. So bleiben sie für runde zwei Wochen. Nichts bewegt sich. Nichts deutet darauf hin, daß da insgeheim Leben am Werk ist. Man muß schon sehr genau beobachten, um zu sehen, daß sich die braunen Kerzen täglich um ein kaum Merkliches nach oben strecken. Eines Tages zeigt sich ein Sprung im Braun, ein schmaler hellgrüner Streifen erscheint. Wieder verharrt das Leben in diesem Zustand. Geht's denn nicht weiter? Geduld, Geduld. Wird der hellgrüne Streifen nicht breiter, die Knospe nicht dicker? Eine Schwangerschaft, man kann sie nicht beschleunigen. Aber von einem bestimmten Zeitpunkt an erkennt man, daß der hellgrüne Streifen sich sehr merklich verbreitert hat. Und schließlich zeigt sich, daß das Hellgrüne kein Deckblatt ist, sondern die noch zusammengefaltete Blüte. Und dann geschieht das Wunder: Die Blüte beginnt sich zu offenbaren. Sie ist weiß, elfenbeinweiß und glatt wie Alabaster, und sie verströmt einen zarten Duft, sie faltet sich auseinander zu einem weißen Stern mit einem gelben Stern in der Mitte: die Staubgefäße, die auf einem roten Stempel sitzen. Der Duft wird stärker, ein Duft nach Vanille wie ein exotisches Parfum. Wenn ein Baum viele Blüten hat, wird der Duft zu schwer, zu süß, wie ein heimliches Narkotikum. Die Pracht dauert nicht länger als zwei, drei Tage. Dann senken sich die Blütenblätter nach unten und färben sich braun, ein helles Mahagonybraun, der Stempel läßt die Staubfäden auf die welken Blütenblätter fallen und zeigt sich nackt als ein rötlicher Strunk. Das ist übrig von der königlichen Pracht. Aber eben das bleibt. Es bleibt monatelang. Ein aufrecht stehender braun-roter holziger Zapfen, schön auch er. Die Blüte, auf die hin das Leben so lang gearbeitet hat, ist dahin. Was übrig bleibt, ist nicht eßbar und dient zu nichts, anders als die Fichtenzapfen etwa, die im Kamin gutes Feuer geben. Wozu also der Aufwand? Nur dies zählt: Die Schönheit der reinen Verschwendung. Die Schönheit des Vergänglichen. Ich setze ihr ein Denkmal aus Worten der Dankbarkeit.

Die wahrhafte Liebe. Im TV gesehen, kein Fernsehspiel, keine Fiktion, sondern Realität: zwei Männer, homosexuelle Freunde. Der eine scheint verheiratet zu sein. Er erkrankt an AIDS, die Familie zieht sich zurück, der Freund bleibt bei ihm. Die Phasen des Krankheitsverlaufs sind gefilmt worden, sie werden gezeigt. Der Kranke verfällt von Bild zu Bild, der Freund steht ihm unverbrüchlich und angstlos bei. Die körperliche Liebe hilft. Schließlich aber ist der Kranke ein Sterbender. Der Freund liegt bei ihm im Bett, ihn umarmend, dann geht er für kurze Zeit. Der

andere stirbt indessen. Der Freund kommt zurück, er findet den Toten. Seine Worte: »Wäre ich doch eine Stunde länger in seinem Bett geblieben.«
Er hat sich angesteckt, das hat er erwartet.
Keine ausgedachte Geschichte. Ich wiederhole: Wirklichkeit, brutal, ungeheuer schön.
»Treu bis in den Tod«, vom Schicksal beim Wort genommen.

Zufall? Nein. Mittag gegen zwei, wenn ich, nach 5 Stunden Arbeit, ein wenig schlafen möchte, habe ich es nicht sehr gern, wenn Besucher mich wecken. Ich gehe dann, meinen Ärger verschluckend, aber doch nicht sehr freundlich (weil müde) ans Gartentor. Diesmal diskutiert mein Hausmeister mit einem Paar, das sich, resigniert, zum Gehen wendet. Ich rufe die beiden zurück. Was wünschen Sie denn? Der Mann in Deutsch mit hartem slawischem Akzent entschuldigt sich: Wir wollen ja gar nicht stören, wir wollten nur wissen, wo Sie wohnen. Wir haben stundenlang gesucht. Wir haben Ihre Autobiographie gelesen.
Nun gut, kommen Sie herein, wenn Sie schon da sind. Ein interessantes Paar: er, russischer Jude, ein sehr bekannter Cellist, sie, Schweizerin, ebenfalls. Nach fünf Minuten sind wir tief im Gespräch über Musik und dann über sein Emigrantenleben: Moskau, Israel, Rom-Ostia. Ich erinnere mich, vor Jahren hörte ich von dieser Sache: Diese russischen Juden hatten (unter Breshnew) endlich die Erlaubnis zur Auswanderung nach Israel bekommen. Keiner von ihnen wollte in Israel bleiben, sie wollten zu Verwandten in die USA oder nach Kanada oder Australien. Israel wollte sie nicht wieder gehen lassen. Begreiflich: Der Staat hatte ihnen ein Startkapital gegeben. Wollten sie gehen, mußten sie es zurückzahlen, auf jeden Fall es zuerst abarbeiten. Schließlich ließ man sie ziehen, mit einem Sonderpaß für

ein Jahr, mit einem Sondervisum für Italien und ohne Geld. Da saßen sie nun und kamen nicht weiter. Sie hatten schrecklich ärmliche, feuchte Quartiere in Ostia, viele waren krank, mittellos und hatten keine Arbeitserlaubnis. Ich hörte davon und fuhr hin mit einer Russisch-Dolmetscherin. Ich war empört und erschüttert. Ich schrieb darüber für den ›Spiegel‹, ich lief zum Oberrabbiner in Rom, ich ging zur US-Botschaft, zur Deutschen Botschaft, ich weiß nicht mehr, wohin sonst noch. Ich war für Wochen zornig beschäftigt. Endlich hörte ich, sie seien ausgereist. Mein Besucher sagt sehr ruhig: Ich war unter jenen Juden in Ostia, denen Sie halfen.
Wir sind bestürzt über dieses Zusammentreffen.
Was für eine Fügung. Wer redet da von Zufall?
Der Cellist heißt Marc Varshavsky.
PS 1991: Er hat, mit seiner Schweizer Frau Christine Lacoste bei dem Fest, das der S. Fischer Verlag an meinem 80. Geburtstag im Schloßhotel Kronberg gab, gespielt.

Die Jenseits-Mode. Im TV läuft schon lange eine Serie: ›Autostop per il cielo‹. Zwei »Jenseitige« (keine Engel, sondern in den »Himmel« aufgenommene Menschen) haben von ihrem »Chef« den Auftrag (oder die Erlaubnis), für eine Weile auf die Erde zurückzukehren, um Menschen zu helfen. Sie sehen aus wie normale Leute. Meist erscheinen sie als Arbeiter. Niemand erkennt sie als »Außer-Irdische«. Sie selbst geben kein Zeichen ihrer hohen Herkunft. Und doch sind sie nicht ganz »von hier«, der Regisseur läßt das bisweilen fühlen.
Der Hauptdarsteller ist durchaus glaubhaft in seiner irdisch-unirdischen Rolle. Es ist lustig, wenn er von seinem Chef spricht und niemand weiß, daß er von Gott redet. Der Film ist nicht gut, und doch: Er rührt einen seltsam an. Er rührt etwas im Zuschauer an. Was denn? Das archetypische

Wissen von Engeln oder doch von seligen Abgeschiedenen, die am Leben der Erdenmenschen mitleidvoll teilnehmen. Mich erinnert das an eine buddhistische Erzählung: Ein Mann sagt, er sehne sich danach, dem Buddha zu begegnen; ein anderer sagt: Geh auf den Markt, dort ist er. Wie kann ich ihn denn erkennen? Die Antwort: Jeder alte Bettler, jedes Kind, jedes Tier IST Buddha.

Zurück zum Film: In der gestrigen Sendung leidet unser Held so sehr unter irdischen Geschehnissen, daß er gegen seinen Chef revoltiert. Das heißt: Er verliert nicht etwa seinen Glauben, sondern eben weil er glaubt, empört er sich. Aber der Chef weiß, wie ihm zu helfen ist: Er stellt ihn vor eine neue Aufgabe, er schickt ihn ans Meer, wo ein verzweifeltes Mädchen dabei ist, sich zu ertränken. Natürlich muß der Irdisch-Überirdische sie retten und bleibt so selbst am Leben. Der Zuschauer hat, man weiß nicht wieso, den Verdacht, das Mädchen sei »von oben« geschickt. Es ist so. Es gibt sich zu erkennen als die sehr früh verstorbene Frau des Retters. Nun: Das ist Kitsch und doch wieder nicht. Vom Standpunkt der Literatur und Filmkunst aus ist's Kitsch. Von einem andern aus gesehen ist's – ja was denn? Zumindest ein Gegengift gegen Gewalt- und Horrorfilme. Zumindest. Zu zeigen, daß die Welt nicht vom Teufel regiert wird, sondern daß Außerirdische hilfreich eingreifen, das ist schon gut.

Was der Film ausspricht, ist unsre Sehnsucht nach der Verbindung mit »der andern Welt«. Und das ist ein bedeutendes Anliegen.

Tolstoj in seinem Tagebuch von 1890. Die Wissenschaft lehrt uns, die Natur zu besiegen, sie vermag die Produktivität bis ins Endlose zu steigern, sie kann die Niagarafälle, die Flüsse und den Wind zwingen, Elektrizität zu liefern und für uns zu arbeiten.

Aber, fügt er hinzu, keine Steigerung der Produktivität und keine Vermehrung der Reichtümer kann den Anteil der unteren Klassen erhöhen. Im Gegenteil, die Steigerung der Produktivität und die immer größere Beherrschung der Naturkräfte liefert den oberen Klassen, die an der Macht sind, noch größere Möglichkeiten, alle Güter für sich zu behalten. Jeder Versuch der unteren Klassen, die Reichen zur Teilung mit ihnen zu zwingen (Revolutionen, Streik), löst Kampf aus. Kampf ist nutzlose Vergeudung von Reichtümern.
Zum Problem der Dritten Welt heißt es: Man nimmt den Reichen einen kleinen Teil weg und wirft ihn in den bodenlosen Abgrund der Armut. 1893 schreibt er über abgehauene Wälder und unfruchtbar gemachte Äcker. Und all das wird die Wissenschaft durch künstlichen, elektrisch erzeugten Regen wieder in Ordnung bringen. 98 % werden sie vernichten und 2 % wiederherstellen.

Gründonnerstag. Jeschua auf dem Ölberg. Nie vorher, auch nicht als ich ›Mirjam‹ schrieb, kam mir in den Sinn, diese Geschichte einmal ganz menschlich zu sehen, ganz nah gerückt, frei von jedem Klischee und ohne Angst davor, ein Tabu zu verletzen.
Jeschua war ein Mensch. Daß er »der Mensch an sich« war, der höchstentwickelte, so hoch, daß er ganz und gar »göttlich« war, wissen oder glauben wir. Lassen wir es ein wenig beiseite. Jeschua als Mensch war von Geburt an Bürger eines irdischen Staates und hatte als solcher staatsbürgerliche Pflichten. Dazu gehörte die Verteidigung seines Vaterlands, das von den heidnischen römischen Kolonisatoren, den einheimischen reichen Aristokraten und der potenten Priesterkaste unterdrückt wurde. Jehuda (Judas) stammte aus dem revolutionären kriegerischen Clan der Makkabäer. Er war sich seiner staatsbürgerlichen Pflicht

leidenschaftlich bewußt. Für ihn gab es nur eine Aufgabe: sein Land zu befreien. Eine nicht nur politische, sondern auch religiöse Aufgabe, denn Israel war ein »Gottesstaat«, in dem Politik und Religion eins waren. Jehuda sah in Jeschua den »Messias«, den Gottgesandten, den Befreier. Jeschua übernahm diese Rolle nicht, denn sie zu übernehmen hätte geheißen: mit der Gewalt paktieren. Das aber verbot ihm seine hohe Einsicht und seine das Irdisch-Politische übersteigende weltenweite Friedensaufgabe. Jehuda in heilig-politischem Zorn sah in ihm den Verräter an der brennenden vaterländischen Pflicht. Außerdem sah er sich getäuscht in seinem feurigen Glauben, Jeschua sei wirklich der Messias, der Retter der Juden. Und Jeschua selbst? Sehen wir ihn auf dem Ölberg. Die Evangelien vermitteln den Eindruck, als habe er »Blut geschwitzt« aus Angst vor dem bevorstehenden Leiden und Tod. Lächerlich: Als hätte ein Mann wie er Angst gehabt vor Leiden und Tod. So benimmt sich nicht einmal ein normaler tapferer Soldat oder ein zum Tod verurteilter politischer Widerstandskämpfer. Was also? Jeschua fand sich in jener Nacht in einer schrecklichen Lage. Ich stelle mir vor, daß die Versuchung, die ihn bedrängte, weit heftiger war als jene andere, in der ihm vom Weltendämon die Macht angeboten wurde, »Steine in Brot zu verwandeln« (Schwarze Magie). Am Ölberg war die Versuchung viel subtiler und zugleich schärfer, und sie kam direkt aus seinem eigenen Innern. »Ich lehne meine Mitwirkung an der Befreiung meines Volkes ab, des Gottesvolkes, des Lieblingsvolks meines ewigen Vaters. Ich bin ein Abtrünniger. Ein Deserteur. Ein Verräter an der historischen Aufgabe Israels. Es ist meine Schuld, wenn Palästina von den Römern besetzt bleibt, es ist meine Schuld, wenn mein Volk besiegt und verschleppt wird für zweitausend Jahre, es ist meine Schuld, wenn um dieses Land hier blutig gekämpft wird, weil von heute an Unordnung, Kampf und Mord hier herr-

schen werden. Meine Schuld, meine Schuld...« Und da schwitzte er Blut.
Seine menschliche Person und seine göttliche im Widerstreit. Seine Entscheidung: die Entscheidung über das Schicksal seines eigenen Volks und das vieler anderer Völker. Mehr: über das Schicksal der Welt. Der Mensch Jeschua, der zur Waffe griffe, verriete ein für alle Male den göttlichen Friedensgeist. Was für ein Kampf. Und seine Jünger schlafen. Er war ganz und gar allein.
Aber als er am Ende seiner Kraft war, »kam ein Engel und reichte ihm zu trinken«.
Diese Szene am Gründonnerstagabend zu meditieren und dabei die israelische Realität von heute zu bedenken, macht mich frieren. Aus der Tiefe des Weltzeitraums weht ein eisiger Wind – die Frage: War Jeschuas Tod vergeblich?

Freudige Ereignisse. 10. April: Die erste rote Kletterrose ist aufgeblüht. Der Wiedehopf kam ans Fenster. Zwei reizende bunte Buchfinken, ein Pärchen, kommen ohne Angst auf die Terrasse, ganz nahe ans Fenster. Der Kuckuck ruft seit Tagen. Die Nachtigall schlug gestern zum erstenmal. Zwei Eidechsen haben sich vor meinem Terrassenfenster gepaart (ich freue mich auf die Jungen). Die rosa Päonien sind voll aufgeblüht und erinnern in ihrer bizarren Grazie an Japan. Am Morgen, sehr früh, in der Dämmerung, ein leidenschaftliches Vogelkonzert, viele Amseln (im Juni holen sie alle Kirschen von den Bäumen, sollen sie; dafür singen sie jetzt).
Gestern abend im Garten, nach der Rückkehr aus Rom: die Stille und die reine Luft, voller Düfte nach Glyzinien, frisch gemähtem Gras, Apfelblüte und Weißdorn.
Daß ich hier leben darf!
T. sagt: Das hast du dir doch selbst geschaffen und mit vieler Arbeit und vielen Leiden verdient.

Schon, schon, das auch. Aber was heißt »verdient«? Alles ist Geschenk, auch dies, daß ich »verdienen« durfte. Alles erfüllt mich mit Dank.
Dank an wen? Muß ich's wissen?
In Worte gefaßt, verlieren sie ihre magische Kraft.

San Salvador. Jetzt schreien sie alle, jetzt, nachdem dort sechs Jesuiten ermordet wurden, sechs, beschuldigt als Kommunisten, weil sie offen sprachen und schrieben gegen die Militärdiktatur, weil sie von der Unterdrückung der Freiheit des Volkes sprachen, weil sie vom Hunger des Volkes sprachen, von den Krankheiten, kurz: weil sie zu der vom Papst so verteufelten »Kirche der Dritten Welt« gehörten. Wie war das doch mit Pater Boff, Bruder Karol Wojtyla? Haben Sie den nicht aufs schärfste gemaßregelt, weil er die Wahrheit über Mittelamerika sagte? Massivste Unterstützung des Militärs durch die Regierung der USA, Tausende von toten Zivilisten, Opfer der blindwütigen Angst der USA vor dem »Kommunismus«, mit dessen sowjetischem Vertreter sie Umarmungen wechseln. Die US-Regierung spricht im Hinblick auf San Salvador von einem »Störfall«. So kann man's nennen, o ja. Störfall. Wer wird gestört? Der Störfall kostet nicht nur sechs Jesuiten das Leben, sondern vielen Tausenden Menschen. Die ganze Menschheit ist ein Störfall der Schöpfung.
Die gleiche Schizophrenie: Man redet von Frieden und produziert weiter Waffen. Nicht nur in den USA. Ich wünsche heute wieder einmal das Ende dieser wahnsinnig gewordenen Menschheit herbei. Das Ende und einen Neubeginn. Wie ich's schrieb vor vielen Jahren in meinem Roman ›Der schwarze Esel‹, da sagt es die bucklige Klara, die menschenliebende und an der Menschheit verzweifelnde, die sich »ein riesiges Feuer« wünscht, das die Erde reinige

und nichts zurücklasse als eine kahle, saubere Landschaft »wie auf dem Mond«. Freilich: So spricht eine Verzweifelte. Aber sie schämt sich ihrer Verzweiflung. Sie, ja; ich nicht, heute nicht. »San Salvador«, was für ein Name. Wo bleibt denn der Salvador, der Retter? Wie soll ich ihn verteidigen gegen meine atheistischen Freunde?

Aktualitäten aus dem Alten Testament. Bei meiner Morgenlesung (Evangelien oder Altes Testament oder Koran oder zenbuddhistische Texte) heute im AT gelesen: Nehemia und die jüdische Reform. Sie bestand vor allem darin, daß die Priester große materielle Privilegien bekamen: die »Erstlingswürfe aller Haustiere, das Beste vom Brotteig, die Erstlinge von allen Baumfrüchten und vom Ackerboden, vom Most und vom Öl, und die Zehnten von allem, was einer besitzt, und ein Zehntel vom Zehnten soll in die Vorratskammer gebracht werden ...«

Begründung: Sühne-Opfer für die Sünde des Abfalls vom wahren Glauben.

Aber wem standen diese Sühne-Opfer zu? Jehova, dem Höchsten. Nur: Der ißt sie nicht. Wer also? Die Priester. Teilten sie mit den Armen? Davon ist nicht die Rede. Nun ja.

Aber positiv interessant ein anderes Gesetz: Alle sieben Jahre war ein Sabbatjahr, da durfte nicht angebaut werden. Wie ökologisch klug: Man ließ den Boden ausruhen. Sehr schön auch dies: Im Sabbatjahr wurden die Sklaven entlassen, und Darlehen, die man armen Stammesgenossen gegeben hatte, durften nicht eingefordert werden. Frage: Wurden sie überhaupt erlassen oder nur für dieses eine Jahr gestundet?

Für unser globales Nord-Süd-Problem: Wir sollten ein Sabbatjahr einführen, das den armen Völkern der Dritten Welt ihre Schulden erläßt.

Eher geht ein Kamel durch ein Nadelöhr... Da wir in Rocca ein Haus brauchen für die wachsende Tätigkeit der Volkshochschule, schrieb ich verschiedene deutsche Stellen an, Mercedes zum Beispiel, die Volkswagenwerke, BMW, mit dem (erpresserischen) Hinweis, daß diese Firmen ohne Hilfe der, früher meist schlecht behandelten, italienischen Gastarbeiter sich nicht so rasch entwickelt hätten. Jetzt sollten sie sich dankbar erweisen.
Ich schrieb auch an eine wirklich sehr reiche Lübeckerin, die kulturelle Interessen hat. Ihre Antwort: »Leider kann ich Ihnen persönlich nicht helfen.« Ich schrieb zurück: »Da Sie anscheinend über Nacht verarmt sind, biete ich Ihnen meine finanzielle Unterstützung an.« An Thomas Mann denkend, fügte ich hinzu: »O Lübeck, Lübeck.«

Traum-Arbeit. Wie funktionieren Träume? Gestern sah ich am Albanersee im Gebüsch ein totes Tier in beginnender Verwesung. Ich hielt es für einen Fuchs, der Schweif war buschig, das Fell rot und dicht, aber die Schnauze war nicht die eines Fuchses, das Tier war eine Katze, die wohl überfahren worden war. Eine ungewöhnlich große Katze. Eine rote Katze. Natürlich kam mir meine 1946 geschriebene Geschichte ›Die rote Katze‹ in den Sinn, die sich in vielen Anthologien, Lehr- und Schulbüchern verschiedener Sprachen findet. Mein Traum in der Nacht darauf: Zwischen einer vielverzweigten Rahmengeschichte tauchte ein ganz kleines rostbraunes Kätzchen auf, das Junge einer übergroßen rostbraunen Katze. Ich spielte mit dem Kätzchen wie mit einem Ball, bis ich aufwachte. Was hat mein Unbewußtes mit der wirklich gesehenen toten Katze gemacht? Jedenfalls hat es sie wiederbelebt und ihr sogar ein Weiterleben im Jungen gegeben. Mein Protest gegen den Tod? Nein: gegen das Töten. Das Überfahren von Tieren macht mich leiden, im Wachen wie im Traum.

An die Literaturkritiker. Thomas Mann zitiert in seinem Goethe-Essay dessen Wort:
»Es ist ja bei einem fortschreitenden Tun und Handeln nicht die Frage, was einzeln lobens- und tadelnswert, bedeutend oder unbedeutend sei, sondern was im ganzen für eine Richtung genommen worden und was daraus zuletzt für das Individuum selbst, für seine nächsten Zeitgenossen irgend für ein Resultat sich ergeben und was daher für die Zukunft zu hoffen sei.«
Und dann zitiert er noch Goethes Vers:

»Die Feinde, sie bedrohen dich,
Das mehrt von Tag zu Tage sich;
Wie dir doch gar nicht graut!
Das seh' ich alles unbewegt:
Sie zerren an der Schlangenhaut,
Die jüngst ich abgelegt.
Und ist die nächste reif genug,
Ab streif' ich die sogleich
Und wandle neubelebt und jung
Im frischen Götterreich.«

Warum IST überhaupt etwas. Anders gefragt: Warum ist nicht NICHTS?
Mein Gespräch mit Isang Yun in Bonn. Wir beide depressiv, weil wir überarbeitet sind, eine unschöpferische Phase haben und auch tief in politischer Sorge um Korea leben. Das war am Abend des 3. Juni. Wir saßen im chinesischen Restaurant am Rhein und wußten noch nicht, was an diesem Tag in China geschah. Hätten wir's gewußt, wir wären völlig verzweifelt gewesen, wie wir's freilich dann tags darauf waren, am Morgen vor Isangs Konzert in der Beethovenhalle. Seine 4. Symphonie. Er gab ihr den Titel ›Im Dunkeln singen‹, der Titel meines vorletzten Tagebuchs. Das ist es: im Dunkeln singen. Ja. Aber wenn die Kehle

zugeschnürt ist? Wenn kein Ton mehr kommt? Wenn das Dunkel so fürchterlich schwarz ist, daß es einen zernichtet? Isangs bohrende Frage: Wozu das alles, sag doch, wozu, wozu all diese Leiden.
Mit dieser Frage schlagen sich die Philosophen und die denkenden Menschen seit etwa vier Jahrtausenden herum.
Und was ist ihre Antwort? Oder sag du mir: Was ist deine Antwort?
Isang, ich stelle diese Frage nicht mehr. Es ist sozusagen unökonomisch, darüber nachzudenken. Ich habe Jahrzehnte meines langen Lebens gefragt und keine Antwort gefunden.
Wie erträgst du das Leben, ohne zu wissen, warum und wozu es ist?
Du hast doch meinen Satz für deine 4. Symphonie gewählt: Im Dunkeln singen. Man muß singen. Ich meine mit singen: kreativ arbeiten. Das ist deine und meine Rettung. Künstler arbeiten aus Verzweiflung. Wir retten uns durchs Singen.
Und die, die nicht singen können?
Es gibt viele Arten von Singen. Wenn mir das Singen nicht gelingt, dann liebe ich.
Wie »lieben«? Wen denn?
Alle, alles. Und dann weiß ich, daß dies die Antwort ist auf jene Frage. Lieben ist in sich eine kreative Handlung, oder vielmehr: eine kreative Haltung. Du und ich, wir können doch beides: singen und lieben. Was wir tun, sei es in der Kunst, sei es in der Politik, das ist immer ein Gesang im Dunkeln, und es ist immer Liebe.
Nach einer Pause lacht Isang laut. Was lachst du?
Ich habe gedacht: Ehe wir auf diese Welt kamen, haben wir gewählt, ob wir geboren werden wollen, und wenn ja, als was. Da haben wir die Existenz des Künstlers gewählt. Und dann beklagen wir uns ein Leben lang darüber, daß wir frei gewählt haben, Künstler zu werden.

Wir lachen beide. Ein befreites, heiteres Lachen. Das große Ja zum Leben.
Am nächsten Tag freilich, mit der Nachricht aus Peking, verschlug es uns das Lachen. Für eine Weile. Nicht für immer. Nein.
Und jetzt, Isang?
Er macht eine Bewegung, als steige er über ein hohes Hindernis.
Ich sage: Der Drachen, von dem deine Mutter träumte, als sie mit dir schwanger war, der Drachen, der sehr hoch fliegt. Verwundet freilich, aber er fliegt.

Ausnahmezustand, 12. 6. 89. Ein Tag ohne etwas Besonderes, weder Gutes noch Böses, ein All-Tag also. Warum bin ich glücklich? Ich weiß es nicht, so wenig wie ich ein andres Mal weiß, woher meine Depressionen kommen. Sie sind da, oder sie sind weg. Heute darf ich den Tag loben (er ist freilich noch nicht zu Ende). Ich fühle mich in Harmonie mit mir selbst und mit allem. Wenn ich in Frieden bin, bedeutet alles Glück: daß die Linden blühen, daß Attilio das Gras im Garten mäht, daß das gemähte Gras duftet, daß ich einige Flaschen Chianti heimgebracht habe für den Notfall (das heißt: für einen Anfall von Schwermut), daß es J. gibt und K., daß ich frei bin. Ach, da kommt schon eine Wolke: Adeles Krankheit, meine chinesischen Freunde in Peking, der ganze Unrat dort, der Zwang zum Denunzieren, die dummen Groß-Lügen der Regierung, die Studenten seien Terroristen, woran niemand glaubt; und daß Gorbatschow in Bonn nicht versprechen kann, die DDR zum Abbruch der Berliner Mauer zu bewegen... Nein, jetzt keine schwarzen Wolken. Jetzt nur Vertrauen. Lebensvertrauen. Nicht daran denken, daß irgendwo ein Gespenst lauert. Heute bin ich auf der Sonnenseite. Das Sonnenkind. Heute. Jetzt.

14.6. Vor mir die Fotos von meinem letzten Aufenthalt in China, 1987. Wo sind die Freunde, die Freundinnen, die Kollegen, die Studenten, mit denen ich zusammen war in Peking und Chengdu? Ich wage nicht einmal, hier und heute ihre Namen zu nennen. Von einigen Frauen kann ich mir denken, daß sie sich weit vorgewagt haben. L. zum Beispiel, deren ganze Familie in der Kulturrevolution ausgerottet wurde, eine Revolutionärin von Geblüt und für den Frieden arbeitend. Aber ich habe auf all den TV-Bildern unter den Verhafteten keine Frau gesehen, obwohl bei der Demonstration am 3.6. auch Studentinnen waren. Seltsam, im TV alle Orte zu sehen, an denen ich zwei- und dreimal war. Das Hotel Mintsu, vor dem sich viel Böses abspielte. Und das Botschaftsviertel. Und Tiananmen, der nun nie mehr »Platz des himmlischen Friedens« heißen kann. »Platz des vergossenen Blutes von tausend Studenten« würde ich's nennen.

Eben mit Bruno V. telefoniert: Er konnte mit Herrn Wang, dem früheren Botschafter Chinas in Bonn, jetzt in Peking, telefonieren. Natürlich wurde nur Belangloses geredet. Aber er lebt, und das Telefon funktioniert. Ich denke an die Studenten an der Peking-Universität, mit denen ich über Deng Xiao Ping diskutierte unmittelbar nach dessen Rede zum 13. Parteitag und die tief besorgt waren über Dengs Satz von der wirtschaftlichen Liberalisierung. Kein Wort von der Rede deutete auf Demokratisierung. Der nackte Materialismus und die Parteidiktatur. Freiheit kam nicht vor.

Dieser Deng Xiao Ping, dieser ungemein Klein-Gewachsene, der etwa neben Bush oder auch neben Kim Il Sung fast wie ein Zwerg erscheint. Wenn er sitzt, reichen seine Beine nicht bis zum Boden. Er ist dennoch nicht lächerlich. Ein geballtes Kraftbündel ist er, das im Machtkampf seines Landes mehrmals fallengelassen wurde und das immer wieder hochgeschnellt ist.

Ich fing gestern eine ganz kleine schwarze Zecke, sie krabbelte über ein Blatt Papier, ich töte ungern auch kleinste Tiere, aber Zecken muß ich des Hundes wegen töten. Ich zerdrückte sie gründlich zwischen zwei Papierblättern. Sie schien tot – dann lief sie eilig weg. Ich spießte sie mit einer Bleistiftspitze auf – sie lief weg. Sie stellte sich tot – und lief weg.

So viel Lebenszähigkeit ist fürchterlich.

Ich sammelte bei meinen Besuchen in China Aussagen über Deng Xiao Ping. Er sei witzig, bei Gesprächen höchst konzentriert, leicht ungeduldig gegenüber Lang-Schwätzern, bleibe aber verbindlich auch bei Kontroversen, er sei selbstherrlich, er konversiere elegant, sei nicht korrupt, nicht geld- und machtgierig, zeige liberale Neigungen zum Beispiel der Kunst gegenüber, er sei kein Intrigant, habe aber eine verdeckte Aggressivität und kalte grausame Augen – ein Realist, ein perfekter Pragmatiker, kein Chefideologe, kein Mao-Dogmatiker, er lebe und regiere nach dem ostasiatischen Sprichwort: »Schwarze Katze, weiße Katze – gute Katze, wenn sie Mäuse fängt.«

Mit Mao, gegen Mao. An der Spitze des Staates, hinuntergeschleudert und mit Dreck beworfen, selbstbewußt; aber als er sich (Oktober 1966) vor dem ZK verantworten mußte, legte er ein Schuldbekenntnis ab und demütigte sich auf eine Weise, deren man sich nachträglich schämt. (Ich schäme mich immer der Feigheit anderer, als wär's die meine.) Man fragt sich, ob ein politischer Ehrenmann nicht den Selbstmord hätte vorziehen müssen. Deng aber wollte überleben. Um jeden Preis. Das Rad der Geschichte dreht sich immer, man muß nur warten. Er wartete. Und kam wieder. Es gibt einen erklärenden Brief an einen Freund: »Der Grund ist, daß ich mein Werk nicht unvollendet lassen wollte. Hätte ich mich für den Tod entschieden, es hätte nicht mehr Wirkung gehabt als der Verlust eines einzigen Haares von neun Ochsen.«

Ich suchte die Stelle, die ich im Gedächtnis hatte, in verschiedenen Büchern und fand sie in dem 1982 in zweiter Auflage erschienenen Buch ›China von innen gesehen‹ des Diplomaten Erwin Wickert (von 76 bis 80 Botschafter dort), das ich vor Jahren gelesen und in dem ich wichtige Stellen angestrichen hatte, die heute noch »stimmen«, während manche Vorhersagen so nicht eintrafen; noch nicht jedenfalls:

»Nur aus Sorge um mein Werk nahm ich die schlimmste aller Strafen auf mich, ohne die rasende Wut zu zeigen, die ich fühle. Wenn ich mein Buch endlich beendet habe, werde ich es den Archiven übergeben, wo es warten wird, bis einer kommt, der es versteht. Wenn es dann in der Welt bekannt wird, werde ich den Makel meiner Schande abgewaschen haben.«

Frage an ihn: Und das Blut, das auf Ihren Befehl vergossen wurde im Juni 1989? Wird das je abgewaschen? Übrigens hat sein Schuldbekenntnis von damals ihn nicht rehabilitiert: er wurde weiter verfolgt. Er mußte sich in einer Kaderschule umerziehen lassen und jahrelang Fabrikarbeit leisten.

Der schwerste Schlag: Sein Sohn Deng Pufang wurde unter Mao verhaftet und gefoltert, damit er seinen Vater denunziere. Er hielt stand. Man schlug ihn so, daß er querschnittgelähmt ist.

Dann 1976 die Rückholung Deng Xiao Pings in die Politik. 1979 schien sein endgültiges Abtreten gewiß. Aber er kam wieder. Und nun war es seine Aufgabe, das durch Maos Kulturrevolution schwer erschütterte Vertrauen des Volks zur KP Chinas wiederzugewinnen. Es gelang ihm nicht. Jetzt hat er es endgültig verloren. Das dürfte wohl sicher sein.

Ich fragte mich von Anfang an, warum er nicht mit den Studenten selbst sprach. Er hätte ihnen einige Zugeständnisse machen können – was hätte es ihn gekostet? Dies

hätte tausend Leben erspart – und den wirtschaftlich folgenreichen Verlust des Vertrauens der Welt zu China. Wird der fast Totgeglaubte eine neue Auferstehung haben? Das glaube ich nicht. Nein, das nicht. Dieses Mal nicht. Da steht nun Gorbatschow mit seiner West-Freundschaft dagegen. Das hätte Deng wissen müssen.
Aber wenn er tot ist, wird er im Glassarg liegen und rehabilitiert werden wie Mao: »Er hat nur einige Fehler gemacht.«

18. Juni 1989. Europa-Wahl. Ich erinnere mich: H. P., Hellseherin, sagte mir (und andern, die sich ebenfalls erinnern) voraus, daß es eines Tages die Vereinigten Staaten von Europa geben werde. Das war etwa 1955. Sie sagte damals auch, mitten in der Stalin-Zeit, daß Stalin nicht bleibe und auch der Kommunismus nicht (der stalinistische) und daß Rußland (sie meinte die Sowjetunion) an den Rändern abbröckeln würde und daß Religion in Rußland großgeschrieben werde, es gebe jetzt schon geheime getarnte Seminare für Theologen (das stimmte, ich erfuhr es von Karl Rahner). Sie sagte auch, daß im »Heiligen Land« (im Vorderen Orient) der Teufel große Macht bekomme und dann als Feuer vom Himmel stürze. Was mit diesem Feuersturz gemeint ist, weiß ich nicht, H. P. konnte es auch nicht in Worte der Realpolitik übersetzen; sie sagte nur, was sie »sah«, nicht, was sie dachte. Damals sagte sie auch voraus, es gebe einmal Straßen, auf die man sich stelle und sich fahren lasse, statt selber zu gehen, und Treppen, die einen hinauf- und hinuntertragen, ohne daß man sich bewegt, und Züge, die auf »Luftkissen« sehr schnell fahren. Damals lachten wir alle sie aus, obwohl wir viele Proben ihrer Gabe hatten. Einige Zeit war sie Helferin der Mordkommission: Sie sah vergrabene Leichen. Aber diese Art von Tätigkeit lehnte sie bald ab. Mir sagte sie vieles voraus,

was mir unglaublich schien und was doch eintrat, Jahre später.

Europa also: Die Zollgrenzen werden fallen, sagte sie, alle Leute haben einen gleichen Paß und zahlen überall mit dem gleichen Geld. Vor rund 35 Jahren »sah« sie das, was damals nur eine zage Hoffnung war. Ich selber hatte 1947 in einer Rede auf einer Tagung in Stuttgart gesagt: Wenn es »Pan-Europa« (so nannte man es damals) nicht geben wird, kann Europa nicht bestehen.

Ich habe das Gefühl, daß wir Europäer uns der Größe dieses Augenblicks gar nicht bewußt sind. »Es wird sich ja doch nichts Wesentliches ändern, nur Wirtschaftliches.« Aber es hat sich schon Wesentliches geändert: Vor 75 Jahren führten europäische Länder Krieg gegeneinander, und vor 50 Jahren wiederum. Das ist heute unmöglich. Ist das denn nichts? Und ist es nichts, daß wir einen gemeinsamen Markt haben und daß im Notfall alle helfen, wenn ein Land in Schwierigkeiten gerät? Ist es nichts, wenn jeder in dem Land arbeiten darf, in dem er Arbeit findet?

22. Juni 1989. Die entsetzlichen Nachrichten aus China. Täglich Erschießungen der »konterrevolutionären« Studenten. Deng Xiao Ping erscheint ruhig lächelnd auf dem Fernsehschirm. Eiskalt.

Freilich: Hitler hat nicht nur Hunderte erschießen lassen, sondern Millionen umgebracht, vergast, langsam in den KZs verkommen lassen. Und die katholische Kirche hat im Mittelalter ihre »Ketzer« verbrannt. Und unter Stalin... und in Südafrika... und bei der Französischen Revolution... und die USA im Vietnamkrieg und im Koreakrieg... und in den Kreuzzügen... und in den beiden Weltkriegen...

»Schrecklich ist viel, doch das Schrecklichste ist der Mensch.« Sophokles.

China: Was für ein Rückschlag in der Evolution der Menschheit.

Meine verzweifelten Schreie gegen Ungerechtigkeit. Immer wieder schreibe oder telegrafiere ich an Regierungen und bitte um Freilassung politischer Häftlinge, die zum Tod verurteilt werden. Stephan, mein so ungemein politisch-sozialer Sohn, ist es vor allem, der mich antreibt. Er war's, der mich seinerzeit dazu brachte, ein Blitztelegramm an Strauß zu schicken, damit er in Südafrika interveniere. Viele taten das gleiche. Die sechs Schwarzen wurden nicht zum Tod verurteilt. Jetzt versuchen wir es mit China. Mein Telegramm an die Botschaft der VR China in Bonn-Godesberg:

> Der Parteivorsitzende Deng Xiao Ping hat während der Kulturrevolution grausames Unrecht erlebt stop sein Sohn wurde gefoltert stop heute sind alle jungen Chinesen seine Söhne stop der große Staatsmann darf die Fehler der Kulturrevolution nicht wiederholen stop im Namen vieler Deutscher die China lieben bitte ich um Aufhebung der Todesurteile.

Jetzt fehlt uns der verpönte Franz Josef Strauß, der enge Wirtschaftsbeziehungen zu China geknüpft hat. Er hat damals durch wirtschaftlichen Druck auf Südafrika den Mord an den sechs Schwarzen verhindert. (Möge es ihm dort, wo er jetzt ist, als großes Plus angerechnet werden.) Vielleicht wäre er es heute, der in China durch seinen politischen Einfluß die acht Studenten retten könnte.

23. Juni. Sie wurden hingerichtet und viele andere dazu.

Mein Einfall: Die beiden christlichen Kirchen müßten gemeinsam einen Gottesdienst abhalten, ein Requiem für die chinesischen Studenten. Ich habe schon im Vatikan angerufen. Will sehen, ob man dort reagiert. Ich werde

auch bei evangelischen Kirchen anrufen. Ein Requiem für alle jungen Menschen, die in Diktaturen ermordet wurden.
Frau F. sagt, wenn's vom Vatikan ausginge, sei es eine Einmischung in eine nationale Angelegenheit. Aber, sage ich, der Papst hat sich bereits eingemischt: Er hat das Vorgehen Deng Xiao Pings öffentlich verurteilt. Und er hat sich auch sonst oft genug eingemischt. In Polen, zum Beispiel. Also kann er's auch in China tun. Schließlich versteht sich die Kirche als »katholisch«, als Welt-Kirche. Ich habe übrigens in Peking die katholische Bischofskirche gesehen mit vielen jungen Chinesen, die dort auch einen C.V.J.M. (Christlicher Verein Junger Männer) haben.
Wird man meine Idee aufgreifen?
1.8.89: Man tat es nicht.

Wie sie lügen. Vier Wochen nach dem Massaker auf dem Tiananmen erklärt die chinesische Regierung im Fernsehen, man habe doch keine Studenten töten, sondern sie nur verjagen wollen, und man habe nicht genug Wasserwerfer gehabt und darum Panzer eingesetzt. Nur darum sei einiges passiert. Und was die Hinrichtungen angehe: Da handelte es sich um Kriminelle, die Eisenbahnzüge anzündeten und sonstigen Schaden anrichteten...
Wer das glaubt.
Aber etwas anderes stimmt, ich hab's von L., der muß es wissen: Es sind zwar viele Studenten verhaftet, aber es werden keine weiteren mehr hingerichtet, denn es stellte sich heraus, daß die Rädelsführer allesamt Söhne höherer und hoher Funktionäre waren...

China, das Land der großen Weisen. Das uralte Kulturland. Das Land des TAO. Des Dschuang-dse. Des Lao-dse. Des Kung-Fu-dse.
Und jetzt: die Barbarei.
Als Hitler wütete, fragte man sich im Ausland: Deutschland, das Land Goethes, Schillers, Hölderlins, das Land der hohen Kultur...
Das Aufbrechen der Stürme der Finsternis ist schrecklich. Und nie ist man sicher davor.

Kuba. Die Aufdeckung der Korruption: Parteifunktionäre in den Drogenhandel verwickelt. Die Verurteilungen. Einer der Verurteilten ein Held der Revolution.
Wie begeistert war unser Dichter Enzensberger von Kuba, vor Jahrzehnten. Mit Recht begeistert. Wie sehr packte mich Ernesto Cardenals Kuba-Bericht von 1972.
Als Fidel Castro von dem vorhergehenden »rechten« Regime verurteilt wurde, sagte er in seiner berühmten Verteidigungsrede: »Verurteilt mich! Die Geschichte wird mich freisprechen.« Wird sie das? Welchen Revolutionär wird sie je freisprechen?
Wie begeistert waren viele junge Leute von Mao. Er wurde moralisch und politisch verurteilt. Ist er freigesprochen von der Geschichte? Wer wird überhaupt je »freigesprochen«? Wir alle sind einbezogen in die Geschichte, sei es durch unser Handeln, sei es durch unsere Zustimmung zum Bösen, sei es durch feiges Schweigen. Vielleicht werden die Revolutionäre eher freigesprochen als die feigen trägen Bürger, die »Zement-Ärsche«, die nichts so sehr fürchten wie Bewegung. Sind echte Revolutionäre nicht Idealisten, sind viele von ihnen nicht tragische Helden? Das, was sie augenscheinlich anstreben und erreichen, ist der politische Umsturz, aber was sie eigentlich und letzten Endes wollen, ist unser aller große Utopie: das Friedensreich auf Erden,

von dem im Evangelium die Rede ist. Es ist in den meisten Fällen falsch, von Re-volution zu reden. Was diese Idealisten wollen, ist Evolution, Weiter- und Höherentwicklung der Menschheit. Sie sind Figuren im großen Weltenplan.
Damit will ich nicht sagen, daß ich Gewalt verteidige. Aber kommt's auf meine Meinung an? Wer die Geschichte lenkt, sind weder Revolutionäre noch Konservative, sondern der Welt-Geist, der die Polarität, die Spannung will und das Welten-Ganze in Bewegung hält. Schwer zu verstehen für alle, welche die Idee des ewigen Wandels nicht zu begreifen vermögen.

Gorbatschow im Europa-Parlament, Juli 89. Ich sah und hörte ihn. Er sprach über das »Haus Europa«, das zu bauen ist, unter Einschluß der Ost-Staaten. Ich hörte mit Herzklopfen zu. Während ich ihn hörte, hörte ich zugleich eine Stimme in meinem Innern, die mich dazu brachte, unablässig zu beten: »Rabbi, Friedensfürst, beschütze du diesen Mann des Friedens.« Es ist nicht meine Art, in Worten zu beten, aber dieses Mal tat ich's. Und es unterströmt seither mein Bewußtsein wie das hesychastische Gebet des russischen Pilgers: Herr erbarme dich.
Was immer Gorbatschows persönliches Schicksal ist: Er hat dem Rad der Geschichte einen Anstoß gegeben, den kein Jelzin (oder wie immer Gorbatschows offene und geheime Feinde heißen) mehr aufhalten kann.
Hans-Rüdiger Schwabs Vorschlag für den Titel meines Essaybands: ›An den Frieden glauben‹. Es ist ein Satz aus meiner Stuttgarter Rede von 1947.

Zum Thema: Mein Hund Unio träumt. Wenn er in Menschensprache reden könnte, würde ich mit ihm seinen Traum von der Jagd analysieren.

Unio, du hast eben gejagt. Was hast du gejagt?
Er: Einen Hasen.
Du hast in deinem Leben keinen Hasen gejagt.
Er: Ich habe aber einen gejagt.
Du hast geträumt, daß du einen gejagt hast.
Er: Ich habe einen Hasen gejagt.
Warum hast du gejagt?
Er: Weil es mir Spaß gemacht hat.
Würdest du gern jetzt, im Wachen, einen Hasen jagen?
Er: O ja, gern, und ihn am Nacken packen und beuteln.
Du hast einmal eins von Attilios Kaninchen packen wollen, als es sich in unserem Garten verlaufen hatte.
Er: Aber du hast mich zurückgepfiffen. Du hast mir nicht erlaubt zu jagen.
Darum jagst du im Traum. Der Traum als Wunsch-Erfüllung. Im Traum ist dir das sonst streng Verbotene erlaubt. Lieber Hund, das haben wir gemein, du und ich.

21.7. Plötzlich mit aller Schärfe und tiefem Schrecken vom Wort des Apostels Paulus ergriffen: »Wenn der Christus nicht auferstanden ist, so ist unser Glaube nichtig.«

Rim Sok Gyong. Sie machte Schlagzeilen im Juli 89. Man schrieb über sie als über eine Heldin. In der Tat: sie ist eine.
Wer ist sie? Eine 22jährige südkoreanische Studentin, die es wagte, zu den Welt-Jugendfestspielen nach Nordkorea zu gehen, was die südkoreanische Regierung ihren Jugendlichen unter Strafe verboten hatte. Da ich die Situation in den beiden Korea kenne, fragte ich mich, wie sie überhaupt diese Reise machen konnte: sie flog von Südkorea nach Japan, von dort nach Genf, von dort nach Ostberlin, von dort

nach Pyongyang. Dort wurde sie gefeiert. Nicht nur dort, sondern sicher auch in Südkorea. Sie gilt von nun an als Heldin der Wiedervereinigung. Eine Symbolfigur.
Worin besteht ihre Heldentat? Darin, daß sie nicht aus Südkorea floh, sondern über die Grenze von Panmunjom zurückkehren will nach Südkorea, wo sie, selbstverständlich, sofort verhaftet werden wird. In einer Pressekonferenz in Pyongyang sagte sie: »Was immer auch geschehen wird, ich bin stolz darauf, für die Wiedervereinigung ins Gefängnis zu gehen.« Dann stimmte sie die Hymne der freiheitlichen südkoreanischen Studenten an.
Was wird sie erreichen? Praktisch nichts. Oder? Was haben die buddhistischen Mönche in Vietnam erreicht, die sich selbst verbrannten? Und ihre Freunde, die christlichen Priester in den USA, die Brüder Berrigan, die ins zentrale Wehrmeldeamt einbrachen, die Einberufungsakten aus den Fenstern warfen und verbrannten, vor den Fernsehkameras, wie es vorher abgesprochen war. Sie kamen ins Gefängnis. Signale, Fanale. Der Erfolg? Der Vietnamkrieg wurde beendet. Und Jan Palach in Prag, der Student, der sich 1968 aus Protest gegen den Einmarsch der Sowjets selbst verbrannte? Was hat er erreicht? Wer weiß, wieviel seine Tat zählt, nicht nur im Buch der Nationalgeschichte, sondern im Buch der Weltgeschichte und der Chronik der geistigen Entwicklung der Menschheit. Wer weiß, ob die Tat der kleinen Südkoreanerin nicht insgeheim entscheidend wirkt für die Wiedervereinigung. Wer weiß, wer eigentlich Geschichte schafft: die »Macher« oder die einzelnen, die in Übereinstimmung mit den Gesetzen des Universums handeln und, ohne es zu wissen, die Fahne der Evolution vorantragen? Wer war Franziskus von Assisi? Ein einzelner, ein unbekannter Kaufmannssohn, der es wagte, die gängigen, die gültigen Werte des Frühkapitalismus als das schlechthin Böse zu sehen und vom Rad abzuspringen? Er ist nach acht Jahrhunderten noch immer (und wird es immer deutlicher)

die Symbolfigur für die Evolution der Menschheit. Und Martin Luther King. Und der unbekannte jüdische Handwerkerssohn aus Nazareth. Und Buddha, ein einzelner asketischer Mönch, der eine Weltreligion schuf. Und Mohammed, ein armer Junge aus Mekka.
Die kleine Südkoreanerin, die, während ich dies schreibe, theoretisch noch die Wahl hat, in Nordkorea zu bleiben oder über die Grenze ins südkoreanische Gefängnis zu gehen: wer ist sie im Plan des Weltenlenkers?
Ein junges ostasiatisches Mädchen. Eine Frau. Sie tat, was kein junger Mann dort wagte. Die südkoreanische Frau, die so lange patriarchalisch unterdrückt war: Wie ist sie heute?
Es waren Frauen, die 1975 den Mut hatten zu Gebetsdemonstrationen in Seoul gegen die Militärdiktatur. Es war eine Frau (ich lernte sie 1975 in Seoul kennen), die ihren Mann dazu brachte, in den Widerstand zu gehen. Es waren die Frauen der 130 entlassenen Journalisten, die klaglos einen Brotberuf ergriffen, um die Familie zu ernähren.
Es war eine Frau, die Abgeordnete Kim Ok-Sun, die im südkoreanischen Parlament den Mut hatte, zu sagen, die Regierung Park Chang Hees sei korrupt. Es war eine Frau, eine Studentin aus Gwangju, die 1919 den schwelenden Aufstand der Studenten gegen die japanische Besatzung zur Explosion brachte; sie wurde von den Japanern bei lebendigem Leib zerstückelt. Eine Aula in der Universität Gwangju wurde nach ihr benannt: Yu Guan-Soon.
Es war ein Mädchen, eine Kiseng (eine Art Geisha) mit Namen Non Gae, die im 16. Jahrhundert, als Korea wieder einmal von den Japanern überfallen war, jenen General, zu dessen amourösem Vergnügen sie befohlen war, nachts im Tanz an den Rand eines Steilufers über einem Fluß führte, ihn dort umarmte und sich mit ihm in die Tiefe stürzte. Man hat ihr ein Denkmal gesetzt. Immer stehen frische Blumen davor (ich war 1975 dort).
Man wird der kleinen Südkoreanerin gewiß auch ein Denk-

mal setzen, in Seoul, sobald die US-Militärmacht sich zurückgezogen hat und in ganz Korea eine echte Demokratie gegründet ist.
Ich habe ihr nach Nordkorea ein Telex schicken lassen, um ihr zu zeigen, wie sehr ich sie bewundere. Sie schrieb dankbar zurück, noch aus Nordkorea.

Mein Hund träumt. Er schläft anscheinend tief. Auf einmal bewegt er rhythmisch seine Läufe, atmet heftig und ist sichtlich erregt. Kein Zweifel: er läuft, er jagt. Im Traum. Ein anderes Mal winselt er. Etwas ängstigt ihn. Im Traum. Ich wecke ihn auf, er ist sichtlich froh, er schüttelt sich, er schüttelt den Angsttraum ab. Weiß er, daß er geträumt hat? Spürt er die Grenze zwischen »Traum« und »Wirklichkeit«? W. sagt: Das sind doch keine Träume, sondern physiologische Reflexe auf irgendwelche Reize.
Nun: auch menschliche Träume sind oft nur Reaktionen auf äußere Reize. Mir träumte, ich gehe über Eis und Schnee: mein Bettlaken hatte sich verschoben, meine Füße waren kalt. Das sind banale Träume. Es gibt andere.
Wenn mein Hund »jagt«, was reizt ihn rein mechanisch-physiologisch? Wovor hat er Angst?
Tag-Erinnerungen, sagt W.
Aha: Erinnerungen. Auch unsere Träume sind häufig Erinnerungsfetzen, auch wir fallen im Traum ins Wasser, weil wir wirklich einmal ins Wasser gefallen waren.
Wenn der Hund also Erinnerungsträume hat, so hat er eben Erinnerungen. Wo sind sie gespeichert? Wo speichern wir die unseren? Im Gedächtnis? Ja und nein. Bei uns mischen sich Tag-Erlebnisse willkürlich mit anderen Tag-Erlebnissen, sie gehen seltsame, irrationale Verbindungen ein, sie führen fremde absurde Personen ein, sie lassen uns Handlungen ausführen, die uns im Wachen nie einfielen und deren wir uns schämen würden, geschähen sie im Wachen.

Wir wissen längst, seit Freud und Jung, daß der Traum ein Teil der psychischen Tätigkeit ist, jedoch einer, die unserem Willen nicht gehorcht und die der Kontrolle unseres Bewußtseins entzogen ist. Er gehört ins weite Reich des Un-Bewußten. Das aber ist Teil unserer Seele.

Wenn nun mein Hund träumt, er jage, dann weiß er nicht, daß er träumt. Er jagt, er jagt in der Zone seines Unbewußten. Das Unbewußte aber ist Teil der Seele. Der nicht beleuchtete Teil. Aber wenn er aufwacht und verstört um sich schaut, fühlt er, daß er etwas erlebt hat, was nicht real ist und doch die Kraft hatte, ihn zu erschrecken oder zu erfreuen. Der Hund hat, wie jedes Tier, eine Seele. Beim Wurm kann man, wenn man sich Unlogik gestattet, zweifeln, bei den Primaten nicht. Tiere haben seelische Fähigkeiten analog denen der Menschen. Sie können trauern über Trennungen und über Liebesentzug, sie können Heimweh haben und Angst vor dem Alleingelassen-Werden, sie leiden beim Tod eines Gefährten, sie haben scheinbar grundlos heitere und scheinbar grundlos melancholische Tage, sie sehnen sich nach Liebe und Zärtlichkeit, sie verweigern trotz Hunger das Futter, sie sind treu, sie haben Sympathien und Antipathien, scheinbar unerklärliche. Wer seinen Hund, seine Katze, sein Pferd kennt, der kennt alle Schwankungen ihres Seelenlebens. Er kennt noch mehr: er sieht in den Augen seines Tieres eine seltsame tiefe Traurigkeit. Könnte das mit dem Menschen lebende Tier sprechen, es würde sagen: »Ich leide, weil ich ein Tier bin und kein Mensch wie du; ich sehne mich nach einem echten Bewußtsein; ich fühle in mir den Ansatz zum Geist, den Antrieb zur Evolution, ich sehne mich, wie du, nach Unsterblichkeit...« Ich habe oft Zwiegespräche dieser Art mit meinem sensiblen Hund. Wer behauptet, Tiere haben keine Seele und auch nichts mit der menschlichen Seele Vergleichbares, der kennt kein Tier. Hat man, nebenbei gesagt, nicht auch den afrikanischen Negersklaven eine Seele abge-

sprochen und den Frauen? Mußte nicht auf einem Konzil kirchenamtlich entschieden werden, daß Frauen doch eine Seele haben?
Wer einem Lebewesen die Seele abspricht, nimmt sich das Recht, es als Ware zu behandeln. Er nimmt sich das Recht, medizinische und pseudomedizinische Tierversuche anzustellen. Er nimmt sich das Recht zur Vivisektion, also das Recht, Tiere zu quälen, ihnen Anomalien wie Tumore anzuzüchten, das Gehirn zu deformieren und es zu öffnen, um die Wirkung der Deformation zu sehen; man fügt ihnen schreckliche Schmerzen zu, und wenn sie, Hunde etwa, in ihrer Not zu laut heulen, schneidet man ihnen die Stimmbänder durch. Aber es gibt doch ein Tierschutzgesetz? Ja, schon. Aber das verbietet nicht die Vivisektion, sondern weist nur an, die Prozedur abzukürzen. Vor einigen Jahren kamen Tierschützer vor Gericht, weil sie Käfige aufgebrochen haben, in denen Tiere jämmerlich gequält wurden; und sie, die Befreier, nicht die Tierquäler, wurden bestraft.
Ja, aber die Tierversuche dienen doch dem Menschen, die Humanmedizin profitiert davon. Die pharmazeutische Industrie ist es, die davon profitiert! Man weiß längst, daß die Versuchsergebnisse so wenig einbringen an wissenschaftlich Brauchbarem, daß es in schreiendem Mißverhältnis zu den Qualen steht, welche die Tiere dabei erleiden.
Vor 4000 Jahren wurde am Sinai das Gebot erlassen: Du sollst nicht töten.
Nicht töten, weder Mensch noch Tier, noch etwas in der Schöpfung zerstören, Wälder, Luft, Wasser... Wir Christen halten unsere Religion für die reinste und humanste. Wir jagen, schlachten, töten, essen, quälen Tiere. Ohne jeden Skrupel. Im Gegenteil, wir berufen uns auf die göttliche Anweisung: »Macht euch die Erde untertan.« »Untertan machen« heißt nicht töten; es heißt pflegen und von ihren Gaben sich nähren. Die Buddhisten und die Hindus, die

wissen mehr über das Tier, und die alten Ägypter hielten viele Tiere für sichtbar gewordene Gottheiten.
Wenn wir am biblischen Schöpfungsbericht festhalten und Darwin für einen Augenblick beiseite lassen (er ist freilich kein Widerspruch zur Bibel, sondern eine Interpretation), müssen wir glauben, daß der Schöpfer den Menschen aus Lehm erschuf und der »toten« Materie Leben einhauchte. Leben ist also der Hauch Gottes. Und wie sind denn die Tiere, vor dem Menschen erschaffen, lebendig geworden? Doch auf dieselbe Weise. Leben ist immer »göttlicher Hauch«. Leben ist Teil der universalen Energie. Wo Leben ist, da ist der Gott anwesend.
»Was ihr für einen meiner geringsten Brüder tut, das habt ihr mir getan.«
Franziskus von Assisi nannte alle Geschöpfe seine Brüder und Schwestern. Das darf nicht als hübsche, rührende Poesie gelesen werden. Das ist Zeugnis einer tiefen Einsicht. Franz liebte die Tiere. Er liebte Gott in ihnen.
Ich liebe sie einfach um ihrer selbst willen. Aber ich liebe in ihnen auch die Idee der Evolution.
Der Tierpsychologe Konrad Lorenz schrieb, der Mensch sei das »missing link« zwischen Tier und Mensch, das heißt: das, was der Mensch eigentlich sein soll, ist noch nicht verwirklicht außer in den »Heiligen« der verschiedenen Religionen.
Auch in unseren Menschen-Augen liegt die gleiche tiefe Trauer, die Tier-Augen zeigen. Auch wir harren der Höher-Entwicklung, der Erlösung.
Ich erinnere mich der Stelle bei Paulus, Römerbrief 8, wo die Rede ist vom »Harren der Schöpfung«. Ich lese nach: »Die Schöpfung ist der Hinfälligkeit unterworfen... nach dem Willen dessen, der sie unterwarf, zugleich mit der Hoffnung, daß auch sie, die Schöpfung, vom Frondienst der Vergänglichkeit befreit wird zur Freiheit der Herrlichkeit der Kinder Gottes. Denn wir wissen, daß bis zur Stunde die

gesamte Schöpfung in Seufzen und Wehen liegt; doch nicht sie, sondern auch wir selbst, die wir die Erstlingsgabe des Geistes besitzen...«
Eben rief mich Hans-Rüdiger Schwab an. Ich sagte ihm, woran ich arbeite. Er wies mich auf ein Gedicht der Annette von Droste-Hülshoff hin. Der Titel: ›Die ächzende Kreatur‹. Ich las nach. Die 5. Strophe:

»Da ward ihr klar, wie nicht allein
Der Gottesfluch im Menschenbild,
Wie er in schwerer, dumpfer Pein
Im bangen Wurm, im scheuen Wild,
Im durst'gen Halme auf der Flur,
Der mit vergilbten Blättern lechzt,
In aller, aller Kreatur
Gen Himmel um Erlösung ächzt.«

Und dann in der letzten Strophe:

»Das ist die Schuld des Mordes an
Der Erde Lieblichkeit und Huld,
An des Getieres dumpfem Bann
Ist es die tiefe, schwere Schuld,
Und an dem Grimm, der es beseelt,
Und an der List, die es befleckt,
Und an dem Schmerze, der es quält,
Und an dem Moder, der es deckt.«

›Distanzen‹. Der Titel des neuen Opus von Isang Yun. Ich bin eingeladen, in der Berliner Philharmonie in der Reihe ›Komponisten-Portraits‹ ein Gespräch mit ihm zu führen, nachdem ich vorher die Probe gehört habe.
›Distanzen‹: drei Welten als eine; drei Ebenen des Seins. Auf der Bühne in der Mitte des (kleinen) Saales drei Streicher: Kontrabaß, Cello, Bratsche. Auf die Ränge verteilt

Geige, Flöte, Klarinette, Oboe. Auf dem obersten Rang die Trompete.
Das Stück beginnt mit einem lauten, wilden Tumult der Streicher. Dann setzen sehr ruhig die übrigen Instrumente ein; sie versuchen das Chaos zu klären und den Lärm zu sänftigen. Aber es gelingt ihnen nicht. Wieder fällt ihnen der Streicher-Tumult ins Wort. Und wieder antworten die übrigen Instrumente mit ihrer sanft eindringlichen Beschwörung. Vergeblich. Nach kurzer Pause erneuter Lärm: das aufsässige stumpf-böse Gemurre und Geschimpfe. Da ertönt vom obersten Rang her die Solo-Trompete mit dem sieghaften C. Eine Pause der Bestürzung. Aber die aufgebrachten Streicher überschreien selbst diesen Ruf zu Ordnung und Frieden. Die Instrumente in den Rängen versuchen zu vermitteln. Der Widerstreit geht weiter, hin und her, bis die Streicher endlich erlahmen. Zuletzt bleibt der reine starke Trompetenton.
Die musikalische Struktur ist klar, und ebenso klar ist die geistige Konzeption: die Streicher sind die Menschen in ihrer verzweifelten Chaotik.
Die Solo-Trompete ist die Stimme des Höchsten, des Ordnungsprinzips, des Friedensgottes.
Die Instrumente auf den Rängen sind die Mittler. Wir nennen sie die »Heiligen«. Im Buddhismus sind es die »Boddhisatva« oder die »Advatar«. Im Judentum die Propheten. Im Islam die Engel. Und überall die Mystiker, diese echten Kinder Gottes. Der Kampf tobt auf Erden. Er scheint aussichtslos. Aber da sind die Helfer. Und da ist dieses hohe Trompeten-C. Es siegt. Es bleibt. Was für ein Bekenntnis zum Geist, was für eine starke Hoffnung!

Politik, Politik. N. sagt: Kannst du denn von nichts anderem mehr reden als von Politik? Nein, ich kann von nichts anderem reden. Zur Zeit nicht. Und vielleicht für den Rest meines Lebens nicht mehr. Alles ist Politik und alle Politik betrifft Menschen. DEN Menschen. Die Evolution des Menschengeschlechts. Nicht die Materie und ihre Manifestation »im Fleisch« ist wesentlich, sondern die Entwicklung des Geistes (nicht des Intellekts, sondern des geistigen Bewußtseins). Diese Entwicklung fordert ihren Preis. Daß China die Idee der Freiheit in Form der politischen Demokratie erfüllen wird, ist vorausbezahlt mit den vielen jungen Toten. Daß überhaupt die Idee der Freiheit in Europa durchbrach, kostete nicht nur die Köpfe der französischen Aristokratie. Daß Europa von Hitler befreit wurde, kostete – mein Gott: hier stockt mir das Herz – zwanzig Millionen Menschenleben. Mich um Politik kümmern heißt: leiden mit den Unterdrückten und ein weniges leisten an Aufstand und Widerstand.

Das abhandengekommene Ich. Eben war ich doch noch am Schreibtisch; jetzt sitze ich wieder am Schreibtisch. Inzwischen aber war ich in Grotta, kleine Einkäufe machen. Aber war »ich« das, die fort war? Habe ich geträumt? Es mir nur vorgestellt? Wer ist das Ich, das all diese anscheinend nötigen Handlungen ausführt und dem ich zuschaue, wie es sie ausführt? Mein Verdacht: Ich habe längst mein irdisches Ich abgestreift, schweife in anderen Welten umher und schaue von dort auf die, die Luise Rinser heißt. Lebhaftes Gefühl: alles ist Traum, alles ist Vorstellung herumschweifender Geistwesen. Finde ich je wieder die Identität meines Geistes mit meinem in Fleisch gekleideten Erden-Ich?

Geburt einer Fledermaus. Wer hat das je gesehen? Ich sah es in der RAI. Die Fledermaus-Mutter, bei der alles sich kopfunter abspielt, auch die Begattung, hängt an einem Ast und bringt so ihr Junges zur Welt. Während der

Geburt schon leckt sie es zärtlich. Diese Zärtlichkeit der Tiermütter sei ein bloßer Instinkt, sagt man. Ja, auch. Aber es ist viel mehr als das: es ist eine Form der Liebe schlechthin. Die Liebe der Tiere: Manifestation der Liebe, welche alles Leben durchpulst.
Freilich: diese Liebe ist flüchtig und muß flüchtig sein, denn die Jungen müssen sich von der Mutter lösen und ihr Eigenleben führen. Auch dies ist weltdurchdringendes Gesetz: Liebesbindung muß gelöst werden, damit Freiheit möglich ist.

Laudatio auf Cambridge. Diese Maitage dort, wenige, scheinbar viel zu kurze Zeit, als daß ich dort einwurzeln hätte können. Nichts als ein flüchtiger Traum. Und doch... Als ich heute in der RAI einen Film über Cambridge sah, überfiel mich das Heimweh. Heim-Weh. Cambridge ist eine kleine, aber durchaus wirkliche Universitätsstadt, hundert Kilometer von London entfernt. Ja, das auch. Aber was bedeutet das. Wirklich ist immer nur das, was Teil meines Lebens wird. Cambridge ist in meine Lebens-Wirklichkeit eingegangen. Schon die Vorgeschichte zu dieser Reise hat etwas Unwirklich-Wirkliches: im Frühjahr 1988 der Brief eines Professors (Historikers) aus Cambridge, aber der Brief kam aus Berlin.
Da sitzt einer im »Mövenpick« vor der Gedächtniskirche und ist mir dankbar für mein ›Gefängnistagebuch‹, das ihn dazu brachte, seine Arbeit weiterzuführen, eine Arbeit über die Verschiedenheit im Verhalten Hitlers und Mussolinis zu den Juden. (Italien lieferte keine Juden aus, bis die Hitler-Horden kamen.) Die Suche in den Archiven hatte ihn verzweifeln lassen. Soviel Grausam-Finsteres. Da sah er »zufällig« im Schaufenster einer Buchhandlung ein kleines Buch: ›Gefängnistagebuch‹. Er kaufte es, er las es und er beschloß, mein Vorwort zur 2. Auflage in das Vorwort zu

seinem Buch aufzunehmen. Was hatte ich geschrieben? Daß ich keine Neuauflage des Tagebuchs wollte, bis mir ein Gespräch mit einem keineswegs »ehemaligen«, sondern unbelehrten Nazi 1963 den Anstoß dazu gab, das Geschehene wieder ins Gedächtnis zu rufen.

Das also schrieb mir der Unbekannte, und er bat mich um ein Treffen in Rom.

Das zweite Kapitel der Traumgeschichte folgte bald. Treffpunkt: der protestantische Friedhof in Rom, wohin ich fuhr, um Ingeborgs Grab zu ihrem dritten Todestag zu schmücken. Der Friedhof also. Ingeborgs Grab. Und die Gräber der englischen Dichter, die hier begraben sind. Der Fremde, schon sehr bald nicht mehr fremd, sondern seltsam vertraut, schien mir Engländer zu sein. Sein Deutsch ist korrekt, aber ein wenig fremd. Er ist geboren und aufgewachsen in New York als Sohn deutsch-jüdischer Emigranten. Er lehrt in England Zeitgeschichte. Was für ein Treffpunkt: der Friedhof in der Frühlingsstimmung, Blüten und tiefe Stille, und unsere Gespräche, die von einer Art sind, daß sie das dritte Kapitel einleiten: freundschaftlicher Brief aus Cambridge mit der Einladung zu einer Lesung und Diskussion dort an der Universität. O mein Englisch! Aber ein Telefongespräch beruhigt mich: er, J., sei ja dort, und ich würde ja deutsch lesen. Ob ich im nächsten Frühling kommen könne.

Das vierte Kapitel: meine Reise nach Cambridge Anfang Mai. Traumtage. Das Wetter un-englisch, reine Sonnentage, so warm, daß die Studenten in leichter Kleidung auf dem Rasen sitzen und dort diskutieren und Picknicks machen. Eine gutbürgerliche, sympathische Jugend. Ein zauberhafter Ort: diese in acht Jahrhunderten gewachsene Komposition aus alten und neueren (keineswegs neuen) Häusern (das älteste aus dem 12. Jahrhundert) mit vielen Innenhöfen, die überquellen von Blumen. Und der stille Fluß Cam (Cambridge) mit ein paar Ruderbooten unter hängendem Laub an den grünen Ufern. Die Namen der Häuser: S. Catharine's College, Jesus College, King's College, Clare College, Trinity College. Im Corpus Christi College untersuchte der Physiker Thomson die Beugung von Elektronen in Kristallen, und Rutherford legte die Grundlagen der Atomphysik. Es gibt auch das Queens' College, das Mitte des 15. Jahrhunderts unter der Schirmherrschaft von Königin Margaret gegründet wurde, »to laud and honneure of sexe feminine«; später kümmerte sich noch eine zweite Königin, Elizabeth, Gemahlin Edwards IV., um das College.

Lange Spaziergänge mit J., der mir sagte, ich ginge sozusagen auf Heimatboden: hier waren vor 2000 Jahren die Römer, lang vor den Angelsachsen und Normannen, und außerdem sei es christlicher Boden: viele Klöster gab es hier im Mittelalter. J., Historiker, war taktvoll sparsam mit seinen Erklärungen. Nicht mehr, als ich aufnehmen konnte in kurzer Zeit. Er ließ mich die Tage genießen. Hier studieren dürfen! sagte ich; diese Jugend hat es gut. Ja, sagte er, schon, aber der Druck der Konkurrenz zwingt zu harter Arbeit. Die vielen Kirchen erinnern mich an eine andere Universitätsstadt: Urbana, Illinois, im amerikanischen Mittelwesten. Konservative Tugenden, eine brave Jugend, kirchengebundene Frömmigkeit. Ist man fromm hier? Am Abend, vor dem Festessen, das man mir zu Ehren gibt, spricht der Dekan ein Gebet, und nach dem Essen auch. Wie fremd erscheint das eigentlich so Selbstverständliche, so Richtige.

Neue Freunde: zu meiner Rechten sitzt ein Musiker (es gibt in Cambridge auch eine Musikhochschule), der Komponist Alexander Goehr. Seine Musik ist modern, in der Art Isang Yuns. Wieder einmal merke ich, daß Musik zum Kern meines Wesens gehört.

Am Abend vorher meine Lesung. Viele Hörer. Was sollte ich lesen? Ich las sozusagen für J., den Historiker des Dritten Reichs, aus dem Roman ›Der schwarze Esel‹ die Szene mit der Verhaftung der jüdischen Klavierlehrerin. Einige Hörer weinten. Das habe ich Jahre vorher an der Columbia University in New York auch erlebt. Dort waren es emigrierte deutsche Juden. Wie mich das Schicksal der Juden verfolgt, wohin immer in der Welt ich komme.

Das Gemeinsame. Ich schlief schlecht letzte Nacht. Immer, wenn das Wetter wechselt, spüre ich es. Es ist schlimm für mich, nicht zu schlafen. Ich brauche den nicht unterbrochenen Schlaf. Das ist meine Medizin, meine Kraftquelle. Letzte Nacht lag ich einige Stunden wach. Da kam mir der Gedanke: so wie ich liegen jetzt viele wach. Kranke, Sterbende, Verzweifelte, dem Selbstmord nahe, die von ihrem Geschlecht Gequälten, die Obdachlosen an der Stazione Termini, die gefangenen jungen Chinesen vor dem ungewissen Tag ihrer Hinrichtung... Ich kann ihnen nicht helfen. Oder doch? Ich kann ihr Elend teilen, indem ich mich den Nachtgespenstern ausliefere. Also denn: ihr Dämonen der Angst, ihr Teufel der Verzweiflung, ich biete mich euch an als Geisel, laßt wenigstens für ein paar Stunden ab, die Aller-Elendesten zu peinigen.
Sie lachen nur über mich. Aber sie lassen mich spüren, daß sie mich gehört haben. Die Nacht nimmt kein Ende.

Brief eines der von mir »betreuten« Häftlinge. Es ist ein kleiner Krimineller, dessen Mutter bei seiner Geburt starb und dem die Verwandten immerzu sagten: »Wärst doch du gestorben statt deiner Mutter«, und der, natürlich (wirklich: natürlich) zum Autoknacker wurde. Was ihm das Leben an Liebe vorenthielt, wollte er sich nehmen, durch Raub. Er sitzt seit Jahrzehnten; das Gefängnis ist seine Heimat geworden. Er schreibt, er sei zusammen mit

drei RAF-Leuten. »Diese Drei sind schon lang da. Sie sind sehr friedliche Menschen.«
Mir wird's kalt bei diesem Satz. Ich wüßte gerne, wieso sie friedlich sind und wie (wann, wodurch – durch Drogen?) sie so friedlich wurden. Warum, wenn sie so friedlich sind, läßt man sie nicht frei, wie es Italien mit den »pentiti« der Brigate Rosse macht, mit jenen, die sich völlig gewandelt haben.
Solche Briefe verdunkeln mir einen ganzen Tag.
P. S. Wir bekamen im Gefängnis 1944 Brom in den Tee. Zur Beruhigung.

Ein Kapitel, genau zu lesen. Eingetroffen eine Nummer der ›Edinburgh Review‹ mit der Übersetzung eines langen Kapitels aus meinem Tagebuch von 1977: die absurde Geschichte meines »Sympathisantentums« mit Andreas Baader und Gudrun Ensslin (die eines Tages, im Januar 1970, bei mir auftauchten, ohne daß ich sie vorher kannte, drei Stunden blieben und wieder gingen und nie wieder zurückkehrten). Aber die ›Welt‹ hatte später den bösen Mut zu behaupten, ich hätte »Terroristen beherbergt«. Als diese Notiz erschien, waren seit jenem Besuch sieben Jahre vergangen, und die jungen Leute waren wirklich Terroristen geworden, was nicht vorauszuwissen war.
Terroristen. Junge Menschen, welche die bestehende Gesellschaftsordnung nicht mehr ertragen, aus ihr ausbrechen und eine sozial-politische Revolution initiieren wollten. Sie begannen klein und sehr konkret, indem sie – sozusagen – kasernierte Lehrlinge, unter schlechten Bedingungen lebend, herausholten, um bessere Verhältnisse für sie zu schaffen. Aber die Öffentlichkeit reagierte nicht auf dieses Signal. Dann und darum zündete Gudrun Ensslin, die Tochter eines Pfarrers, der als Mitglied der Bekennenden Kirche gegen das Hitler-Regime Widerstand geleistet hatte,

ein Frankfurter Warenhaus an. Baader war übrigens der Großneffe des bedeutenden Philosophen Franz Baader, der zu seiner Zeit schon Revolutionäres schrieb. (Trotzdem ist in München eine Straße nach ihm benannt; ich durchlief sie als Schülerin täglich.) Gudrun Ensslin also zündete in Frankfurt ein Warenhaus an, am Samstagnachmittag, als kein Mensch dort war. »Ein Fanal«, das die träge Masse aufwecken sollte. Sie wurde verhaftet und zu drei Jahren Zuchthaus verurteilt. Damals gab es noch den Unterschied zwischen normalem Gefängnis und dem strengen »Zuchthaus«. Das war ein Justizfehler, denn Gudruns Tat war ganz offensichtlich politischer Natur, eine »Gesinnungstat«, keine kriminelle, kein Mensch sollte getötet oder auch nur verwundet werden, und Diebstahl war ganz und gar nicht beabsichtigt. Politische Gewissens-Taten bedürfen besonderer Behandlung. Ich schrieb an den Justizminister und an den Bundespräsidenten Heinemann um Abkürzung der Strafe. »Gnadengesuch«, wie man's heißt. Gnade für junge Menschen, die frei und besten Gewissens sich mit Leib und Seele einsetzen für die Änderung bestehender Zustände und welche die absolute Unbeweglichkeit der »Zuständigen« zur Verzweiflung treibt.

Das alles bedenke ich in diesem Augenblick, da ich unter dem China-Schock stehe. Die Studenten, die versuchten, durch friedliche Demonstrationen die chinesische Öffentlichkeit und die zementierte Partei zu einer Änderung zu bewegen, werden Kriminelle genannt, wie Schwerverbrecher behandelt, eingesperrt, vielleicht umgebracht.

Man muß die Frage des Terrorismus neu stellen angesichts der Ereignisse in China.

Politische »Terroristen« sind Idealisten im Blick jener Menschen, die über die aktuelle Situation hinweg sich für die Zukunft einsetzen. Terroristen sind Opfer der Tatsache der Evolution. Es sind Getriebene. Voraus-Lebende. Aber da sie vor tauben Ohren reden und ihren Kopf an Mauern ein-

schlagen, scheinen sie den »Zement-Hirnen« und »Zement-Ärschen« (die es überall gibt, in allen Staaten und Parteien) als gefährliche Störer der bequemen Ordnung und als Vorwand für reaktionäre Maßnahmen. Wie gut, daß es Terroristen gibt! Wen sollte man sonst als Sündenbock nehmen? Die Juden, die Kommunisten, die Kapitalisten, die Konterrevolutionäre...?
Ich bin gegen Gewalt, weil Gewalt Gegengewalt erzeugt. Ein Teufelszirkel. Aber: wie gut verstehe ich die Verzweiflungstaten junger Revolutionäre! Noch einmal (gegen alles Geschrei, das sich gegen mich erhebt, wenn ich wage, derlei zu äußern): politische Terroristen sind verzweifelte Idealisten. (Daß es auch Kriminelle bei ihnen gibt und daß sie benützt werden zu politischen Zwecken – bitte: wo nicht??)

Die Erdmutter-Madonna gesehen. Beim langen Warten auf den Lufthansa-Zug Frankfurt–Bonn in der engen Halle. Alle rauchen. Ein Deutscher, ein echter »Bierdimpfel«, redet überlaut und töricht über Politisches. Schwer erträgliche Situation. Unentrinnbar, wenn man nicht einfach davonlaufen kann. Jemand aus der Sitzreihe gegenüber steht auf. Er hatte mir etwas verdeckt, was ich jetzt sehe: an der Wandreihe sitzt die Madonna, die Große Mutter, mit dem schönen Osiris, ihrem Mann, neben sich und drei Kindern, das Kleinste auf ihrem Schoß. Eine Asiatin auf jeden Fall. Ich weiß sie nicht einzuordnen. Gleichviel: sie ist unerhört schön. Ein sanftes, braunes breitflächiges Gesicht mit großen schwarzen Augen. Ein blau-rosa seidenes Kopftuch kunstvoll geschlungen überm schwarzen Haar. Goldene Ohrgehänge. Eine schmale Nase, ein schön geschwungener Mund... Nein, diese Beschreibung gibt kein Bild. Ihre Schönheit entzieht sich den Worten. Die Frau ist schlechthin Schönheit. Wie sie sitzt, unbewegt in

all dem nervösen Lärm, aufrecht und zugleich ganz gelassen, würdevoll, eine Königin. Nicht ich allein schaue sie verzaubert an: neben mir sitzt ein Herr, deutlich Südamerikaner mit einem Indio-Einschlag, und seine deutsche Frau. Sie sprechen abwechselnd Spanisch und Deutsch. Unsere Blicke treffen sich. Ich sage: »Die Frau dort, ist sie nicht unerhört schön? Woher stammt sie wohl?« Der Herr sagt: »Ja, sie ist sehr sehr schön. Ihrer Kleidung nach stammt sie aus dem Yemen. Zigeunerin ist sie nicht.« Schon sind wir im Gespräch. »Zigeuner« ist das Stichwort. Der Mann, pensionierter Diplomat, war lange in Bonn und in Spanien, er ist welterfahren. Ein Herr. Sehr liebenswürdig und klug. Er hat eine schöne Altersgelassenheit. Die blondgraue Frau ist eher nervös. Eine Europäerin. Aber auch sie erliegt dem Zauber der schönen Yemenitin. Wir erleben gemeinsam etwas Bedeutendes: eine Epiphanie des schlechthin Schönen, des archaisch Weiblich-Mütterlichen.
Am Bahnsteig sehe ich sie wieder. Ich lächle sie an, sie lächelt zurück. Schweigende Harmonie. In Bonn sehe ich sie noch einmal. Ein CD-Auto erwartet sie, soviel ich noch sehe. Sicher ist ihr Mann Diplomat. Sie aber ist nichts anderes, als sie ist: DIE Mutter. Die Erdgöttin und die Madonna.

Nordkoreas Kirchen. Was mir, der Oberbayerin, in Nordkorea immer fehlte, wußte ich lang nicht. Jetzt weiß ich's: Kirchtürme und Glockengeläut. Jetzt habe ich zwar noch keine Glocke gehört, aber in Pyongyang den Turm und die Kirche gesehen, in dem bald eine hängen wird. Ich habe sie ihnen, den nordkoreanischen Katholiken, versprochen. Die katholische Kirche ist fertig, die protestantisch-methodistische, größere, fast fertig.
Und wieso auf einmal Kirchen in dem kommunistischen, dem als atheistisch bezeichneten Nordkorea?
Wenn ich einmal im Leben Handgreiflich-Politisches er-

reicht habe, dann diesen Kirchenbau. Habe ich das wirklich gewollt? Warum, wozu? Für mich ist's ein Politikum. Bei meinem ersten Gespräch mit Kim Il Sung, 1980, als ich noch nicht wußte, daß ich noch oft nach Nordkorea kommen würde, und meinte, bei diesem einen Mal bliebe es und ich müsse diese eine Gelegenheit nützen, alles zu sagen, was ich wollte, betonte ich, daß bei der Wiedervereinigung der beiden Korea die christliche Religion eine Rolle spiele, da in Südkorea etwa ein Viertel der Bevölkerung christlichen Kirchen angehöre, während in Nordkorea die Christen eine verschwindend kleine Minderheit bildeten. Nordkorea müsse sich bemühen, das Christentum zu verstehen. Damals wußte ich noch nicht, daß Kim Il Sung selbst getaufter Christ ist, protestantisch-methodistisch (sein Großvater war Methodisten-Pfarrer, seine Mutter eine fromme Frau). Bei meinen weiteren Besuchen, Jahr um Jahr, kam die Rede immer auch auf die christlichen Kirchen. Inzwischen wurden in Südkorea die christlichen Kirchen Zentren des politischen Widerstands gegen die Diktatur (die Südkorea immer noch ist, obwohl es Oppositionsparteien gibt, freilich in sich zerstritten und sich praktisch gegenseitig lähmend). Daß Christen im politischen Widerstand sind, machte das Christentum in Nordkorea interessant. Daß ich selbst Christin und Sozialistin bin, kam dazu. Es gab viele Gespräche. Und nun, 1988, führt man mich in die neu erbauten Kirchen. Leider sind sie nicht schön. Sie sind so, wie sie die Nordkoreaner in der Erinnerung hatten von der Missionszeit her. (Die protestantische ist besser.)

Die Katholiken stellen viele Fragen an mich: ob der Altar richtig steht (nach Osten, der aufgehenden Sonne – dem Christos-Helios – entgegen) und ob man einen Zaun brauche (die Kommunionbank) und so weiter. Ich versuche, den Geschmack ein wenig zu lenken: bitte keine Gipsfiguren, keine Lourdes-Madonna...

Man bittet mich, im Vatikan (zu dem Nordkorea schon gute

Beziehungen hat, was etwas ganz erstaunlich Neues ist) vorstellig zu werden, damit man katholische Priester und Nonnen schickt.

Meinem Besuch im Außenamt des Vatikan ist vorgearbeitet. Es gibt einen Nordkoreaner, der in Rom katholische Theologie studiert. Die nordkoreanische »Geschäftsstelle« (noch nicht offiziell als Botschaft anerkannt) hat schon Beziehungen geknüpft. Der fließend deutsch sprechende Botschafter holt sich bei mir theologische Bücher und Auskünfte. Ich werde also im Vatikan empfangen. Treppauf, treppab, lange Korridore, Schweizer Garde, eilig vorbeihuschende Geistliche (Vatikanbeamte), ich werde also ins Innere dieses seltsamen Gebäudes, dieser mir unangenehmen Regierungsstelle, geführt. Der sehr liebenswürdige Monsignore Celli begrüßt mich. Ich trage ihm meine Bitte um baldige Entsendung von koreanisch sprechenden Priestern nach Nordkorea vor. Praktisch bitte ich also darum, der katholischen Kirche (der Vatikan-Kirche) Tür und Tor zu öffnen. Ich fühle mich als politische Verschwörerin oder vielmehr als Verräterin. Wozu Katholizismus in einem grundbuddhistischen Land? In einem Land, das mit der christlichen Kirche nur schlechte Erfahrungen gemacht hat? Wohin die christliche Religion zugleich mit amerikanischen Geschäftsleuten, also mit dem westlichen Kapitalismus kam? Wo die amerikanischen christlichen Antikommunisten Spionage trieben? (Die Dokumente, echt, fand man im Benediktinerkloster Won-San.) Wozu also jetzt diese Öffnung zum Christentum, das will sagen, zu westlichen Kirchen, vor allem zur katholischen?

Monsignore, sage ich, bitte, glauben Sie nicht, in Nordkorea missionieren zu können im alten Stil. Die Nordkoreaner haben harte Vorurteile. Ja, sagt Monsignore Celli, das wissen wir wohl.

Was mich betrifft: Ich bitte um Priester für Nordkorea nur

der Wiedervereinigung wegen, Monsignore. Für mich ist's keine Frage der Religion.

Eine politische Erfahrung. Michael Kleeberg, junger Schriftsteller, als Deutscher schon jahrelang in Paris, schreibt mir, er sei kürzlich in der Bundesrepublik gewesen und habe bemerkt, »wie sehr das grün-alternativ-ökologische Denken das Leben vieler revolutioniert hat und weiter revolutioniert, was besonders auffällt, wenn man aus einem solch konservativen und wenig aufgeregten Land wie Frankreich kommt. Die Deutschen haben sich in vielem tatsächlich verändert...« Er schreibt auch, er habe eben wieder meinen Roman ›Abenteuer der Tugend‹ gelesen (ein Buch, von dem ich mich immer distanziere, obwohl es vielen verschiedenartigen Menschen tiefen Eindruck macht) und es habe in ihm, wie beim ersten Lesen (es ist nun etwa 32 Jahre alt), »eine Saite zum Klingen gebracht. Die Bedeutung dieser Erfahrung wurde mir selbst nie so recht deutlich. Auch jetzt lese ich das Buch wieder mit großer Teilnahme, weil es meinem eigenen Grundproblem nahesteht, im Leben wie im Literarischen: die Verzweiflung darüber, daß alle ethischen Werte so obsolet geworden sind, daß man sich vor dem allesbeherrschenden Zynismus (auch vor sich selbst) lächerlich macht, wenn man noch eins von den alten Worten (Gott, Heiligkeit, Ehre, Treue, Wahrheit) ernst nimmt.«

In der RAI gehört: ein US-Naturwissenschaftler, Genetiker, hat einen weltweiten Aufruf erlassen gegen die künstliche Zeugung und vor allem gegen alle Experimente der Genveränderung an lebenden Wesen, seien es Tiere, seien es Menschen. Er sagte, daß der Fortschritt nicht nur ein technischer sein dürfe, sondern ein spiritueller sein müsse.

Er gebraucht das Wort »spirituell« einige Male. Er will sein Konzept auch dem Papst vorlegen. Das ist, obgleich Wasser auf meine Mühle, für mich nicht unbedenklich. Denn: was ist da gemeint mit dem Wort »Spiritualität«? Darunter kann sich Sektiererisches und Reaktionäres verbergen. Allerdings von Johannes Paul II. Lieblingsthema Abtreibung sprach er nicht. Man muß derlei Bekenntnisse zu »Werten« mit großer Vorsicht anhören und dazu das Gesicht des Sprechenden anschauen. Biedere, bemüht freundliche, selbstzufriedene, tatsächlich aber harte und machtbewußte Gesichter machen mir Angst.
Und doch: es mehren sich die Zeichen einer Besinnung, eines aus Überdruß und Verzweiflung geborenen Willens zu einer neuen (alten) moralischen Ordnung. Aber eben dies macht mich besorgt. Ordnung ist ein allen Parteien, Kirchen, Gruppen käufliches Wort, ein Gummi-Wort, eines, das man streng überwachen muß, damit es nicht zum Tarnwort für Freiheitsberaubung wird.
Daß zur Zeit in vielen Büchern gerade meine Arbeiten aus meiner »katholischen Phase« zitiert werden, macht mir einerseits Pein (weil ich sie überwunden habe und in viel größere Räume eingetreten bin), andererseits ist's ein Signal für Denk-Verschiebungen. Es gibt eben doch »Werte«, die nicht korrumpiert werden dürfen: Treue, Zivilcourage, Menschenliebe, Friedfertigkeit, Vertrauen, auch Reinheit, im weiteren Sinne. Etwas ist in meinen Büchern, das ihnen Zukunft verspricht. Es ist meine Kraft der Hoffnung.

Unvergeßliches Bild. Ich glaube, niemand, der es sah, kann es vergessen. Es ist ein Symbol für die Ohnmacht des heroischen Menschen vor der Gewalt: der junge chinesische Student, der sich ganz allein dem ersten der anrollenden Panzer entgegenstellte. Die Soldaten versuchten, ihn

nicht zu überfahren, und wichen mehrmals aus. Sie wollten ihn nicht töten. Da rissen andere Studenten ihn weg.
Ein einzelner Mensch vor der nackten Gewalt. Der Mensch, der dem Schicksal trotzt. Der Mensch, der sich opfern will.
Erinnerung an den 20. Mai 1980: Südkorea, Universitätsstadt Gwang Ju. Die Demonstrationen der Studenten gegen die Diktatur Park Chung Hees. Die Panzer, die sie niederwalzten. Hunderte.
Isang Yuns Musik ›Exemplum‹. Im Gedenken an die Opfer von Gwang Yu. O ja. Südkorea, China, Chile...

»Eingehen«. Nun ist mein scheinbar krankes Orangenbäumchen doch nicht eingegangen. Eingegangen. Eingehen. Pflanzen können eingehen. Wohin? Heim, in die Große Mutter Natur. Was für eine Tiefe hat dies von uns so gedankenlos gebrauchte Wort.
In Todesanzeigen von Firmen steht oft: »Wir bedauern den Heimgang unseres Mitarbeiters...« Heimgang. Heim. Wo ist dieses Heim? Was stellen sich die Leute unter diesem Wort vor? Tiere gehen ein, Menschen gehen heim.
Als mein Hund Vanno eingeschläfert werden mußte, tröstete mich Ingeborg: »Wein nicht; er ist jetzt beim Großen Hund.«
Eingehen, Wieder-Eingehen ins Ganze. In die Natur, in die Tierheit, in die Ur-Pflanze (anders vielleicht, als Goethe es meinte). Und der Mensch? Eingehen ins Licht, aus dem er hervorging. Der ewige Kreislauf. Auf- und untergehende Sonne. Heimkehr, Wiederkehr, erneute Heimkehr, erneute Wiederkehr. Warum Tränen?

Die Zärtlichkeit des Henkersknechts. In der RAI Bilder der Verhaftungen in China. Ein junger Soldat legt

einem jungen Studenten die Handschellen an. Beide schauen sich für einen Augenblick an, während der Soldat die Eisen schließt. Wie er es tut: sanft, so sanft wie möglich. Und dann legt er für ein oder zwei Sekunden seine Hände um die des Gefesselten.
Jetzt erst kann ich über China weinen.

Journalisten... In der ›Zeit‹ ein Aufsatz über Nordkorea. Warum lassen die BRD-Deutschen dieses Land nicht in Ruhe? Es muß der Sündenbock sein für alles, was am östlichen Kommunismus den Westlichen mißfällt. Da schreibt eine Frau, die zwar einige Jahre Berichterstatterin in Südkorea war, aber nur kurz (sie sagt nicht, wie kurz) als Touristin in Nordkorea.
Als Touristin will sie Unter-vier-Augen-Gespräche gehabt haben mit Nordkoreanern, die offen ihre Kritik am eigenen Land äußern. Ich muß lachen: ich war achtmal in Nordkorea, ich kenne es jetzt ziemlich gut, und ich höre Kritik am Regime, wenn auch vorsichtige, und ich selbst darf Kim Il Sung Kritisches ins Gesicht hinein sagen.
Wie kann diese Journalistin behaupten, sie wisse wirklich etwas von diesem primitiv scheinenden, tatsächlich aber hochkomplizierten Land. Aber geredet muß werden. Falsches, Schiefes und Erfundenes, schon mehrmals in konservativen Blättern publiziert: der Sohn des Präsidenten sei ein Playboy. Lieber Gott! Der hat keine Zeit zu einem Privatleben. Und er kann gar kein »unmoralisches« Leben führen in diesem superpuritanischen Land. Und mit diesem Vater!
Wer über Korea schreibt, muß auch über das korrupte Südkorea schreiben, in dem 1980, wie in Peking 1989, Hunderte von friedlich demonstrierenden Studenten von Panzern platt gewalzt wurden.
Wer immer Nordkorea gegen Südkorea ausspielt und um-

gekehrt, der verhindert die Wiedervereinigung, die das Volk will, aber die USA nicht gestatten.
Die Journalistin war einmal eine wilde »68erin«, höre ich, und man wollte sie danach in Südkorea nicht als Berichterstatterin dulden. Nun: Gesinnungswandel ist legitim. Was nicht legitim ist, das ist leichtfertiges Schreiben. Das sage ich, die selbst runde zehn Jahre Journalistin war, zu einer Kollegin. Ich schrieb es ihr. – Keine Antwort. Nun ja.

21. 8. 89. Auf den Tag genau vor einundzwanzig Jahren Christophs Anruf aus Bonn: Hast du's gehört? Die Sowjets sind in die CSSR eingedrungen mit Hunderten von Panzern, alles ist zu Ende: der Prager Frühling... Er schluchzte. Ich, in Rom, wußte es schon. Wir weinten beide.
Heute wurden friedlich demonstrierende Leute in Prag zusammengeschlagen (auch ein italienischer Reporter!) und verhaftet.
Die Sowjetunion schämt sich dessen, was sie 1968 veranlaßte. Die tschechischen Kommunisten schämen sich nicht.
Jetzt sind in den Ostblockländern nur mehr Rumänien, die CSSR und, natürlich, die DDR die ewig Gestrigen.

Wer war mein Tänzer? Pyongyang, Fest zum 40. Jahrestag der Gründung der Republik. Die Stadt ist bunt erleuchtet und voller Musik. An vielen Plätzen wird getanzt. Der eigentliche Tanzplatz ist der große freie Raum zwischen dem Kulturpalast und dem Fluß Daedong. Ein ostasiatisches Märchenbild: unterm Nachthimmel ein Blumenfeld, vom Wind bewegt, Tausende von bunten, weitschwingenden Trachtenröcken, zitronengelb, rosa, hellblau, grün, dazwischen die schneeweißen Hemden und dunklen Hosen der Männer. Eine gute Kapelle spielt angenehm mitreißende Musik. Keine Paartänze, sondern alte Reigentänze. Kreise bilden sich, jeder kann sich einreihen, Ausländer sind dabei, die Kreise werden immer größer, sie teilen sich, überschneiden einander, greifen ineinander, bilden neue Figuren, und alles geschieht in fließend-schwebender Harmonie. Wie schön die Leute tanzen. Woher nehmen sie, die tagsüber schwer arbeiten, diese leichtfüßige Anmut?

Ich stehe auf einer Terrasse und schaue zu. Was für ein Unterschied zu westlichen Diskotheken, was für eine vollkommen gebändigte, feierliche Erotik; die Tänze haben noch etwas Rituelles. Ein politisches Fest, ja, das auch, das ist der Anlaß, aber das Eigentliche ist die natürliche Freude am Zusammensein und an der lebendigen Bewegung. In diesem Augenblick löst sich ein junger Mann aus einem der Kreise und kommt weitertanzend auf mich zu. Er fordert mich auf, in tadellosem Englisch. Ich sage: Ich kann diese Tänze nicht. Er lächelt und führt mich mit aller Selbstverständlichkeit mit sich. Wir tanzen. Mein Partner, Koreaner natürlich, ist groß und schlank. Er lächelt. Sein Lächeln hat etwas Fernes, Fremdes. Ich sehe: Er ist schön. Ausnehmend schön. Er führt mich mit leichter Hand, er berührt mich kaum, nur bei gewissen Drehungen legt er, wie es der Tanz erfordert, seine erhobene Handfläche flüchtig auf die meine. Eine Schmetterlingsberührung. Mir fällt bald auf, daß er nicht, wie es zu diesen Reigentänzen gehört, die Partnerin wechselt; er versteht es, mich nicht weiterzugeben. Ich tanze. Ich bin ganz zu Tanz geworden. ES tanzt.

Schließlich die Lautsprecherstimme, die sagt, für heute sei der Tanz zu Ende. Die Menge löst sich still auf. Mein Tänzer bringt mich auf die Terrasse zurück zu meinem Dolmetscher und den anderen Freunden. Er verbeugt sich, lächelt und verschwindet. Niemand kennt ihn, obwohl die jungen Leute, zumeist Studenten, einander alle kennen. Ich sehe ihn noch einmal von weitem, er ist größer als alle anderen, er winkt und ist nicht mehr da, der Platz ist leer. Habe ich mit Koreas Schutzgeist getanzt?

Traum vom 16. 9. 89 gegen Morgen. Ich gehe auf einer breiten Straße, die völlig im Dunkeln liegt. Man sieht tatsächlich nichts als Finsternis. Ich weiß, daß links ein Fluß liegt, der Rhein. Im Dunkeln ahne ich einige Männer (Dunkel-Männer!), fürchte mich aber nur wenig. Schließlich ändert sich die Szene. Es kommt der Papst, der aber doch nur der Kölner Kardinal ist, aber Pius X. ähnlich. Was wir reden, weiß ich nicht, aber plötzlich sind Adele und noch eine Frau neben mir. Der »Papst« läßt ein dickes Buch bringen, das einem großen grauen Ziegelstein gleicht. Es steht nichts auf dem Umschlag und scheint ganz leer, wenn es nicht überhaupt nur ein Stein ist. Der Papst hält es mir vor Augen. (Er ist jetzt kleiner als ich.) Ich sage: »Ich soll wohl darauf einen Treueid schwören? Aber ich schwöre nicht. Ich liebe den Christus Jesus so sehr, daß ich ihm keine Treue schwören muß. Überhaupt: Du sollst nicht schwören.« Da tritt ostentativ ein Mann zum Papst, der führt ihn an der Hand mit sich. Aus einer Gruppe höhnische Rufe wie: »Der macht jetzt Karriere.« Während der ganzen Traumszene steht im Bild ein Tannenzweig, dessen Nadeln rauchlos leuchtend mit kleinen Flämmchen brennen, ein hübscher Anblick; ich kann dieses Detail nicht deuten.

20. 9. 89. Die lange Unterbrechung an meiner Roman-Arbeit (Heloise und Abaelard) macht mich unglücklich. In meinem Tagebüchlein steht noch am 26. Juli: »Mühsam weiter am Roman.« Dann nichts mehr davon. Nur mehr abgerissene Sätze über die unerträgliche Hitze, über schlechtes Befinden, über viele Besucher, über wider-

willig erledigte Post. Dazwischen die Notiz über meinen Aufsatz für ›Die Zeit‹ (Umfrage: Ist der Sozialismus am Ende?). Dann die Korea-Reise. Zwar hörte die innere Arbeit am Roman auch dort nicht auf: ich hatte zwei Bücher zum Thema Abaelard mitgenommen und arbeitete sie in Pyongyang durch, aber daraus entstand nichts. Und jetzt soll ich weitermachen auf Seite 50. Ich drücke mich, ich habe Angst vor dieser Arbeit, ich suche Ausreden: viele Post zu erledigen, Antworten auf Umfragen... Nur ein kreativer Künstler kann verstehen, wie mir zumute ist. Diese hysterische Angst vor dem Nicht-Können, vor dem Ende der schöpferischen Kraft... eine Art Verzweiflung. Die finstere Lust am Aufgeben jeder Arbeit. Der Rückzug ins feige Schweigen. In den Schlaf. Eigentlich ist's Todessehnsucht. Ich rette mich durch das Schreiben des Tagebuchs. Habe viel nachzutragen, Interessantes sogar, bin aber lustlos. Mag meinen Stil nicht mehr. Mag Literatur nicht mehr. Was aber?

Eucharistie, was ist das? Mein nordkoreanischer Dolmetscher will wissen, was denn da gefeiert wird beim Eucharistischen Kongreß in Seoul im Oktober. Was für ein schwieriges Wort, fast unaussprechbar. Und was für eine schwierige Sache. Jemand hat ihm gesagt, Eucharistie heiße »Leib« oder auch »Fleisch und Blut«. Erklär das einem ostasiatischen »heidnischen Marxisten«! Ich versuche es. Ich erzähle von dem letzten Abendessen Jesu mit seinen Anhängern, denen er, zum Abschied, Brot und Wein reichte und ihnen dann den Auftrag gab, »zu meinem Gedächtnis« dieses Abendmahl auch nach seinem Tod zu feiern, immer wieder.

Ja, aber warum das Wort von »Fleisch und Blut«? Es war doch Brot und Wein!

Ich erinnere mich, wie ich's einmal Münchner Volksschülern erklärt habe, fünfzehnjährigen Vorstadt-Rangen, die mich gefragt hatten, warum sie sonntags zur Messe gehen sollten und was diese Messe denn bedeute. Auf diese Frage war ich nicht vorbereitet. Ich dachte nach, vielmehr: ich hörte in mich hinein, und dann sagte ich kühn (in etwa so): Das Wichtigste an der Messe ist das Essen. (Gelächter!) Aber was ißt man? Etwas, das wie ein dünnes rundes Blatt Papier aussieht. Es ist aber ein Brot. Eigentlich müßte es ein richtiger Brocken Brot sein, ein Stück von einem großen Brotlaib; der müßte so groß sein wie die Erdkugel, und alle äßen dann das gleiche. Das sei aber kein gewöhnliches Brot, sondern ein heiliges Brot, heilig dadurch, daß der, den wir Jesus nennen, die Erden-Materie mit seinem Geist durchdrungen hat: er wurde in einer Höhle geboren, das ist ein Bild dafür, daß er als geistige Kraft in die Erde hineingeboren wurde, und als er starb, floß sein Blut auf diese Erde und durchtränkte sie, und so ist sie sein Leib: sein Fleisch und Blut. Das essen wir als »eucharistisches Brot«. Es bedeutet (ich weiß, daß ich als Katholikin mit dem Wort »bedeutet« eine Ketzerei sage; sei's drum), daß wir alle gemeinsam die Erden-Materie, die der Christus Jesus ist, in uns aufnehmen. Essen heißt: etwas sich einverleiben. In der Eucharistie feiern wir die Liebe zum Christus und zu allen Mitmenschen.

Das liest sich hier so hingeschrieben schwierig und unzulänglich, aber die Buben und Mädchen begriffen es, zumindest ahnungsweise, wie die Gespräche danach bewiesen.

So versuche ich also auch meinem Dolmetscher zu erklären, was dieser Eucharistische Kongreß bedeutet: die Manifestation eines gemeinsamen Glaubens an den Sieg der Liebe (für ihn sage ich: »den echten Sozialismus«). Worte über den metaphysischen Sinn der Eucharistie wollen mir nicht über die Lippen. Aber wenigstens ein bißchen vom Gemeinten konnte ich ihm vermitteln. Jetzt weiß er wenigstens, was hinter dem so schwer aussprechbaren Wort

steht und was da in Seoul gefeiert wird unter der (politischen) Assistenz des Papstes.
Ich las eben nach, was ich in ›Mirjam‹ darüber schrieb, und erschrak über meine Kühnheit, ein so ungemein schwer in Worte zu fassendes Geheimnis zu berühren. Ich dachte an die Worte von Hans Mayer: er hätte mir abgeraten, diesen Themenbereich als Romanstoff zu nehmen; aber er sehe, es sei mir gelungen.

Ich, Münchhausen... Die Meinung, ich sei, wie mir meine Leser schreiben, eine Figur der Hoffnung, von der Kraft ausgehe, verfolgt mich bis Korea (Süd wie Nord; in beiden Ländern liest man meine Bücher).
Eben, in Pyongyang, sagte mir bei einem Treffen mit Kollegen eine junge Journalistin, daß ich ihr Mut gebe, und auch männliche Kollegen stimmten ihr bei. (Ich fragte nicht, wozu sie Mut brauchen. Aber Mut braucht jeder. Mut zum Leben.)
Sollte mich derlei nicht freuen? Es macht mich nur tief verlegen. Bin denn ich damit gemeint? Wer oder was ist das, was mich zur Mutbringerin macht? Wenn die Leute wüßten, wie oft ich tief mutlos bin, ganz tief unten im Dunkeln, und wie ich mich, Münchhausen gleich, der sich am eigenen Schopf aus dem Sumpf zieht, mühevoll und (scheinbar) jeder Hilfe bar, hinaufhieve in den Bereich der Utopie Hoffnung!
Ich sage »scheinbar«. Aber es gibt doch eine Hilfe: wenn es mir gelingt, mit verzweifelten Schreien die positiven Kräfte aufzurufen, nennen wir sie »Engel« oder »Gott« oder meine eigenen Kraftreserven – es kommt aufs gleiche heraus. Wichtig ist, daß die Nabelschnur zum kosmischen Ganzen nicht durchschnitten wird. Die Menschheit in das Inferno der Verzweiflung oder auch nur der kalten Gleichgültigkeit zu stürzen, ist das intensive Bestreben der Dämonen.

Nach meiner Nordkorea-Reise. Die junge Südkoreanerin hat doch etwas erreicht: sie hat beide Teile Koreas provoziert, den Süden sowieso, aber auch den Norden, dem sie mit ihrer kühnen Tat vorwarf, von Wiedervereinigung zu reden, aber nicht entsprechend zu handeln. Jetzt sitzt sie in Seoul im Gefängnis. Man sagt, sie sei vom KCIA gefoltert worden, um sie zu dem Geständnis zu bringen, sie sei Spionin für Nordkorea. Eine absurde Anklage, an die selbst die Ankläger nicht glauben. Man hat ihr auch die Frau des vor Jahren aus Südkorea in den Norden und wieder nach Jahren aus dem Norden in die USA emigrierten Filmregisseurs Sin geschickt, die sie überreden sollte, die »Wahrheit« zu sagen. Aber das Mädchen blieb standhaft. Eine große Verlegenheit für die südkoreanische Regierung: Anfang Oktober kommt der Papst zum Eucharistischen Kongreß nach Seoul. Er muß sich äußern, zumal auch ein katholischer Priester, Südkoreaner, auf den Philippinen tätig, der zum Jugendfestival nach Nordkorea gekommen war, verhaftet ist. Was für ein Irrsinn ist doch die Politik.
P. S. Der Papst äußerte sich mit keinem Wort. Es gibt Sünden der Unterlassung, Herr Papst!

Der Schock. Von Nordkorea kommend, sehe ich den Westen plötzlich mit fernöstlichen Augen. Im Fernsehen (RAI) auf sechs Kanälen nichts als Pornographie und Gewaltszenen und eine alberne US-Schnulze von reichen Leuten, die einander so und so betrügen. Was für eine drekkige Welt. Ekel.
In Nordkorea: keine Drogen, keine schwere Kriminalität, kein Alkoholismus, keine Pornographie, kein Aids.
Langweilig? Ja, schon. Die Filme aus der Zeit der Partisanenkämpfe gegen die Japaner, gut gemacht, aber immer wieder dasselbe. Und die singenden und tanzenden Kinder aus dem Kinderpalast, reizende, hochbegabte Kinder, aber

auch immer dasselbe. Und die Bilder vom Weltjugend-Festival: dutzendmal wiederholt, ganz oder in Ausschnitten. Alles schön, aber auf die Dauer salzlose Speise. Und doch: es tut gut, einmal eine andere Welt zu sehen. Freilich wird moralische Sauberkeit leicht steril.
Die gründliche Verdorbenheit der westlichen Welt wird mir erschreckend deutlich. Ich sage: westliche Welt. Aber sie ist ja überall; ist auf der koreanischen Halbinsel selbst jenseits der Grenze in Südkorea.
Ich habe jetzt die Wahl: entweder schließe ich die Augen und verstopfe die Ohren und ziehe mich ganz in meine Welt zurück – aber halt: meine Welt, das ist ja die ganze Welt! Nein, ich habe keine Wahl; ich muß sehen, hören, darunter leiden. Es gibt für mich keinen Rückzug in die Innerlichkeit. Ich gehöre in diese unsere Welt und diese unsere Zeit. Flucht ist unerlaubt. Und sie bringt nichts ein.

Vogel-Dialog im Garten. Eine Grasmücke singt ganz in meiner Nähe. Eine Melodie, immer dieselbe, manchmal eine ganz kleine rhythmische Variante bei der Schluß-Terz nach oben. Hört sich so an wie in Italienisch »anch'io« (»Auch ich«). Höchster Ton das »i«. Eine kleine Pause, dann aus der tiefen Laubwildnis am andern Ende des Gartens die Antwort, ganz gleich. Und immer diese ganz kleine Pause, dieses Warten auf die Antwort. Unersättliches Gespräch. Ich höre es lange. Es ist ein zärtliches, glückliches Gespräch. (Es gibt auch andere zwischen Singvögeln.) Was sagen sich die beiden?
Es ist nicht mehr Liebes-Zeit. Die Jungen sind längst ausgeschlüpft. Ein zweites Mal brüten sie jetzt nicht. Das Lied ist also keine Lockung, keine Werbung. Was dann? Ein Loblied aufs Leben. Eine Liebeserklärung ans Da-Sein. Ein Lied der reinen Freundschaft, die nichts mehr will, die einfach IST.

Was 1933 gedacht und geglaubt werden konnte. Thomas Mann in seinem Tagebuch vom Juli 1934: »... Gefühl der Befriedigung, Hoffnung, Erleichterung, Genugtuung, das mich angesichts der deutschen Vorgänge erfüllt« (Ermordungen anläßlich der Röhm-Affaire). »Man stand all die Zeit unter dem Druck des begeisterten Glaubens der Thoren. Man konnte innerlich zuweilen wanken... Man schämt sich der wenigen schwachen Augenblicke, wo man an seinem Gefühl zweifeln wollte.«
Ich lese diesen Satz 1989 und vergleiche ihn mit dem Brief, den ich, 22 Jahre alt, 1933 schrieb. Dieses junge Mädchen zweifelte nie.
Aber Thomas Mann sah Deutschland »von außen«, als Emigrant. Er fiel bisweilen willentlich einer Selbsttäuschung anheim: er liebte Deutschland und konnte nicht an dessen schreckliche Verrohung glauben.

Momentaufnahme. Flughafen München, Wartehalle vor dem Abflug, Verspätung, Angelika Hocke mit ihren zwei reizenden Kindern. Und eine Reisegruppe von Japanern, meist ältere Leute. Ein Japaner faltet etwas aus einem Stück Zeitung, dann winkt er den Hocke-Kindern. Sie nähern sich zögernd. Was der Japaner aus dem Papier gemacht hatte, ist ein Hund. Die Kinder, zuerst schüchtern, werden zutraulich. Der Japaner zaubert im Nu eine Katze, eine Schlange. Die Kinder sind entzückt. Die ganze Gruppe der Japaner lächelt und freut sich und fotografiert.
Japaner fotografieren und fotografieren, oder filmen. Daheim schauen sie die Bilder an, auch die mit den exotischen deutschen Kindern und dem zaubernden Großvater, einem Mann, der eine Verkörperung der reinen Güte scheint.
Die ganze Wartehalle nimmt an dieser Szene teil. Die ärgerliche Verspätung ist vergessen. Für eine halbe Stunde herrscht die geduldige Liebe.

Trostbuch. Ein Schriftsteller (der sich kein Ausweichen ins Unverbindlich-Geschwätzige leistet) kann nur leben, wenn er arbeitet. Wenn die Arbeit stockt, verfällt er der Depression. Arbeit als Droge. Vielleicht. Wenn schon. Selbst der Schöpfergott suchte sich eine Arbeit: er schuf die Welt und das Monstrum Mensch. Ein Schriftsteller leidet fast immer, er sagt es oder sagt es nicht, aber es ist so: er leidet. Warum sonst die vielen Alkoholiker und Morphinisten unter Schriftstellern?

Thomas Mann, der enorm Erfolgreiche, litt fast immer, sei es körperlich-nervlich, sei es seelisch. Er schlief nur mit schweren Schlafmitteln. 1933 schreibt er (zum Beispiel): »Sorge um meine Unlust zur Fortsetzung der Arbeit (›Joseph‹). Die notwendige stille Begeisterung, möge sie auch von Zweifeln und Unzufriedenheit beeinträchtigt sein, schafft nur die Arbeit...«

Was Thomas Mann in seinen Tagebüchern schreibt, ist für mich ungemein hilfreich. Dieselben Leiden, derselbe Aufwand an Tapferkeit, dieselben Zweifel, dieselben Verzweiflungsanfälle, dieselben Ärgerlichkeiten, derselbe Dämon, dieselben Tröstungen, die nicht vorhalten, dieselben politischen Probleme und derselbe Zorn über die Dummheit der Machthaber...

Und die Arbeit. Immer die Arbeit. Ein Leben voller Arbeit. Alles andere danebenlaufend.

Ich lese immer wieder in diesen Tagebüchern. Die Verwandtschaft, die gleiche Grundstimmung, die Grundbedingungen eines schöpferischen Lebens. Thomas Mann hat durchgehalten. Warum soll nicht auch ich aushalten?

Aber wer sonst als ein Schriftsteller könnte ausgerechnet bei Thomas Mann Trost finden, bei dem Ungetrösteten, den nichts trösten konnte über den Augenblick hinaus, selbst nicht der Nobelpreis, nicht all die akademischen Ehrungen, nicht das viele Geld, nicht die Verehrung der Leser. Schriftsteller sind untröstlich. Schrieben sie sonst?

November 89. In Neapel wurde eine Schule für »Zigeuner« eröffnet. Lehrer ist ein italienischer Zigeuner. Er unterrichtet nicht in Italienisch, sondern in der Sprache der Zigeuner. Sprache ist Kultur. Die Kultur der Roma soll erhalten oder auch neu belebt werden.
So geht's also auch. Hamburg verjagt die Zigeuner aus der Stadt.

Törichte Novembergedanken. Was sagt mir mein Garten? Auf dem Rasen, der in diesem meist feuchten Jahr immer grün blieb, stehen kleine weiße Pilze in großen Kreisen und Achtern und anderen, sonderbaren Figuren. Chiffren. Botschaften. Die Pilze sind nicht giftig, aber man ißt sie nicht. Sie führen eine geheimnisvolle Existenz, zweideutig.

9. November 1989. Die Berliner Mauer fällt. Ich hätte mir die Sache dramatisch-spektakulärer gewünscht, durch Dynamitsprengungen etwa zu Wagners ›Götterdämmerungs‹-Musik. Ich habe zu lange auf diese Stunde gewartet, als daß sie mich überraschen könnte. Seit der Jugend-Demonstration bei meiner Lesung in Weimar im Januar war mir klar: jetzt ist's eine Frage der Zeit; der kurzen Zeit.
Zehn Monate. Jetzt also. Ich habe mir seit Jahren gewünscht, dabeizusein und einen Stein aus der Schandmauer zu schlagen. Jetzt sehe ich aus 2000 km Entfernung, wie andere es tun und wie junge Leute auf die Todesmauer klettern und wie Tausende sich in die Arme fallen. Ein Freudenfest.
Natürlich treibt das Ereignis auch mir Tränen in die Augen. Freudentränen, ja. Aber. Aber? Kann ich etwas dafür, wenn mir die Toten einfallen, die da in der Bernauer Straße von Vopos erschossen wurden, weil sie in den Westen flüchten wollten? Kann ich was dafür, daß mir bei »Wiederver-

einigung« das zugehörige Wort »Groß-Deutschland« einfällt, Hitlers Wort, und dazu »Deutschland über alles«, Deutschland, das 80-Millionen-Volk von Tüchtigen, das Zentrum Europas, das zwar nie mehr einen Krieg gebären wird, aber mächtig genug ist, wirtschaftlichen Druck auszuüben. Die große Euphorie vom 9. November, sie hält bei mir nicht vor. Das Friedensfest, es ist ein Traum. Die Tränen, die ich in der Nacht darauf weine, sind bitter: was kommt da auf uns zu? Was für unlösbare Probleme. Ich habe das quälende Gefühl, daß das alles schiefläuft. Unaufhaltsam.

Dezember 89. Feucht, schwarz, ein unguter Wind aus Südwesten. Abend. Um Viertel nach fünf schon dunkel. Schwere Traurigkeit, sogar Angst. Wovor Angst? Fangarme aus dem Universum. Gespenster gehen um.
Eben im TV gehört, daß es in den USA eine neue Pille gegen Depression gibt. Die Amerikaner schenken sie einander zu Weihnachten. Das Geschäft blüht. Keiner will leiden. Alle wollen glücklich sein. Keine Depression mehr. Ein Volk von heiteren, friedlichen, glücklichen Menschen. Was hat sich der Teufel da wieder ausgedacht. Leute, die nicht leiden: törichte Kinder. Oder sollte unsere (christliche) Lehre vom Sinn des Leidens ein schrecklicher Un-Sinn sein? Sollten wir uns das Paradies auf Erden mit Hilfe der Chemie erraffen?
In Thomas Manns vorletztem Tagebuch lese ich, daß er eine Pille nahm, »Heiterlein« genannt. Der Kommentator im TV meint, angesichts der von schweren Drogen Abhängigen sei es doch viel besser, vorbeugend dieses Heiterlein zu nehmen... Das Argument ist nicht von der Hand zu weisen. Wäre ich weniger diszipliniert, könnte diese Pille für mich eine Versuchung sein. Keine finstre Schwermut mehr... Aber nein. Es ist unmenschlich, dem Leiden zu entfliehen. Man muß hindurch. Ohne Chemie.

2. Dezember. Die erste gesamtdeutsche Wahl. Jetzt, am Morgen, ist das Ergebnis vorauszusagen. Ich blättere zurück im »Kulturfahrplan« – 1949: CDU 139 Sitze, SPD 131, FDP 52, KPD 15 und die kleinen Splitterparteien. Regierungskoalition CDU, FDP und DP. (Wer war das eigentlich?) Offizielle Opposition SPD mit Kurt Schumacher. Adenauer Bundeskanzler.
Im Osten (DDR, schon damals so genannt) wird Wilhelm Pieck, KP, Präsident, und Grotewohl bildet eine ostdeutsche Regierung aus allen Parteien und Massenorganisationen. 1950 (das haben wir vergessen) wollte Westdeutschland gesamtdeutsche freie Wahlen, 1951 (das haben wir verdrängt) macht Grotewohl seinerseits den Vorschlag zu gesamtdeutschen Beratungen und Wahlen. 1952 Vorschlag der DDR-Volkskammer zur Wiedervereinigung; der Westen lehnt ab. Konsequenz: 16000 Ostdeutsche flüchten in den Westen; Telefonverbindung zwischen Ost und West unterbrochen. 1952 wollen Gustav Heinemann, Helene Wessel und Hans Bodensteiner (alle drei in der CDU) Wiedervereinigung durch Neutralisierung; sie finden keinen Anhang, treten zur SPD über.
Verpaßte Gelegenheit; warum haben wir nicht eine neue »Linke« gegründet? Warum überlassen wir unser Land den Mitte-Rechten, den Spießern, die (begreiflich) keine neuen Unruhen wollen, sondern Ruhe, nichts als Ruhe, eine Ruhe, in der man ungestört Geld verdienen kann. Geldschrank-Ruhe, Grabesruhe. Das mögliche Neue: verspielt, verspielt.

8. Dezember 1989. Fest der Unbefleckten Empfängnis. Lassen wir das Dogma, wohin es gehört: ins Gebiet mißbrauchter Mystik. Aber nicht gelten lassen können wir die Heuchelei dieses Papstes, der, wie es der Brauch ist, am 8. Dezember vor der Mariensäule auf der Piazza di Spagna unter einigem anderen für »die Frauen«

betete, damit ihre Würde unangetastet bleibe und ihnen Gleichberechtigung zugebilligt werde. Ja, und? Darf die Frau also jetzt Priester werden? Nein, natürlich nicht. Dazu ist sie nicht würdig, und dafür gilt die Gleichberechtigungsforderung nicht. Also, was soll das Gebet? Wenn der Papst sich einmal einer Psychoanalyse unterzöge, was für eine abgründige Angst vor dem Machtverlust und vor dem eigenen ins Unbewußte verdrängten weiblichen Teil käme da ans Licht. In diese dunkle Tiefe zu blicken, das wagt er nicht. Aber für die Würde der Frauen beten...

Kunst. Im ›Doktor Faustus‹ von Thomas Mann gefunden: »Fern sei es von mir, den Ernst der Kunst zu leugnen; aber wenn es ernst wird, verschmäht man die Kunst und ist ihrer nicht fähig«, sagt Serenus Zeitblom.

Weihnacht. Im TV: Eine wunderbare Männerstimme, Tenor, singt: Stille Nacht, heilige Nacht... Und die Kamera fährt über die Obdachlosen, die im Bahnhof unter ihren Fetzen und unter Zeitungen auf dem Boden schlafen. Weihnachts-Idylle.

Die unvergeßlichen Bilder dieses Jahres: Der junge Chinese, der in Peking auf dem Tiananmen-Platz den Panzern entgegenläuft, um sie beschwörend aufzuhalten, und die junge Südkoreanerin, die die Grenze überschreitet, in klarem Wissen, daß sie drüben, in ihrem Heimatland, sofort verhaftet wird; ihr Zögern, ihre letzten Gespräche mit den Begleitern, ihr kurzes Weinen, letzte Umarmungen und dann der jähe Aufbruch, der eine einzige Schritt über den Grenzstrich, der Sprung aus

der Freiheit in die Verhaftung und der letzte Blick zurück, dorthin, wo sie als Heldin frei leben könnte.
Bilder, die beweisen, daß der Mensch groß angelegt ist; man vergißt das immer wieder, der Mensch selbst ist sich seiner Möglichkeit zur Größe nicht bewußt, und das ist es doch, was sein Wesen ausmacht: das Übersteigen der Grenzen seines Ich.
Unvergeßlich auch die Szene mit dem Hungerstreik: Südkorea hat dem Mädchen den Wiedereintritt ins Heimatland verwehrt. Sollte sie nicht froh sein, der Folter zu entgehen? Nein: sie will ein Zeichen setzen, sie will die Heimkehr und die Verhaftung erzwingen. So beginnt sie den Hungerstreik, mit ihr andere junge Menschen verschiedener Nationen, die zum Festival gekommen waren und sie bis zur Grenze begleitet hatten. Die Etappen des Hungerstreiks sind gefilmt. Schließlich fallen einige am vierten und fünften Tag in Ohnmacht. Rim Sok liegt in tiefer Bewußtlosigkeit. Von der südkoreanischen Seite her, wenige Meter entfernt, schauen Soldaten zu. Schließlich muß man das Mädchen ins nächste Krankenhaus bringen, ehe sie stirbt. Man gibt ihr Spritzen. Sie kehrt auf ihren Platz zurück. Plötzlich wird man gewahr, daß jenseits des Grenzstrichs kein Soldat mehr ist. Sie haben sich alle lautlos zurückgezogen. Rim Sok sieht ihren Weg offen. Sie geht ihn; mit ihr geht, vielmehr läuft, seinen Arm um sie gelegt, der junge katholische Priester. Ein Gebüsch verdeckt die Gefangennahme. Nie, nie werde ich diese Szene vergessen, obwohl ich sie nur im Fernsehen sah. Wäre ich doch ein paar Wochen früher nach Nordkorea geflogen. Ich hätte Rim Sok begleitet. Sie hat mir noch geschrieben, daß mein Telex-Brief sie sehr gestärkt hat. Wenigstens das konnte ich tun. Und daß »meine« Glocke ihren Namen trägt, das auch.

1990

Habe ich das Richtige getan? Als ich 1988 in Pyongyang war, sah ich die eben erbaute katholische Kirche. Sie hat einen Turm, aber da hing keine Glocke. Ich versprach etwas übereilt, ich würde ihnen die Glocke stiften. 1989 tat ich es, das heißt, ich spendete alle Honorare meiner in Nordkorea übersetzten Bücher. Eine ganz schöne Summe, die ich freilich nicht transferieren kann und für die ich auch nichts kaufen wollte.

Die Glocke sollte meinen Namen tragen. Ich wollte das nicht. Ich sagte, man solle sie »Rim Sok Gyong« nennen nach der tapferen südkoreanischen Studentin, die für die Wiedervereinigung ins Gefängnis ging. So wird es geschehen, und an Weihnachten soll die Glocke zum ersten Mal läuten.

Gut. Aber wollte ich eigentlich dieser verschwindenden Minderheit von Katholiken ein so großes Geschenk machen? Wofür eigentlich? Die antikommunistischen, vom Westen gesteuerten Christen, auch die Katholiken, hatten beim Aufbau des Staates keine gute Rolle gespielt. War mein Geschenk an sie nicht eine gänzlich unpassende politische Tat, die man mir falsch auslegen würde? Ich erklärte rundheraus und öffentlich, die Glocke gehöre dem ganzen Land und Volk, aber da nur die Katholiken einen Glockenturm kannten, würde ich die Glocke eben ihnen schenken. Man verstand. Aber eigentlich hätte ich veranlassen müssen, daß man an der Grenze zum Süden einen Turm baute und dort die Glocke aufhängte, damit sie, als Friedensglocke, auch im Süden gehört werden könnte. Ich überlege, ob ich meine nächsten Honorare für diese Friedensglocke in Panmunjong verwenden soll.

Kein Platz für Heimatlose. Nämlich im Kölner Dom. Januar 1990. Täglich kommen rund zweitausend »Übersiedler« aus der DDR in die BRD, und sie werden (bis jetzt) mit offenen Armen aufgenommen, man kann Millionen integrieren. Aber 3500 Angehörigen der »Roma« gewährt man kein Asylrecht. Sind doch Zigeuner, also keine Menschen. Unter Hitler sind rund 500000 Zigeuner in den KZs umgekommen, und jene, die überlebten, erhielten lange keine Wiedergutmachung, denn sie seien ja nicht rassisch Verfolgte, sondern »Asoziale«. Frage an uns alle: WER hat sie zu Asozialen gemacht?
Gaj chal maro drom? fragen die »Zigeuner«. Wohin geht unser Weg? Eines Tages werden wir »Christen« gefragt (auch der Erzbischof von Köln, o ja): »Wo ist dein Bruder Abel?«
Wir nehmen solche Worte überhaupt nicht ernst. Sie haben keine Wirklichkeit für uns. Aber die Wirklichkeit wird uns einholen, eines Tages, wenn nicht in dieser Welt, so doch gewiß in der geistigen, aber an die glauben wir Christen freilich nicht mehr, auch nicht der Kölner Klerus.

Januar 1990. Jetzt stehe ich also vor dem Brandenburger Tor und darf mit bundesdeutschem Ausweis passieren. Meine italienischen Freunde dürfen das nicht. Die müssen einen Umweg machen bis zu einem andern Einlaß. Europäer? Nein: Italiener. Noch dazu sind die Grenzer genauso grob wie ehedem die Vopos. Ich sage es ihnen. Ich sage laut: »Wenn ihr so bleibt, wie ihr wart, möchte ich auf die Wiedervereinigung verzichten.« Sie nehmen's stumm verbissen hin. Nur einer lacht. Vor einem Jahr noch kostete mich so ein Wort beinahe das Einreise-Visum: Als ich mit einem Westberliner Taxi zum Ostberliner Flughafen fuhr, ließ man mich so lange warten, bis es fast zu spät zum Abflug war. »Wenn's Ihnen nicht paßt, können Sie hierbleiben«, sagte der Grenzer. Zurückdenkend steigt mir der kalte Zorn hoch: wie viele solcher Schikanen habe ich mir gefallen lassen müssen im Lauf der Jahre. Ich und viele andre aus dem Westen, dem Feindland. Westliche Kapitalisten gegen östliche Sozialisten. Wahnsinn. Die ganze Mauer: Wahnsinn. Menschenunwürdig. Wie alle Feindseligkeit, wie alle Gewaltanwendung.

Begegnest du dem Buddha – so bring ihn um. Was für ein dunkles Wort. Natürlich versteht jeder, daß das eine Metapher ist. Man kann »dem Buddha« nicht mehr begegnen, der vor 3000 Jahren gestorben ist, und man kann ihn also nicht töten. Was ist gemeint?
Der Buddha, dem man begegnen kann, ist nicht DER Buddha, vielmehr: er ist nur der Buddha, der eine von vielen Manifestationen des Dharma ist, des ungreifbaren »Gottes«. Man muß alle Vorstellungen fallenlassen. Man muß das reine ewige »Nichts« erfahren.
Und sollen wir unsern Christus umbringen, wenn wir ihm begegnen würden?
Niemand sei entsetzt über dieses Wort. Man muß nur die falschen Vorstellungen töten. Hat nicht Jesus selbst gesagt, man müsse durch ihn hindurch »den Vater« sehen?

Mit-Leiden. Seit einigen Tagen eine Nerven-Entzündung an der linken Fußsohle (leicht arthritische Veränderung). Sehr schmerzhaft. Jeder Schritt eine Qual. Natürlich bekomme ich Hilfe durch Massagen und eine Heilsalbe. Aber ich kann nur mit großer Vorsicht leicht hinkend gehen. Jetzt aber sehe ich, was ich vorher nie beobachtet hatte: viele Leute gehen so wie jetzt ich, viele laufen auf den äußeren Fußkanten, um die schmerzenden Stellen nicht zu belasten, andre verlegen das Gewicht auf die Fersen, andre

auf einen der beiden Füße, andre knicken in den Knien ein, andre stellen beide Füße unnatürlich nach außen oder nach innen, viele haben gekrümmte Rücken, eine schiefe Schulter, und die älteren (nicht mal alten) Leute gehen am Stock.
Ich lief mein Leben lang leicht und ohne Schmerzen. Jetzt weiß ich, was andre leiden. Gut so. Dazu also sind Leiden und Schmerzen da, daß man fühlt, was andre leiden. Brüderlich-schwesterliches Leiden. Das ganze Leben: gemeinsame Not. Ich lese mit Liebe in den von Schmerzen aller Art gezeichneten Gesichtern.

Die unsichtbare Mauer. Im TV gesehen: Strand an der Ostsee. Kein Stacheldraht mehr zwischen Ost und West. Nein, das nicht. Aber: auf der Westseite die komfortablen Caravans der »Wessis«, auf der Ostseite die etwas ärmlichen Zelte der »Ossis«. Die Wessis in ihren Strandkörben wie in kleinen Festungen, die Ossis im Sand. Kein Gespräch zwischen den beiden Lagern. Man vermeidet die nahe Begegnung. Wäre ich dort, ich machte ein Fest der Versöhnung, ein Musikfest, ein Tanzfest. Aber ich fürchte, ich fände hartnäckigen Widerstand. Bei beiden.
Die schreckliche, die teuflische Macht ideologischer Lügen.

Christentum praktisch. Ein Pfarrer von Turin konnte nicht mehr mit ansehen, daß die Stadt den Obdachlosen nicht half. Eines Tages (vor wenigen Monaten) brachte das TV ein Bild: die Kirche jenes Pfarrers war zur Hälfte in einen Schlafsaal umgewandelt. Wenn schon die Stadt für ihre »sfrattati« (die obdachlos Gewordenen) nichts tat und wenn sich die Türen der reichen Bürger und der Stadtväter nicht öffneten: Jesus, der Barmherzige, stellte seinen Tempel zur Verfügung.

Ein eindrucksvolles Zeichen.
Natürlich bekam der Pfarrer Schwierigkeiten von beiden Seiten: der Stadt und der Kirchenbehörde. Da waren sie sich einig: so was gehört sich einfach nicht, die Kirche ist Gottes Wohnung, sakraler Raum, die Paläste der Reichen sind ebenfalls (gottgewollt) sakrosankt und nur für die Reichen da. Hier verstehe ich in leidenschaftlicher Übereinstimmung die Kommunisten der Oktober-Revolution: Der Kirchen-Gott und sein Klerus und der Zar und alle reichen Gutsbesitzer müssen enteignet werden. Öffnet Kirchen und Paläste fürs arme Volk!
Ja, gut. Und was geschah? Die Moskauer Kirchen wurden Museen oder zerfielen, die wunderschönen Paläste in Leningrad (Petersburg) wurden, mit Zwischenmauern, zu häßlichen Bürofluchten, und das Volk lebt wie vorher zu sechst in zwei armseligen Zimmern, die Klöster stehen leer, und eine Führerin in Kiew erklärte mir, daß die Mönche in Saus und Braus gelebt hätten und daß es recht sei, wenn ihre sündenverseuchten Gebeine andernorts verscharrt würden. Wohnungen machte man aus den Klöstern nicht. Was man Gott und den Reichen wegnahm, verkam.
Auch ich bin der Meinung, die Kirche, die katholische, sei in dieser Hinsicht (also grundsätzlich) um kein Haar besser als die zaristischen Gutsbesitzer. Sah ich nicht jahrzehntelang in Rom und im Kirchenstaat ringsum leere alte Paläste, die man zu Wohnungen für Hunderte von Obdachlosen hätte umbauen können. Man ließ die Paläste verkommen, aber man baute Kirchen in den Vororten, wo die Leute in Baracken hausten, nicht nur die »Zigeuner«, sondern auch Einheimische, die von den Bau-Unternehmern und Spekulanten buchstäblich auf die Straße gesetzt worden waren.
Das schreckliche Gesetz: Wer die Macht hat, darf alles tun, was diese Macht vergrößert. Die Armen überläßt man dem

Elend. Man braucht die Steuergelder und was eben der Kirchenstaat an Einkünften hat für – ja, wofür? Jedenfalls nicht für die Armen.
Auf den Nummernschildern der Autos des Vatikan-Staats steht SCV (Stato di Città del Vaticano). Aufsässige Römer sagen, das heiße: Se Cristo vedesse: Wenn Christus das sähe.
Was rede ich da. Kenne ich nicht die 2000 Jahre Kirchengeschichte? Ja, aber wo bliebe die abendländische Kultur ohne die Grausamkeit der bauwütigen Herrscher? Keine Pyramiden, kein römisches Theater, kein Petersdom, kein Versailles ...
Was ist Kultur? Ist Baukunst Kultur, wenn Millionen Sklaven dafür arbeiten?
Mein soziales Gewissen geht mit dem Messer los gegen die »Kultur«. Ich bin entschieden auf der Seite der Bilderstürmer, der Revolutionäre.
Ach – und dabei bin ich bis ins Mark hinein erfüllt von der Liebe zum Schönen. Und bin ich nicht geformt von der Schönheit der Kultur Oberbayerns? Ist denn das Ästhetische der Widersacher des Human-Sozialen? Oder doch des Human-Sozialistischen?
Ich quäle mich ab mit dieser Frage. In den schlimmsten Augenblicken hilft mir ein Wort Albert Camus': »In der Welt herrscht das Absurde, aber die Liebe rettet uns davor.«

Zufälle. Ein schmales Bändchen steht etwas schief im Regal. Ich ziehe es heraus: Goethes kleine Schrift »Das göttliche Wunder«. Blätter aus Goethes Tagebuch von 1814, lange verschollen, vor einigen Jahrzehnten aufgefunden von dem Goethe-Forscher Hans Joachim Weitz, einem meiner alten Freunde. Ein Bericht, aus dem Holländischen, von einer Wunderheilung an einem gelähmten Mädchen namens Jeska Klaes aus Amsterdam, im Jahre 1676. H. J.

Weitz beweist, daß der Beitrag in einer Zeitschrift ›Curiositäten‹, herausgegeben vom Schwager Goethes, steht.
Zum Text des Johannes Luyken ein Zusatz, der von Goethe stammt:
»In unsrer Zeit, wo so manche wunderbare Krisen zu Sprache kommen, durch welche sich die Natur theils aus eigenem Vermögen, theils durch kräftige Veranlassung zur Heilung verhilft, ist die vorstehende Geschichte bedeutend genug, wie sich ein veraltetes Übel in der Lichtform eines himmlischen Kindes auflöst, wozu sich noch verschiedene Parallelgeschichten erzählen ließen.«
Goethe hatte zeitweise ein starkes Interesse an allem, was man okkult nennt. Dazu hatte ihn der Umgang mit einer medialen Pietistin angeregt, einem Fräulein von Klettenberg, über die er in ›Dichtung und Wahrheit‹ schreibt. Aber er hatte schließlich vor allem Irrationalen Angst. Warum? Weil die Nachtseite in ihm selbst so stark sich meldete, daß er, um ihr nicht zu verfallen, sich von allem, was man unter den Begriff Magie zusammenfassen kann, radikal abwandte. Aber wer seine Autobiographie aufmerksam liest, findet überall die Spuren seiner Neigung zum Okkultismus und auch zur Mystik. Nun: Ich zog also das kleine Büchlein aus dem Regal und las es. Und auf einmal fiel mir ein, daß der Beitrag am 28. August 1949 erstmals als Sonderdruck erschienen war, genau an Goethes 200. Geburtstag. Und heute, da ich's las, war der 28. August. Ich hatte nicht im entferntesten an Goethes Geburtstag gedacht.
Es war mir mit Goethe schon einmal passiert: ein Buch meiner alten Goethe-Ausgabe stand verkehrt herum im Regal. Ich zog's heraus, es öffnete sich an einer Stelle, und ich las: »Pfingsten, das liebliche Fest war gekommen...« Reineke Fuchs. Und welcher Tag war's gewesen? Pfingstsonntag.
Mir sind diese Zufälle eher vertraut als unheimlich. Sie

häufen sich mit zunehmendem Alter. So fiel mir beim Bücherräumen ein Kinderbuch in die Hände. Der Verfasser, ein Italiener, war der Freund meiner deutschen Freundin Svea K. Ich hatte beide jahrelang nicht gesehen, wußte gar nicht, ob sie noch lebten. Einige Stunden später klingelt jemand, und es ist Svea. Ihr Freund war ganz kurz zuvor gestorben.
Wie oft laufe ich ans Gartentor, niemand hat geklingelt, aber gleich darauf erscheint jemand auf meinem Sträßchen und will zu mir. Daß meine Freunde oft telefonieren, aber mein Telefon besetzt finden, weil ich in diesem Augenblick dabei bin, sie anzurufen, das ist ganz gewöhnliche Telepathie.

Zeitschicksal. Am Gartentor steht ein großer, breitschultriger, junger, sehr blonder Mann. Er trägt eine Kiste. Was will er? Mit mir reden. Und die Kiste, ja, das ist eine Kiste mit bayerischem Bier, Weihenstephaner Flaschenbier. Ich habe sie nicht bestellt. Nein, nein, es ist ein Geschenk. Wofür? Im voraus: damit Sie mich anhören. Das tu ich auch ohne Geschenk; kommen Sie herein. »Du läßt auch jeden herein«, sagen meine Freunde. Ja, so ist es. Dieser Hüne könnte mich mit einer Bierflasche totschlagen. Er denkt nicht dran, mir Böses zu tun. Er bittet um meine Hilfe.
Er ist Pole, oder vielmehr ein Pole, der kein Pole sein darf. Also ein Deutscher? Ein Deutscher, der kein Deutscher sein darf. Was denn?
Die Deutschen haben im Zweiten Weltkrieg seine Eltern aus Polen verschleppt. Als Arbeitssklaven. Der Vater landete im KZ Dachau, wurde krank, starb bald nach der Entlassung. Aber er hatte gleich nach dem Krieg einen Sohn gezeugt, mit einer Polin. Eben den, der da vor mir steht oder vielmehr neben mir sitzt. Die Eltern hatten keinen polnischen Paß mehr, sie galten als staatenlos. Aber der Junge

war doch in Deutschland geboren. Ja, aber als Kind polnischer Eltern, also war er Pole.
Nein, er war keiner, er war ja im Nachkriegs-Deutschland geboren. Ja, aber... Er konnte nicht nachweisen, daß er das Kind polnischer Zwangsarbeiter war. Es fehlten alle Papiere. Man gab ihm einen zeitlich begrenzten Ausweis, mit dem er nach Italien einreisen durfte, um Weihenstephaner Bier zu exportieren. Aber Ansprüche leiten sich daraus nicht ab. Er kämpft seit Jahren um eine Klärung. Die Polen sagen, er sei Deutscher, die Deutschen, er sei Pole. Was ist er?
Ein Mensch. Ein junger kräftiger Mann, der arbeitet. Aber Paß hat er keinen. Er war schon in Bonn. Genscher wollte helfen. Bis jetzt: nichts. Ich versprach Hilfe. Ich sprach mit der deutschen Botschaft in Rom: Ich soll mich nach Bonn wenden. Ja, aber: keine Antwort von dort. Was nun weiter? Ein Schicksal. Eins von vielen, höre ich.

Treffen in der Berliner Akademie der Künste. Einst gab es eine berühmte deutsche Akademie der Wissenschaften. Von einer Akademie der Künste erfuhr ich erst 1933, als einige Mitglieder mit Protest austraten: die großartige Ricarda Huch, zum Beispiel. Andre wurden ausgeschlossen: Thomas Mann. Die dafür eintraten, waren Nazis; Blut- und Boden-Schriftsteller, mittelmäßige und schlechte. Vergessen wir sie.
Ja, und dann gab es keine gemeinsame Akademie mehr. Die Mauer trennte uns. Eine Mauer aus Stein, eine Mauer aus Ideologien und Mißtrauen. Nach und nach nahm der West-Teil der Akademie einige Schriftsteller des Ost-Teils auf: Christa Wolf, Stephan Hermlin, Heiner Müller, Günter de Bruyn. Meine Aufnahme in die Ost-Akademie als korrespondierendes Mitglied wurde lang erwogen, dann entschlossen sie sich, mir den Heinrich-Mann-Preis der DDR zu geben. Akademiewürdig war ich doch nicht.

Jetzt aber treffen wir uns: Schriftsteller, Maler, Bildhauer, Musiker, Theaterleute. Unsre vage Erwartung der Einigung. Als ob das so einfach wäre. Der PEN-Club hat's Monate vor uns versucht. Vergeblich. Einer der Schlußsätze eines Autors (Ost oder West, ich hab's vergessen): »Wir wissen noch zu wenig voneinander. Es gibt auf beiden Seiten keine Eile.«
So auch bei uns in der Akademie. Eine einzige einheitliche deutsche Akademie – ein Traum. Aber der X wollte sich nicht mit der in den Westen geflohenen Y an einen Tisch setzen, der Z wollte nicht mal mit seinen eigenen, den DDR-Kollegen zusammensein: »wer weiß denn, wer von uns mit der Stasi zusammengearbeitet hat«; wer weiß, wer heute noch im Innersten Kommunist alter Sorte ist; wer weiß... wer weiß. Und überhaupt: Wir aus dem Osten werden ja doch wie die armen Verwandten angesehen... Also nicht. Nein. Das ist zu früh.
Wir Westler waren fast alle kompromißbereit, wohl in Erinnerung an unsre Probleme nach 1945: »Wer war in der Reichsschrifttumskammer, wer hat Kriegsbücher pro Hitler oder auch nur Blut-und-Boden-Literatur geschrieben, wer war in der Partei, wer war Hitlerjugendführer, wer hat als Uni-Professor Hitlers Geopolitik gelehrt...« Da blieben wenige Unbelastete übrig. Die Gegner Hitlers waren längst entweder emigriert oder in den KZs umgebracht. Viele galten als »Minderbelastete«, »Mitläufer«.
Ich war damals in jenes Komitee gewählt worden, das über die Schwere der Nazi-Vergangenheit einzelner entscheiden mußte. Ich habe es abgelehnt und nur auf Drängen der Behörden bestätigt, was allen offenbar war: die Nazi-Vergangenheit meines Denunzianten.
Aber da war dann die Einladung des Stuttgarter Ministeriums, in Ludwigsburg im Lager 96 zu den rund 400 SS-Männern zu reden, die dort interniert waren: Chef-Ideologen, Uni-Professoren, alle schwer belastet. Ich habe

es in meiner Autobiographie beschrieben: Ich redete über das Thema »Hitler in uns selbst«. Die Rede gibt's heute gedruckt. Ein Viertel der Zuhörer verließ unter stummem Protest den Saal. Ein Teil der Verbliebenen war tief betroffen. Einige weinten.

Damals war das so. Und wenn unsre Ost-Kollegen ihre Stasi- und SED-Bonzen zusammenriefen und so zu ihnen redeten...

Reue gäbe es da nicht, nur Trotz oder Wut darüber, betrogen worden zu sein von den Stalinisten, aber auch Scham darüber, mitgemacht zu haben aus Blindheit oder, schlimmer, aus Opportunismus.

Jedenfalls: Damals, nach 45, war die Lage leichter zu begreifen. Da war der verlorene Krieg. Aber 1990: kein verlorener Krieg, sondern eine verlorene Ehre. So sehe ich's. Aber das Leben ist viel zu kompliziert, als daß ich mir ein hartes Urteil erlauben dürfte. Was mir eher ansteht, ist Mitleid mit den Gutgläubigen, den Arbeitern vor allem und denen, die einer Idee (o ja: einer Idee!) geopfert worden waren.

In Berlin gingen wir freundlich enttäuscht auseinander, und ich sagte, den König von Sachsen zitierend, der 1919, nach Revolution und Abdankung, seinem Volk zurief: »Macht euern Dreck alleene.«

Aber so einfach ist's auch wieder nicht.

Was mich schmerzhaft beschäftigt, ist das Schicksal des radikalen Sozialismus. Da war doch ETWAS, wo jetzt NICHTS ist.

Studentenrevolte im 12. Jahrhundert. Bologna, damals die größte, wichtigste Universität Europas. Die Stadt lebte von den Studenten. Ein Student wurde geköpft, weil er ein Mädchen ausgeraubt (oder vergewaltigt) hatte. Darauf verließen sämtliche Studenten die Stadt. Sie kehrten erst zurück, als man ihnen Wiedergutmachung versprach. Die Stadt hielt sich an die Abmachung. (Aus einer Fernsehsendung RAI.)

Hiob hadert mit Gott. Ich bin Hiob. Ich habe Ärger mit Gott. Ursache: ein Bild aus Thüringen. Wenn ich die Handschrift auf der Rückseite richtig lese, stammt es aus der Divi Blasii-Kirche in Mühlhausen.
Da sitzt Gott Vater, grauhaarig und graubärtig, mit allen Emblemen des Weltenherrschers auf dem Thron, die mittelalterliche Kaiserkrone auf dem Kopf, in der linken Hand statt des Zepters die Weltkugel mit dem Kreuz.
Zu seiner Rechten kniet der geschundene Jesus, der statt der goldenen Kaiserkrone, die ihm, als legalem Sohn des Herrschers, gebührte, die Dornenkrone trägt und seinem Vater die Herzwunde zeigt. Der Vater schaut gar nicht hin, er hebt nur die Hand zum Segen, so mechanisch, wie die Päpste segnen.
Zur Linken kniet die Mutter des Geschundenen und zeigt dem Gott ihre nackte rechte kugelförmige Brust; mit ihrer rechten Hand weist sie auf die Weltkugel, die (nicht zu übersehen) die Entsprechung zu ihrer runden Brust ist. Der Allmächtige, eher Papst und Kaiser als Gott, schaut zwischen den beiden Knienden hindurch, als ginge ihn das alles eigentlich nichts an.
Mag sein, daß sein Blick in andre Dimensionen geht. Ich aber sage ihm, er sei das Urbild aller Patriarchen, aller grausam gleichgültigen Väter.
»Majestät«, sage ich, das vertraute Du beiseite lassend, »Sie sehen sich das an, ungerührt, streng, mitleidlos, erhaben. Treiben Sie mit dem linken nackten Fuß das Weltenrad an, das Schicksalsrad? Müssen Sie so handeln, wie Sie handeln? Steht über Ihnen ein noch Höherer, ein Allerhöchster? Aber Sie, wie Sie da sitzen, Majestät, haben Sie denn keinen Blick für den Busen der Frau, die Ihren Sohn geboren und

genährt hat? Ja, ja, die Weltkugel, die Sie halten, die ist natürlich von größerem Ausmaß als menschliches Schicksal. Aber sagen Sie mir, bitte: begreifen Sie das alles? Wozu die Leiden des Sohnes und seiner Mutter? Wozu? Wozu? Ich schreie es in Ihre Ohren. Antworten Sie! Sie schweigen. Majestät, da Sie unfähig sind, mir zu antworten, setze ich Sie ab. Wer sind Sie mir? Es gibt andre Götter, sympathischere...«
Was da so steht, als wär's halt eben »Literatur«, das ist mein existentielles Elend.

Zerstreuung. Frau B.: Sie ist schwer nervös, vielmehr sie ist neurotisch, sie hat Angstträume von Verlusten aller Art, Verlust der Flugkarte, Verlust der Geldtasche, Verlust des Autos, des Ehemannes, der Kinder... Praktisch verliert sie nichts, sie träumt es nur, aber diese Träume verderben ihr Tagleben. Der Arzt sagt ihr, sie solle sich Zerstreuung verschaffen, reisen, viel und weit reisen, in Gesellschaft gehen...
Nein, sage ich, Frau B., Sie sollen sich nicht zerstreuen, Ihre Krankheit besteht ja eben darin, daß Sie zerstreut sind. Ich meine nicht vergeßlich und unkonzentriert, Sie selbst sind zer-streut, Sie zerfallen in Teile, die keinen Zusammenhalt haben. Ihre Persönlichkeit fällt auseinander. Ihre Träume verraten Ihre Furcht vor dem Verlust Ihrer Persönlichkeit. Ziehen Sie sich (Sie sind ja katholisch) in ein »Kloster auf Zeit« zurück. Ertragen Sie die Stille und die Begegnung mit ihrem eigenen wirklichen Selbst. Das wird zunächst schwierig sein. Ein Psychotherapeut wäre hilfreich, wenn es ein guter ist. Aber auch ohne so einen können Sie's schaffen.
Ich rede aus eigener Erfahrung.

3. Februar 1990. Berlin, Brandenburger Tor. Abend. Surreale Stimmung. Unwirklich. Eher Filmszene. Die jungen Leute, die auf die Mauer klettern. Die andern, die mit Hammer und Meißel Stücke aus der bemalten Mauer herausstemmen. Die andern, die sie verkaufen. Teuer. Für West-Mark natürlich. Ich kaufe ein Stück.
Aus Auschwitz brachte ich vor Jahren ein Stück von einem Verbrennungsofen mit, das in einem ausgetrockneten Tümpel in Birkenau lag. Ich hab's noch.
Mein Berliner Mauer-Stück nahm ich dann im August nach Pyongyang mit als etwas seltsames Gastgeschenk für Kim Il Sung. Ein Symbol: Ein Stück von der abgetragenen deutschen Mauer möge den Koreanern ein Zeichen dafür sein, daß auch ihre Mauer, übrigens von den Südkoreanern gebaut, eines Tages fallen wird. Ja, aber die koreanische Mauer ist ein Bollwerk ganz andrer Qualität, dagegen ist die Berliner Mauer ein Gartenmäuerchen.
Leider konnte ich das Stück vom oberen Rand der Berlin-Mauer nicht bekommen, das ein Italiener beschriftet hatte: »Cristo è morto, Marx è morto, ed anch'io non mi sento tanto bene.« Christus ist tot, Marx ist tot, und ich fühle mich auch nicht besonders wohl (»non tanto bene«, an dieser Wendung erkenne ich, daß es wirklich ein Italiener geschrieben hat).
Aber, lieber Mauer-Kletterer, laß dir sagen: daß du dich nicht besonders wohl fühlst, verstehe ich; aber Christus ist nicht tot, und Marx ist auch nicht tot. Hörst du gut zu? Cristo e Marx fanno una grande discussione al di là. Verstehst du?

Verzweiflung. Im TV (RAI) Bilder der Armut aus aller Welt, auch aus der nahen Welt des italienischen Südens: die Emigranten aus Nordafrika, die keine Unterkunft finden; die Zigeuner, die man aus Notunterkünften vertreibt, weil die Häuser zum Abbrechen an Spekulanten verhökert werden; die Brasilianer in den Slums; die bag-persons in den US-Metro-Schächten wie die Ratten hausend und verreckend (ja, das ist das passende Wort dafür); und die miserablen dreckigen Krankenhäuser in Kalabrien; und die verhungernden Kinder in Afrika, und die zusammengepferchten Ostflüchtlinge in den Lagern, und und und.

Und ich sitze hier im eigenen Haus, im Warmen, habe zu essen und zu trinken.

Mein Gott, ich kann nicht mehr. Ich ertrage dieses Leben nicht mehr. Diese Welt, ist sie nicht wert, in Flammen aufzugehen? In reinigenden Flammen.

Winter in Wien – März 1990. Ich kenne Wien zu allen Jahreszeiten, auch zur Rosenzeit und wenn der Prater golden ist. Warum ists in meiner Erinnerung eine winterliche Stadt? Vielleicht weil es Winter war in den paar Wochen, die ich während der Proben zu meinem Philemon-Stück am Burgtheater dort verbrachte. (Ungute Erinnerung.) Oder ist dominierend Reinhold Schneiders Buch ›Winter in Wien‹? Warum verbrachte er eigentlich gerade die Wintermonate dort, er, der aus dem milden Baden-Baden stammte? Zu historischen Studien, ja, das verstehe ich, aber gerade im Winter? Eine Schicksalsbeziehung zwischen einem lebensmüden kranken Schriftsteller und einer müden, von ihrer Geschichte zehrenden Stadt.

Ich habe das Buch jetzt, nach vielen Jahren, wieder gelesen, da ich (wieder einmal) dorthin zu einer Lesung eingeladen war. Ein Kompendium an historischem Wissen, schön geschrieben, aber Grau in Grau, eine Überforderung für den Leser, so viel ist die Rede von Verfall, von Abschieden, so viel Klage um Dahingegangenes, so viel aristokratische Welttrauer, so viel Welt-Angst, kaum aufgefangen von Schneiders Katholizismus, der doch (sine qua non!) »Hoffnung« zum Kern hat. Jetzt im März müßte Wien eigentlich vorfrühlingshaft heiter sein, aber ein paar Wolkenschatten und ein kühler Wind genügen, um alle Gespenster zu rufen, die immer und überall gegenwärtig sind, in den unbewohnten Palästen, in den halbleeren Kirchen, in den mittelmäßigen muffigen Pensionen, und selbst im »Sacher« versuchen sie einem das Essen zu verleiden, da sitzen sie dann als vollgefressene Aus- und Inländer an allen Nebentischen und raunzen die falsch-höflichen, die ironischen Ober an, die sich ihr Teil sichtlich denken.

Prag. Ich sehe im TV den Papst, wie er landet, ich sehe Tausende von Regenschirmen, es regnet und regnet, dann sehe ich das Innere des St. Veits-Doms mit dem ungemein störenden, häßlichen Bild der jüngst heiliggesprochenen tschechischen Nonne; ich sehe den Balkon des Königspalastes auf dem Hradschin, neben dem Papst Václav Havel, der ihm die Hand küßt (den Ring vielmehr), ich sehe den Kniefall des uralten Kardinals Tomaček, der in zähem Glauben an die Niederlage des verhaßten Kommunismus alle Schikanen überstanden hat; ich sehe, daß Havel sich beim Segen des Papstes bekreuzigt, aber Dubček nicht, das denn doch nicht. Und draußen regnet es weiter, und alles ist grau und naß.
Einige Wochen vorher hatte ich's anders gesehen, ohne Papst, ohne die Scharen der Gläubigen, aber menschenleer doch nicht. Statt der frommen Wallfahrer die Valutawallfahrer, die Deutschen aus Autobussen mit meist bayerischen Kennzeichen. Kauft, Leute, kauft, aber was denn? Die Läden sind leer. Wodka gibt's und Würste, Schweinewürste; mit der Schweinezucht haben die Tschechen sich

ihren Erdboden ruiniert. Wußten sie nicht, daß die Monokultur mit Schweinemist die Erde verbrennt?
Gläser gäbe es zu kaufen, schöne böhmische, aber viel zu groß und schwer, um sie mitzunehmen, und auch zu teuer; mit intensiver Glasindustrie könnte das Land vielleicht...
Aber was geht mich das jetzt an. Ich kann sowieso nichts kaufen, denn gleich am Flughafen stahlen mir Meisterdiebe vor den Augen der Paßbeamten ein Mäppchen mit achthundert Mark. Nützte es, Alarm zu schlagen? Alle suchten übereifrig hinter ihren Pulten. Nun ja, es sei euch geschenkt; mein privater Akt der Wiedergutmachung: Wir Deutschen haben euch mehr als achthundert Mark gestohlen beim Einmarsch Hitlers 1938. Ein bißchen Geld verdiene ich ja auch bei euch: der Prager Vyšehrad-Verlag hat schon einige meiner Bücher übersetzt, ›Mirjam‹ sei so etwas wie ein Bestseller. Als ich den Verleger um den Vorschuß für ›Abaelard‹ bitte, den er publizieren wird, stellt sich heraus, daß das Geld auf der Bank liegt. Doch als ich abheben will, ist's nicht da. Wo ist es? Irgendwo. Unerreichbar. Wie so viele Gelder in den Ex-Ostblock-Staaten... Nirgendwo gab's so viel illegalen »Privatkapitalismus« wie in jenen Ländern. Das Hotel nimmt (Gewinn buchend) »American Express«. Meinetwegen.
Nun also Prag, verbunden mit einer Lesereise nach Wien. Zum erstenmal Prag. Warum nicht früher? Wär's nicht näher als London oder Tokio oder Los Angeles? Schon, schon, aber das sind konkrete Städte, geographisch bestimmt. Und Prag nicht? So nicht. Prag lag in einer andern Welt, die hieß für mich Kafka, seit ich ihn als Sechzehnjährige zu lesen begonnen hatte (als kaum jemand ihn las); Prag, das hieß auch ›Don Giovanni‹ und Mörikes Erzählung ›Mozart auf der Reise nach Prag‹; es hieß auch Heiliger Nepomuk auf der Brücke, von der ihn König Wenzel stoßen ließ, weil er,

so heißt's, ein Beichtgeheimnis nicht preisgab aus politischen Gründen; Prag, das hieß Kopernikus und Kepler und Tycho Brahe, und es hieß Comenius, der erste große moderne Pädagoge im 17. Jahrhundert mit ganz neuen Volksbildungsideen aufgrund seiner ›Pansophia‹, einer Zusammenschau alles Wissens (so verstand ich's und beschäftigte mich weit übers schulisch Geforderte hinaus mit ihm); Prag, das hieß »Böhmische Brüder«, den Waldensern verwandt, im 15. Jahrhundert das Urchristentum lebend und vielfach verfolgt; es hieß Wiclif und Hus, die großen Ketzer, es hieß religiöse Aufschwünge, Wirren, Verfolgungen, und dann hieß es eine Weile nur mehr: Einmarsch der Hitler-Armee, und dann Dubček und »Sozialismus mit dem menschlichen Gesicht«, und dann Rebellion der Intellektuellen, die Charta 1970 und die gewaltsame Niederschlagung und das Anrollen der sowjetischen Panzer und der herzzerreißende Protest des jungen Jan Palach, der sich auf dem Wenzelsplatz verbrannte (immer liegen Blumen dort), und Václav Havel im Straflager, und für eine Weile war mir Prag ein überaus konkretes politisches Gebilde, aber schon vermischte es sich wieder mit alten Erinnerungen, und das alles zusammen heißt eben Prag. Eigentlich habe ich nie so recht geglaubt, Prag sei eine normale Stadt wie etwa Wien oder Paris. Prag, das ist eine Erfindung Kafkas. Er hat sie bevölkert mit seinen Gespenstern: den bösen Vätern und den unglücklichen Bräuten und den geheimnisvollen Verboten und der unerfüllten Sehnsucht nach Befreiung. Ich habe sein Geburtshaus gesehen und sein Elternhaus und seine verschiedenen Wohnungen, und sein Grab, beinah hätte ich's nicht gesehen, weil wir (Christine und René Tésar) zu lang auf dem Hradschin waren, bis mich plötzlich Unruhe überfiel: Kommt doch endlich! Aber warum, wir haben doch Zeit genug. Nein, wir haben nicht. Wir kommen schließlich am Neuen jüdischen Friedhof an – das Tor ist schon geschlossen, zwölf Uhr; wußte ich's doch. Aber

Kafka wußte, daß das junge Mädchen, das ihn schon las, als kein Mensch ihn las, ihn besuchen würde: als ich vor Zorn über meine saumseligen Begleiter beinahe weinte, holte Kafka den Friedhofswärter zurück, und der führte mich ans Grab: eine Art grauer Pyramide, schmalbrüstig wie der kranke Kafka, und düster im tiefen Schatten der alten Bäume. Die Inschrift in Hebräisch, die Namen aber leserlich:

Dr. Franz Kafka, 1883–1924
Hermann Kafka, 1854–1931
Julie Kafka, 1856–1934.

Doktor Kafka. Ja, das war wichtig für die Familie. So weit konnte es ein kleiner Prager Jude bringen. So weit... Und einige Jahrzehnte später schreiben Hunderte von Germanisten ihre Doktorarbeit über diesen traurigen, seelenkranken Juden, der so großen Einfluß auf die moderne Weltliteratur hat.

Ich lege einen Kieselstein auf den obern Rand des Grabsteins. So ist's der Brauch. Man sagt, er stamme aus der Zeit der Wüstenwanderung der Juden auf der Suche nach der neuen Heimat, und wenn da einer starb, konnte man keine Blume auf sein Grab legen, da gab's nur Steine im Wüstensand.

Eigentlich gehört Kafka nicht in diesen neuen Friedhof, sondern auf den altjüdischen, den sechshundertjährigen. Mitten in der Stadt, von weitem gesehen ein Haufen Bauschutt mit Mauerresten: Grabsteine, viel zu viele für den kleinen Raum, und grübe man auf, fände man mehr und noch mehr. Die vermoderten Särge, die zerfallenen Skelette, eins über dem andern, immer wieder ein Toter drauf, ein Totenhügel, die Grabsteine, so weit noch über der Erde, sind windschief, drängen sich aneinander, sind übereinandergefallen, stützen einander, gehalten von den Wurzeln uralter Bäume, die tief hinunterreichen, vielleicht bis zu den untersten Schichten von Toten. Die meisten Gräbmäler tragen eingemeißelt außer den Namen Berufssymbole. Wenn ein Name Lewy heißt oder Loew oder Lev, dann wissen wir: da liegt ein »Levit«, ein Geistlicher, ein Rabbi. Einige Grabmäler sind groß und tragen oben zwei Löwen und ein Wappen: geadelte Juden. Und ein Grabmal ist ein besonders großer Sarkophag mit einem kleinen Seitenschlitz; ich sehe, wie Menschen Briefe oder Papierstreifen einwerfen, als sei es ein Briefkasten; in dem Grab liegt ein großer, weiser heiliger Zaddik, der Wünsche erfüllen kann.

Es gehen Legenden um, die so beginnen: »In alten Zeiten, da in Böhmen die Wege rasch zuwuchsen...« oder: »Damals, als Rabbi Löw den Golem geschaffen hatte«, oder: »Zur Stunde der Abenddämmerung leben in den engen Gassen und Winkeln Schatten auf. Jeder hat seinen Platz: aber jedes Jahr mischt sich einer ein, dessen Vaterland überall und nirgends ist...« Die Geschichte vom Ewigen Juden.

Das ist Prag, die goldene Stadt, die Gespensterstadt. Malte ich es, täte ich's in Chagalls Manier: auf hundert goldenen Turmspitzen liegend, gepfählt, eine schöne junge Jüdin im Brautschmuck, aber mit zerfetztem Kleid und zerrissenem grünem Schleier und zersprungener Krone.

Schön ist Prag, und traurig ist es, und die Leute sind sehr arm. Seine Juden sind längst tot oder ausgewandert, und manch einer der weltberühmten Dichter und Wissenschaftler der USA hat seine Urahnen auf dem altjüdischen Friedhof liegen.

Mein Prag, die Gespensterstadt. Was ich am letzten Tag dort erlebte, das ist kein Traum, das geschah vor Zeugen, davon eine Christine Baumgarten ist, der andere Josef Daněk vom Vyšehrad-Verlag. Was geschah? Wir gehen über den Altstädter Rathausplatz, und die berühmte Uhr zeigt einige Minuten vor halb fünf. Da beginnt das Uhrwerk zu schlagen, es schlägt und schlägt, es schlägt vierzehnmal,

und das nachmittags kurz vor halb fünf. Dann wird's still. Ist die Uhr kaputt? Keineswegs.
Mir aber läuft's kalt über den Rücken. Das, so sage ich zu Christine, ist die Stunde, in der ich als Hexe oder als Hussitische Ketzerin hier verbrannt wurde.
Vielleicht daher meine lebenslange Angst, nach Prag zu gehen. »Es gibt mehr Dinge zwischen Himmel und Erde...«
Mir bleibt's unheimlich bis zum Abend, da sitzen wir dann in dem schon historisch gewordenen Restaurant dicht an der Moldau: Ota Filip, Christine Baumgarten, Klaus-Peter Gerhardt, eigens aus Berlin herübergeflogen, und Josef Daněk vom Vyšehrad-Verlag. Eine lustige Gesellschaft, lustig für diesen Abend und nachdem wir ein bißchen viel getrunken hatten. Mitten im Gelächter höre ich ein dunkles Rauschen: die Moldau. Nein: ein unbeachtet hereinbrechendes heftiges Gewitter. Hradschin und Vyšehrad im Blitzschein, gespiegelt in der finsterschwarzen Moldau. Da fällt mir Smetanas ›Moldau‹ ein, eines meiner geliebten Musikstücke, dessen romantische tonale Lieblichkeit täuscht, da gibt's finstere Einbrüche, da tanzt die Judenbraut abwechselnd mit dem Kaiser Rudolf und mit dem Tod. Da ist ein Stück böhmisch-tschechischer Geschichte Musik geworden, und sie geht einen etwas an und tut einem weh, denn man sieht die Glorie Prags unaufhaltsam zerfallen, angefressen von den Chemiegiften, und auf einmal höre ich's als ein Stück Götterdämmerung. Mir bleibt Trauer. Und plötzlich fällt mir ein, daß ich (könnte ich's auswendig) für alle Prager Toten das jüdische Totengebet beten sollte: das Kaddish.

Londoner Zwischenspiel 1990. Wieder Cambridge. Diesmal zu meinem Geburtstag, wieder im Frühling. Voriges Jahr holte mich meine Agentin in London vom Flugplatz ab. Dieses Mal traut man mir zu, daß ich allein nach Kings'-Cross-Station und nach Cambridge finde. Sehr einfach, in der Theorie. Meine Freunde, erfahren, hatten mir abgeraten, die Metro zu nehmen. Man steigt meist falsch aus... Also ein Taxi. Sonntag. Ich denke: London ohne Verkehr muß schön sein. London ist voller Lastwagen. Dem Taxifahrer kommt es sehr gelegen, daß die Ausländerin um ein Uhr an der Kings'-Cross-Station sein will. Der kürzeste Weg, sagt der Fahrer, führt aus der Stadt hinaus. Ist ja sehr schön, frühlingsgrün und Weißdorn-bestickt, aber... Auf der langen Fahrt erfahre ich in schwer verständlichem Englisch alles über seine weitläufige Familie. Um sich zu versichern, daß ich alles verstehe, dreht er sich an den wichtigsten Stellen der Erzählung um. Da ich mich erst wieder an den Linksverkehr gewöhnen muß, schwitze ich vor Angst. Außerdem: der Blick auf Uhr und Tachometer...

Madam, wir kommen rechtzeitig an.

So ist es.

Und jetzt? Wo ist mein Zug? Der Taxifahrer ist verschwunden. Der Bahnhof ist ausgestorben. Kein Zug, kein Mensch. Endlich tauchen drei entsprechend uniformierte Bahn-Bedienstete auf, Schwarze. Nach Cambridge? Der eine zieht ein zerfleddertes Fahrplanheft heraus, das sofort auseinanderfällt. Der zweite rafft die auf den Bahnsteig geflatterten Blätter zusammen. Vergeblich. Der dritte sagt: Normally fährt der Zug nach Cambridge im andern Teil der Station ab. »Normally.« Und heute? Tja, heute ist Sonntag. Ihm scheint das eine hinreichende Erklärung. Ich möchte es aber sicher wissen. »Sicher?« Er lächelt großväterlich. »Madam, sicher ist nichts. Die einzige Sicherheit ist hier drinnen.« Er klopft sich auf die Brust. Das ist eine Philosophie; ich bin geneigt, sie voll zu akzeptieren, nur nicht, was meinen Zug anlangt. »Normally« also da drüben. Der eine ruft mir nach: »In zehn Minuten fährt einer nach...« Ich höre Cambridge. Und so steht's auch am Zug, den es wirklich gibt. Ich bin gerettet.

Zu früh gefreut. Der Zug, der, wie es scheint, der richtige ist, steht da, und es gibt auch ein paar Reisende, sichtlich ausländische Studenten und ein paar alte Herren. Einige lesen, die meisten schlafen. Nach dem Fahrplan sollte der Zug jetzt abfahren. Ich, an italienische Verspätungen gewöhnt, bleibe gelassen. Aber zwanzig Minuten später stehen wir immer noch da. Jetzt schlafen alle. Ein verhexter Zug. Dreißig Minuten. Ich wecke einen Studenten. Er schaut auf seine Uhr. Oh, sagt er, der Lokführer ist noch nicht da.
Wie, habt ihr Streik?
Nein. Aber es ist Sonntag. Der Lokführer wird schon kommen.
Ja, aber in Cambridge werde ich erwartet. Weiß J. wohl, wann ich wirklich ankomme?
Er weiß es, wie sich zeigt, und er weiß, daß ich gar nicht in Cambridge ankomme, denn der Sonntagszug fährt nur bis Royston, er hat es eben noch rechtzeitig erfahren und kommt an in dem Augenblick, in dem ich verzweifelt allein auf dem kleinen fremden Bahnhof stehe. J., nervöser Intellektueller, Amerikaner, ist, obwohl er wie ein Irrer gefahren sein muß, völlig gelassen, schon gänzlich anglisiert. Er lacht sich tot über die Philosophie der Sicherheit des Schwarzen.

›Der schwarze Esel‹. Eine junge Leserin schreibt mir nach dem Lesen dieses Buches:

»Erzählt!
Wir müssen uns auf euch verlassen können:
Was, wenn wir von euch verlassen werden?
Wenn keiner mehr hier ist von euch,
die ihr die Wahrheit kennt...
Der Gedanke macht mir Angst.
Bewahrt uns nicht vor der Wahrheit,
sondern durch die Wahrheit!

Begreifen wäre schon viel,
aber wir müssen uns er-greifen lassen.
Mag sein, daß Steine reden können.
Aber sie weinen nicht.

Die ›Gnade der späten Geburt‹
ist uns gewährt worden:
Verwehrt ihr uns nicht
die Gnade der (zu) späten Erkenntnis.
Erzählt!
Ich weiß: es tut euch weh,
und ich will euch nicht wehtun,
euch nicht –
aber auch nicht
euren Urenkeln.«

Wen spricht dieses Mädchen an? Zeit-Zeugen natürlich. Als ob es nicht schon genug Fernsehsendungen zum Thema gegeben hätte und nicht schon genug Bücher darüber. Was will das Mädchen eigentlich?

Was sie hörte und las, genügt ihr nicht. Oder: Sie glaubt es nicht. Es muß doch, denkt sie offenbar, anders gewesen sein. Aber wie?

Sie will »die Wahrheit« wissen.

Aus Gesprächen mit andern jungen Leuten weiß ich, was sie wissen will:

Ob die Deutschen wirklich nichts wußten von KZs, ob sie nichts wußten von der Vergasung der sechs Millionen Juden, Zigeuner, Kommunisten ...

ob man unbedingt in »die Partei« eintreten mußte, ob man von Anfang an wissen konnte, daß die Nazis eine Mörderbande waren;

ob Hitler den Krieg beginnen mußte, um dem Überfall der Franzosen, Engländer, Russen zuvorzukommen;

ob die christlichen Kirchen wirklich gegen Hitler waren oder doch teilweise mit ihm paktierten;

warum der Papst nichts gegen Hitler unternahm;
ob Hitler denn nicht das Beste für Deutschland wollte;
warum denn wir, die ältere Generation, es so weit kommen ließen, daß ein Mann wie Hitler Diktator werden konnte...

Diese Frage, ja, das ist die wichtige, warum ließen wir es so weit kommen?

Die Wahrheit willst du wissen. DIE Wahrheit. Ich weiß sie nicht. Ich weiß Tatsachen, die nicht wegzuleugnen sind, sowenig wie die in die Arme der KZ-Insassen eingebrannten Nummern. Aber DIE Wahrheit?

Was dir wichtiger sein soll: daß du – deine Generation – keinen Faschismus (rechts oder links) entstehen laßt. Hörst du? Von dir hängt's ab, ob wieder einmal ein Hitler oder ein Stalin kommt. Ach, Kind, ich bin dieser Fragen und dieser Antworten müde. Was ist Wahrheit? fragt Pilatus in der Bibel.

23. Mai 1990. ›Abaelards Liebe‹ im Verlag abgeliefert. Wir, Monika, Christine und Wolfgang, feiern das Ereignis auf Gut Neuhof bei Frankfurt. Ich feiere nichts. Mir ist hundeelend. Fühle mich krank. Und verlassen. Ich habe mich in Abaelard verliebt. Monatelang habe ich mit ihm gelebt. Und jetzt ist er fortgegangen in jenes sonderbare zwielichtige Land, das Literatur heißt. Wie soll ich weiterleben ohne ihn?

Als ich vor Jahren in Paris auf dem Père Lachaise das Doppelgrab Abaelard-Heloise sah, ahnte ich nicht, daß die achthundertjährigen Knochen, die da vergraben sind, für mich auferstehen und zu lebendigen Menschen würden.

Jahrezehntelang bedrängten sie mich, ihre Geschichte zu schreiben. Aber wozu denn: Es gibt doch schon eine Menge von Arbeiten über sie, sehr frühe sogar, frühmittelalterliche. Ich sollte da etwas hinzufügen? Nein. Doch. Nein. Keine Ruhe mehr. Noch schrieb ich am Roman ›Silberschuld‹, und schon drängte sich das große Liebespaar in mein Leben. Aber darüber einen Roman zu schreiben, noch einen zu längst vorhandenen? Noch einmal erzählen, was so oft erzählt worden ist? Aber habe ich nicht auch gewagt, in ›Mirjam‹ zu schreiben, was in den Evangelien längst geschrieben steht? Da ließ ich Mirjam reden. Jetzt könnte ich Abaelard reden lassen oder Heloise. Nein. Diese Form habe ich verbraucht.

Den Plan fallengelassen. Für Jahre. Aber der Plan ließ mich nicht fallen. »Ganz unverbindlich«, so sagte ich mir, »ganz ohne bestimmte Absicht«, begann ich nach Literatur zu suchen. Ich fand sogar einiges in meiner eigenen Bibliothek. Ich fand die überaus gescheite Analyse des Franzosen Etienne Gilson. Er sah den Fall »Heloise und Abaelard« (er, der erste, der Heloises Namen voransetzte, das war schon eine Stellungnahme) als Philosoph und eingebettet in die Geschichte des Mittelalters und des Humanismus. Das packte mich. Dann fand ich auch noch einen Roman ›Peter Abaelard‹ von einer Engländerin Helen Waddell, in Deutsch erschienen 1946. Sonderbar, daß unter den allerersten Nachkriegsbüchern gerade dieses war. Nun: Es erschien in Hamburg, in der britischen Zone, und da bot es sich eben an. Viel Auswahl an erlaubten Büchern gab's noch nicht. Ein Roman, nicht gut, nicht schlecht. Langweilig, den kühnen Stoff brav historisierend aufgearbeitet. So also nicht. Dann aber sah ich im Union-Verlag in der DDR ›Abaelards Leidensgeschichte und der Briefwechsel mit Heloisa‹. Historische Dokumente. Gut. Aber da sagen die beiden Helden alles selbst, was zu sagen ist, und sie sagen es in bedeutender Form. Ich könnte das nur wiederholen, also nein.

Ein neuer Anstoß: Carmelo Failla gab mir ein kleines Buch aus der italienischen Reihe ›I Filosofi‹, eine Einführung in Abaelards philosophisch-theologisches Werk. Schwierige Materie, Fachliteratur, mühsam zu lesen. Ich arbeitete mich durch. Mit Gewinn. Es ist von einer Frau geschrieben, Maria Teresa Beonio-Brocchieri. Und dann fand ich ein weiteres, ziemlich neues Abaelard-Buch, von einer italienischen Philosophin Mariateresa Fumagalli. Zusätzliche Informationen.

Natürlich las ich auch im Lexikon für Theologie und Kirche über Abaelard nach. Obwohl er zu seiner Zeit als Ketzer galt, läßt ihm der heute lebende Theologe De Vries bei sachlicher Kritik große Ehre widerfahren. Ich machte mir Notizen aus der Abhandlung.

Aber das war alles lediglich vagierendes Material. Ich sah keine Form. Plötzlich fiel mir ein: Abaelard und Heloise hatten doch einen Sohn. Was ist mit ihm? Er lebte nicht bei den Eltern: der Vater wurde Mönch, die Mutter Nonne, der Bub weiß nichts von seiner verschleierten Herkunft, er lebt fernab auf dem Land. Er wird aber in den historischen Dokumenten einige Male kurz erwähnt. Wie hat denn so ein Kind berühmter Eltern gelebt? Was, wann hat er und von wem etwas über seine Eltern erfahren? Wie hat er deren Liebes- und Leidensgeschichte begriffen? Davon berichtet keins der mir vorliegenden Bücher. Das blieb also mir zu tun. Da hatte ich die Form für meinen Roman: er wird erzählt von dem Sohn, der seine Eltern sucht, sie liebt, sie haßt und in deren großen Schatten er verkümmert.

Jetzt mußte ich das ganze Material vom Standpunkt des Sohnes aus neu lesen.

Schließlich, so steht's im Tagebüchlein: »26. Juni, 1. Satz Abaelard.« Das heißt nicht, daß ich nun drauflosschreiben konnte. Es kamen unzählige Unterbrechungen: Besucher aller Art, Treffen mit unsrer Partnerstadt Landsberg, Grippe mit späterem Rückfall, Aufsatz für die ›Zeit‹ über die »Zukunft des Sozialismus«, viel Post, die Korea-China-Reise, Tagebuchblätter über die Reise, Frauenkongreß in Rocca, Buchmesse Frankfurt, Arbeit am Essayband mit

Hans-Rüdiger Schwab, Baubeginn von drei Nachbarhäusern (Bodenaushebung, mein Haus zittert wochenlang, die Scheiben klirren), Reise nach Viersen zum Vortrag über Gustav René Hocke, Lesung Nürnberg, Lesung Paderborn, Treffen mit Eugen Drewermann (bedeutend), Anfall von Ischias-Entzündung, ziemlich starkes Erdbeben, Arbeit in der Gemeinde, Reise mit italienischer Delegation in die DDR, Lesung Konstanz, Besuch aus Rumänien, Gespräche mit italienischem Filmproduzenten, Gripperückfall mit Rachenkatarrh, der Baulärm, Fahrt zu Christoph in die Toscana (Geburtstag), Besucher, Flug Wien, Lesung, Flug Prag, Frankfurt – darüber wurde es März. Dazwischen immerzu an ›Abaelard‹ gearbeitet, sei es schreibend, korrigierend, neues Material einbauend, oft verzweifelt; Versuchung, die Arbeit aufzugeben – und am 16. März der Satz: Roman fertig. Das bedeutete: erneute Korrekturen, neue Verzweiflung.

Zählte ich die Schreibstunden, wären es wenige. Aber ich weiß, daß ich zehn Monate lang ohne Unterbrechung (die Zeit des Materialsammelns nicht gerechnet) am Roman arbeitete. Was immer ich tat: mein eigentliches Ich war bei Abaelard und Heloise und ihrem Sohn. So sehr war ich darin, daß ich zu Freunden einmal sagte: »Mein Sohn sagte von seiner Mutter ...« Aber »mein Sohn« war der Sohn Abaelards und Heloises. Derlei ist Besessenheit. Es ist wie ein Pakt mit dem Daimon: Du gibst ihm den kleinen Finger, du beginnst dich zu interessieren für den Stoff, den dir der Daimon lächelnd zuspielt, und schon hat er dich gefangen, da gibt's kein Ausweichen mehr und keine Barmherzigkeit. Dem Daimon ist es ganz gleichgültig, wie es dir geht und ob du dabei vor die Hunde gehst. Jedes echte Kunstwerk ist das vom Daimon geforderte Lebensopfer.

Als ich den Roman abgeliefert hatte, wurde ich krank. Eine Depression, eine absolute Erschöpfung. Fünf Wochen lang unfähig, ein Wort zu schreiben. Ekel vor dem Schreibtisch.

Grenzenlose Gleichgültigkeit gegenüber allem. Schlafen, schlafen. Nie wieder einen Roman schreiben... Verdammter Beruf. Vampir.

26. September 1990. In der Post ein schwarzumrandeter Brief mit der grünen Fünfzig-Pfennig-Marke und dem Brandenburger Tor. Eine Todesanzeige. Nein. Oder ja doch. Ein bitterer Scherz. Ein sehr bitterer. »Der Minister für Kultur der Deutschen Demokratischen Republik Herbert Schirmer gibt sich die Ehre, Sie herzlich und endlich zur schließlichen und letztlichen Entgegennahme auch Ihres

Kunstpreises

in die eigens dafür festlich illuminierten Räume des Ministeriums für Kultur der Deutschen Demokratischen Republik einzuladen. Wir rechnen am 2. Oktober 1990 ab 19.00 Uhr mit Ihrem Erscheinen.
U.A.w.g.
Ende der Veranstaltung: 23.59 Uhr.«
Man hätte hingehen müssen. Man hätte das schwarze Spiel mitspielen müssen.
Ich habe nie erfahren, ob jemand hinging.
Man hätte auch eine Beerdigung feiern können.
Auf dem Grabstein steht:
Hier ruht eine europäische Hoffnung.
Flagge auf halbmast. Inschrift: Panta rhei.

Nostalgie. Die letzten Briefmarken aus der DDR: immer hatte die DDR die schöneren Marken. Diese letzte ist besonders schön. Eine mit dem Alphabet in 7 Sprachen, die andre mit dem Porträt der Prinzessin Luise von Schadow. Diese Marke könnte sogar ein Wertstück sein, ein Fehldruck, denn bei Luise ist nach dem L ein zu großer freier Raum. Der Brief zur Post gegeben am 28. September in Erfurt. Er

kam am 6. Oktober an. Aus welch fernem Land kommt er... Aus welch ferner Zeit.
Lieber Helmut von Senden: Es ist Ihr Brief, und jetzt kommt keiner mehr aus Ihrem Land, das *unser* Land geworden ist, wie man uns sagt.
Ich adressierte meinen heutigen Brief automatisch: DDR. Man könnte es als Provokation betrachten. Es ist nur eine vierzig Jahre alte Gewohnheit.
Mir in die Wiege gelegt: meine fast zwanghafte Neigung, mich mit andern zu identifizieren. Mit-Leiden.
Die Briefe, die mich jetzt erreichen aus dem Land, das DDR hieß, sind bitter traurig.
Wer sagt da: Die sind selber schuld? »Die«? Unhistorisches Geschwätz.

Gedenkblatt für einen Helden. Eben die Nachricht aus der Sowjet-Presse, daß Anatoli Krischenko gestorben ist an Leukämie, die er sich zuzog bei seinen vielen Flügen über den Unglücksort Tschernobyl, wo er versuchte, zu retten, was zu retten war.

Ausverkauf der DDR. Das muß ich doch festhalten, das ist der üblen Nachrede wert. Vom 27. April 90 datiert ein Schreiben mit Briefkopf »Interkommerz, Gesellschaft für Projektierung und Verwertung«. Lassen wir den Namen des Schreibers weg, der in Jena wohnt. Ich zitiere die wichtigsten Sätze:
»In dieser Zeit haben sich nicht nur Umwälzungen in großen Institutionen, wie dem Ministerium für Staatssicherheit und der ehemaligen Staatspartei SED... ergeben. Auch viele Familien einstmals führender und einflußreicher Mitarbeiter aus Staatsinstitutionen der DDR haben in der Folge der Ereignisse drastische materielle Einbußen erlitten und

sind jetzt gezwungen, Wertgegenstände aus Familienbesitz zu veräußern.«
Familienbesitz? Wie könnte sich in einem kommunistischen Staat wertvoller Familienbesitz erhalten haben? Wie kamen die Stasi- und SED-Leute zu solchen Schätzen? Das Wort »einstmals« entbehrt nicht der Komik.
Also: Diese braven DDR-Reichen sind jetzt arm, sofern sie nicht ihr Geld im Ausland haben und ihre Geschäftstricks hinreichen, daß sie es so oder so wiederkriegen. Einstweilen also sind sie arme Leute. Was wird geboten? »Antike Möbel und Orientteppiche, Silber und alter Schmuck, Fayencen und Porzellan, Gemälde und Kupferstiche, Medaillen und Münzsammlungen, Militaria und Nautica...«
»Bitte haben Sie Verständnis dafür, daß wir die Identität der Besitzer nicht preisgeben können, da unsre Auftraggeber dadurch in eine äußerst prekäre Lage kämen...«
»Alle Transaktionen werden selbstverständlich in westlicher Währung vorgenommen.« (Selbstverständlich!)
Tja, da kommt's also auf, was die sich zusammengestohlen haben, die Herrschaften, die unter der Flagge des Sozialismus fürs Volk arbeiteten... Wer arbeitete, war das Volk, das jahrzehntelang gläubig zu seinen Herren aufblickte, zu den Herren, die ihrerseits überhaupt nicht an den Sozialismus glaubten.
Ich schrieb zurück und schrieb auch für eine damals noch bestehende DDR-Zeitung: Diebesgut kaufe ich nicht. Ich schäme mich für diese Leute.
Was für ein mieses Krämerpack. Aber sind die im Westen besser? Nein. Nein. Wer dieses Angebot ausgenützt hat, ist nicht besser als jene, die anboten.
Ich möchte mit einer großen Fahne durch die Städte aller Erdteile gehen; die Fahne trägt die Aufschrift: »Proletarier aller Länder, verzeiht uns, den Betrügern.«

Die klugen Kritiker. Ein deutscher Kritiker meint, nachdem er, sichs leicht machend, einfach meine Geschichte des Kinderbuches ›Drei Kinder und ein Stern‹ brav nacherzählt hat, doch ein paar eigene Sätze sagen zu müssen: die Geschichte sei ideologisch und feministisch verbrämt.
Lieber Gott: feministisch, weil ich aus einem der drei Kinder der Heiligen Drei Könige ein Mädchen machte, ein schwarzhäutiges noch dazu, und ideologisch, weil die Mutter des (Jesus-) Kindes kein Geld und Goldgeschenk annimmt, sondern sagt: Geld ist etwas Böses. Außerdem ists ideologische Verbrämung, wenn ich die Mütter der »unschuldigen Kinder«, von Herodes umgebracht vor 2000 Jahren, laut mitsammen weinen lasse, was natürlich sofort an die toten Kinder Israels und Palästinas denken läßt. Das ist »ideologisch«.
Lieber Gott. Der Kritiker ist eine Frau ...

›Sonja und Leo‹. Nun habe ich es endlich geschrieben, was ich seit vielen Jahren schreiben wollte und wozu ich den Absprung nie wagte: über das Leben Tolstojs, dessen Werke ich mit siebzehn zu lesen begonnen hatte und seither immer wieder las, vor allem ›Krieg und Frieden‹ und die revolutionären Schriften. Ich bewunderte ihn, aber Dostojewskij (vorhergegangene und parallele Lektüre) liebte ich mehr. Natürlich: er vermag ein leidenschaftlich Gott suchendes junges Mädchen mehr aufzuwühlen. Dann aber und immer wieder Tolstoj, der Meister. Der so viele Gesichter hatte, daß schon seine Zeitgenossen und nächsten Freunde, ja, die eigenen neun Kinder nicht wußten, wer er wirklich war, dieser hochmütige Aristokrat, ein Feind des Zaren, ein reicher Großgrundbesitzer, ein Prophet, ein gefährlicher Sozialreformer, ein Heuchler, ein Religionsphilosoph eigener Art, ein aus der orthodoxen Kirche Ausgetretener oder vielmehr Ausgeschlossener, ein Häretiker, ein Mystiker, ein eleganter Europäer mehr denn ein Russe, ein Freund der Armen, Gründer von Schulen für die Bauernkinder, aber schlechter Vater seiner eigenen Kinder, ein großer Einsamer, ein Idol für Leute wie Gorki, ein Halbgott, ein Heiliger, ein Schein-Heiliger, ein Mann der hundert Widersprüche, und schließlich, ziemlich unbestreitbar und unbestritten, der größte russische Schriftsteller, der leider auch christlich Moralisierendes fürs Volk geschrieben hat... Wer war er? Viel ist über ihn geschrieben worden, am besten wohl von Thomas Mann. Wie konnte ich wagen, danach noch etwas über ihn zu sagen?

Ich tat es schließlich, denn so viel und Großartiges über ihn publiziert wurde, eines hat Thomas Mann, der sonst so Genaue, vergessen: daß Tolstoj auch Ehemann war. Und zwar fünfzig Jahre lang. Fünfzig Höllenjahre, wenn man seinen Tagebüchern glaubt, Jahre immer wieder versuchter Ausbrüche, der Flucht ins Kloster, in die Einsamkeit oder wohin auch immer, in Wahrheit: Versuch der Flucht vor sich selber.

Zum Glück schrieb nicht nur Leo Tolstoj Tagebücher, sondern auch seine Frau. Die beiden (ein wahrhaft verrücktes Paar) schrieben parallel. Wir lesen über ein und dasselbe Ereignis bei ihm und bei ihr, oft auf den gleichen Tag datiert. Da heißt es bei ihm zum Beispiel: »Wie mir die Sinnlichkeit Sonjas auf die Nerven geht!« Und bei ihr: »Wie widerlich mir Leos Sinnlichkeit ist.« (An andrer Stelle freilich schreiben beide, daß der Beischlaf die einzige Möglichkeit ist, die immer größere Entfremdung zwischen ihnen zu überbrücken. Seelisch blieb es folgenlos, es wurde höchstens wieder ein Kind gezeugt, eins von dreizehn.) An andrer Stelle findet man in seinen Tagebüchern immer wieder Selbstvorwürfe, daß er sich nicht seines ganzen Besitzes entäußere für die Armen, während im Tagebuch seiner

Frau zu lesen ist, daß er gerade in dieser Zeit neue Grundstücke kaufte. Oder er beklagt sich über das Essen und die mangelhafte Bedienung, und sie schreibt, er habe sie mit der Mitteilung erschreckt, künftig für seine Werke keine Tantiemen mehr vom Verleger annehmen zu wollen. So geht das durch Jahrzehnte. Man streitet um Nichtiges und um Großes. Man streitet und man will sich trennen; man bleibt zusammen, mit eisernen und glühenden Fesseln aneinander geschmiedet.

Natürlich gibt die Nachwelt nicht dem Sokrates die Schuld, sondern der bösen Xanthippe. Aber wer weiß, wie der große Grieche seine Frau, seine Hausfrau und Bettgenossin schikanierte vor zweieinhalbtausend Jahren. Die Männer geben immer der Frau die Schuld. Die armen, unverstandenen großen Männer, wie sie litten unter dem dummen Weibervolk!

In Tolstojs Tagebüchern erscheint Sonja als unerträgliche hysterische Person ohne Gefühl für den Rang ihres Ehemannes. Liest man die ihren, so kommt einem der bedeutende Dichter recht menschlich – allzu menschlich vor. Im Nebeneinander erkennt man, daß sich da eine hoch musikalische Frau an einen Schriftsteller gebunden hat, der ihr die Musik verbot und sie dadurch, gerade dadurch entmutigte und unterdrückte. Ihre Freundschaft mit einem Musiker legte er als Ehebruch aus (›Kreutzersonate‹). Sie quälten einander, bis seine letzte Flucht gelang, er sich seiner Frau und der ganzen Familie entzog und einsam starb.

Es reizte mich, aus der Fülle des Stoffs ein karges Zwei-Personen-Stück zu machen, in dem Mann und Frau unentwegt scharf aneinander vorbeireden. Modell für allzu viele Ehen.

Ich sah es aufgeführt in Weimar, in München.

PS Frühjahr 92: Jetzt werde ich es auch in Lyon sehen, vielleicht auch noch in Berlin.

Wieder am Brandenburger Tor. Jahrmarkt. Ausverkauf einer historischen Epoche. Verschleuderung einer Idee. Der billige Jakob. Und es wird gekauft und gekauft. Und was? Nicht mehr nur bemalte Stücke der Mauer, sondern Teile von Vopo-Uniformen, Orden, häßliche Nippsachen... Wie es erinnert an die Zeit »bei uns« nach 1945. Da kauften die Amis (in Zigaretten- und Nylonstrumpf-Währung) alle Zeichen unsrer deutschen Schande: Straßenschilder »Adolf-Hitler-Ring«, »Göring-Platz«, »Goebbelsstraße«, und Hakenkreuze, und Fahnen und Fähnchen der Partei und der Hitlerjugend, und Uniformkoppel und Armbinden mit dem Hakenkreuz und Eiserne Kreuze und und und. Alles, was eben noch verehrt oder doch akzeptiert war, das war nun Andenken-Ware, umzusetzen in Schokolade und Zigaretten. Wie ich mich schämte damals. Und heute...
Wie damals: die windigen Nutznießer, die feigen Mitläufer, die Ausverkäufer ihrer Ideologie. Mir wird speiübel. Ja, sagt Frau B., aber wovon sollen sie leben, das hier sind Studenten, das sind Arbeitslose, Tausende von Arbeitslosen. Und, sagt sie, die Protestantin, was macht ihr Katholiken, die ihr längst nicht mehr glaubt, mit euern heiligen Symbolen? Gehen Sie doch nach Lourdes! Großer Jahrmarkt, international. Verrat hier wie dort. Götzendienst vorher und nachher. Hurerei.

November. Aus Kafka ›Erzählungen‹.
Überschrift: ›Unglücklichsein‹.
»Als es schon unerträglich geworden war – einmal gegen Abend im November...«
Im November werden alle Trauergeister auf uns losgelassen. Gräber-Monat. Toten-Monat.
Sonnenferne. Blätterfall. Nebel. Man hats zu überstehen.

Johannes R. Becher. Die Akademie der Künste der DDR fragt an, ob sie meine Briefe an Johannes R. Becher veröffentlichen dürfe. Sie schickt mir die Kopien. Die Briefe stammen aus den Jahren 1950 und 1951. Dann eine Pause. Der Briefwechsel bricht ganz ab im Januar 1953. Der Grund: Ich wurde im Leipziger ›Börsenblatt für den deutschen Buchhandel‹, 118. Jahrgang, Nummer vom 20. 1. 51, Seite 29, als anglo-amerikanische Agentin und Kriegshetzerin erwähnt, neben Tito und Heuss. (Die Zusammenstellung ist lächerlich absurd.) Ich schrieb an Becher: »Das erledigt alle meine Besuchsabsichten aufs Gründlichste... Du siehst, wohin es kommt. Da Du mit allem einverstanden bist, wirst Du auch damit einverstanden sein müssen. So laß uns (um Deinetwillen, Hans, um Deinetwillen) unseren Briefwechsel lieber abbrechen. Deine Karriere und Sicherheit ist wichtiger als diese unsre Angelegenheit – nach Euern Maximen... Ein Dementi im Börsenblatt wird nicht erscheinen, ich lege auch keinen sonderlichen Wert darauf. Ich empfehle Euch nur, meine Rede zu lesen, die ich am 22. 12., oder wars der 20., im Münchner Rundfunk hielt. Es war eine Antikriegs-Rede, unverblümt. Aber das genügt offenbar nicht... Du hast meinen Silberstift, ich habe Dein Bild, das wird uns daran erinnern, was uns – jenseits aller häßlichen politischen Differenzen – verbindet und immer verbinden wird: das Menschliche.«
»Diese unsre Angelegenheit«, was war das? Becher warb um mich mit einer eigensinnigen, männlich possessiven Leidenschaft, und er verband damit die Absicht, mich in die DDR zu holen. Er war damals Kultusminister. Was wäre geworden, wenn ich seinem Ruf gefolgt wäre? Vermutlich wäre ich sehr bald dort gelandet, wo ich unter Hitler gelandet war: im Gefängnis. War ich denn in jener Zeit so scharf antikommunistisch? Nein. Gewiß nicht. Ich schrieb: »So lasse ich mein Leben doch nicht verpolitisieren, daß ich nur deshalb, weil Du Kommunist bist, nicht Dich zum Freund

haben kann. Aber ich lasse mein Leben auch nicht vergewaltigen durch Simplifizierung der Gefühle.« (Das sollte heißen: auch wenn ich Dich lieben würde, könnte ich keine Kommunistin sein.) Damals sollte ich für den Aufbau-Verlag ein Grußwort zu Bechers 60. Geburtstag schreiben. Meine Absage: »... daß ich nicht offiziell etwas über Dich publizieren kann – täte ich das (wie Deine Position jetzt ist), so könnte ich hier (im Westen) nie mehr etwas veröffentlichen. Wenn es um etwas Wesentliches ginge, würde ich das vielleicht riskieren. Aber das – das wäre zu teuer bezahlt.«
So war das damals. Vor rund vierzig Jahren. Mitten im »Kalten Krieg«. Ich bin froh, daß ich dennoch zu dieser Freundschaft stand über alles Politische hinweg. Es fiel mir nicht so schwer, wie es scheint: ich war immer »links«, das heißt gegen den Kapitalismus, und ich suchte im Kommunismus jenen Sozialismus, zu dem ich auch heute stehe, obwohl ich den »realen Sozialismus« immer als die große Gefahr für das Humane erkannte. Diese Einsicht stand zwischen Becher und mir. Ich sah auch immer die Gefahr jeder Ideologie für die Kunst. Ich kritisierte damals in einem ausführlichen analytischen Aufsatz den von mir unentwegt geliebten Bert Brecht, dem ich nicht nur die Korrumpierung seiner Kunst durch die Politik vorwarf, sondern seine Lüge. Er liebte den Kapitalisten Puntila mehr als dessen Knecht... Auf jenen Aufsatz von 1960 bin ich stolz und veröffentlichte ihn neu in meinem Essayband ›An den Frieden glauben‹.
Ich war hellsichtig.
PS: Mein Briefwechsel mit Johannes R. Becher ist bislang nicht publiziert.

»Die Hölle, das sind die andern.« Das schrieb Sartre. Was für ein schrecklicher Satz. Ich erhebe Einspruch. Widerspruch. Auch im Namen Sartres. Es war ja nicht sein letztes Wort.

Heute erlebe ich den Gegen-Satz. Das Fehlen der andern, das ist die Hölle. Die andern, die nämlich sind das Leben. Ein Dezembertag. Es wird nicht hell. Die Wolken hängen tief. Kein Monte Cavo zu sehen, kein Rocca di Papa, keine Kastanienwälder, und bald auch kein Baum meines Gartens mehr. Ich sitze in einem gestockten Wolkenmeer. Windstille. Absolut. Keine Blattspitze bewegt sich. Der Messingstier, den Stephan mir als Windanzeiger gemacht hat, rührt sich nicht. Kein Vogel flattert auf. Kein Flugzeug. Kein ferner Autolärm. Nichts mehr.
Mein kalter Schrecken: ich bin allein auf der Erde. Übriggeblieben nach Katastrophen. Allein in einer stummen Welt. Das ist die Hölle. Allein-sein. Keine Menschenstimme. Keine Bewegung. Totenstille. Bin ich ins Totenreich gefallen, ohne es zu merken? Was wird geschehen?
Endlich fliegt ein Vogel auf, ein schwarzer Pfeil schießt an meinem Fenster vorbei und streift das Weidenbäumchen, das kurz erschauert. In der Nebelferne bellt ein heiserer Hund. Einen Augenblick zeigt sich mir Leben. Vorübergehend. Aber schon bin ich voller Hoffnung. Der Vogel lebt, der Hund lebt, das Weidenbäumchen lebt. Nun schreckt mich die Stille nicht mehr so. Der Vogel war die Taube aus Noahs Arche. Einige Minuten später streift ein Windhauch durch den Garten, wie wenn durch eine geöffnete Tür ein Luftzug weht.
Der Vogel hat nicht zu viel versprochen: einige Minuten später hellt sich das Dunkel auf. Nicht um vieles, aber das Wenige ist schon Trost. Wieder ein wenig später höre ich die Stimmen von Attilios Enkeln. Der Bann ist gebrochen. Ich bin nicht im Totenreich. Die andern, die garantieren mir Leben.

Dear mother. Ich habe in Konstanz gelesen und sitze am nächsten Tag in Kreuzlingen, wo ich auf den Zug Lindau–München warte. Es gibt zwei Wartesäle. Einer ist

fast leer, der andere voll: lauter Ausländer. Eine Gruppe Afrikaner, stumm. Eine andre: Asiaten. Sie rauchen und reden. Mein Eintreten mit Frau B. scheint sie zu verwundern. Am andern Warteraum hängt kein Schild: Für Schwarze verboten. Nein, das nicht. Aber unsichtbar hängts dort und wird respektiert. Ich setze mich neben die Asiaten. Sie sind mir vertrauter als die Afrikaner. Als Frau B. sich verabschiedet hat, beginne ich mit den Asiaten zu reden. Sie können Englisch, wenngleich ein schwer verständliches. Aber das Gespräch gelingt. Es sind Pakistani. Sehr intelligente Leute. Sie warten. Sie warten nicht auf den Zug. Sie warten auf Arbeit. Irgendeine. Seit Monaten. Was tun sie inzwischen? Schwarzarbeit? Nein; hier gibt ihnen keiner Arbeit, nicht mal Drecksarbeit. Alles muß übers Ausländerarbeitsamt gehen. Jetzt sitzen sie da und warten, bis sie Nachricht bekommen. Einstweilen also sitzen sie im Wartesaal. Warten, warten, warten. Junge, kräftige, intelligente Männer, einer ist schön. Er macht den Sprecher. Was für Schicksale liegen hinter diesen Männern. Und was haben sie zu erwarten.
Er will wissen, warum ich mich zu ihnen setzte.
Warum denn nicht? Seid ihr keine Menschen?
Der Schöne lacht bitter. Er deutet auf die Leute draußen: Für die nicht. Es sind Schweizer und Deutsche, die wie ich auf den Zug warten. Unser Warten dauert eine Stunde. Das Warten unsrer schwarzen und braunen Brüder, wie lang?
Ich sage, sozusagen mich entschuldigend für meine Neugier: I'm a writer. Der Schöne deutet auf einen andern, der still dasitzt. Der schreibt auch, er schreibt Gedichte. Sein Englisch ist recht gut. Nun reden wir beide. Er bittet mich um meine Adresse. Darf ich Ihnen schreiben?
Ich sollte mir angewöhnen, solche Bitten nicht zu erfüllen. Sie stürzen einen in eine Verantwortung und sind meist der Anfang einer Kette von Bitten. Unerfüllbaren.

Einmal gehe ich hinaus und lasse meine Handtasche neben den Pakistani stehen. Ich schaue mich nicht um.
Mein Zeichen des Vertrauens.
Der Pakistani schreibt mir: Dear mother...
Keine besondere Bitte. Ich antworte.
Im zweiten Brief das Problem: er will nach Italien emigrieren, hat aber Schwierigkeiten, er war illegal in Italien und man will ihn nicht mehr einlassen. Wenn ich der Behörde sagen würde, er sei damals mein Gast gewesen...
Wie gerne täte ichs, aber es hilft nichts, und ich würde mir unnötige Probleme aufladen, ich bin ja auch gar keine Italienerin und habe hier nichts zu sagen. Enttäuschung. Noch habe ichs ihm nicht geschrieben. Aber daß er einen Briefpartner hat, das ist vielleicht auch schon ein kleiner Trost. »Dear mother.«

Emigranten-Misere. Am deutschen Konsulat in Rom meines »Europa-Passes« wegen. Im Wartezimmer zwei deutsche Studenten, denen man radikal alles gestohlen hat. Immerhin: das Konsulat kümmert sich um sie. Aber die beiden anderen. Was für ein Paar. Käthe Kollwitz hätte es zeichnen können. Ein Titel wäre ganz und gar unnötig. Wenn es einen hätte, hieße er: Elend.
Während ich auf meinen Paß warte, kommt ab und zu ein Konsulatsbeamter und sagt zu den beiden, die jedesmal sich hoffnungsvoll aufrichten: Leider keine Antwort. Und die beiden sinken wieder in sich zusammen. Ein Paar, kein Ehepaar, wie sich herausstellt, aber ein Paar in seinem Elend. Er spricht Italienisch, einen sizilianischen Dialekt, den ich schwer verstehe. Sie spricht ein Deutsch, das ebenso schwer verständlich ist: ein polnisches Deutsch. Die beiden haben sich in Deutschland gefunden, bei der Arbeit in Hildesheim. Sie waren in Sizilien. Auf der Rückfahrt in Rom hat man sie bestohlen. Nun: das passiert vielen, und was die beiden ver-

loren haben, ist vergleichsweise wenig. Die Koffer stehen am Bahnhof, aufbewahrt. Nur Geld, Paß, Fahrkarte sind weg. Alles ersetzbar. Warum sind die beiden wie vernichtet? Es stellt sich heraus, daß er eine Operation hinter sich hat. Er öffnet seine Hose und schiebt das Unterhemd hoch. Ungeniert. Warum auch nicht. Ich sehe die noch ziemlich frische Narbe, die Nähte und, mit Pflastern festgehalten, ein Plastiksäckchen. Ich vermute, es ist ein künstlicher Darmausgang. Die Sache sieht nicht gut aus. Die Frau, die inzwischen draußen war, ist sehr geniert. Ich beruhige sie. Ich tröste sie. Da beginnt sie zu weinen. Alle Schleusen öffnen sich. Jetzt ist es der Mann, der sich geniert. Ich höre aus ihrem polnisch-italienischen Deutsch immer nur das Wort: heim. Ich sage: Sie bekommen doch die Fahrkarten vom Konsulat, und morgen um diese Zeit sind sie daheim. Sie schüttelt den Kopf. Warum glauben Sie es nicht? frage ich. Sie wiederholt: Heim. Sie will heim. Nach Polen. Oder wo immer sie ihr Daheim hat. Jetzt weint der Mann auch. Er kommt von seinem Daheim: Sizilien. Er fährt in die Fremde. Sie haben in Hildesheim ein Zuhause, arm, aber das macht nichts, das Armsein sind die beiden gewöhnt. Was sie wollen ist: Heimat.

Ich sage: Aber ihr habt doch euch. Habt ihr nicht eine Heimat einer im andern?

Ich werde jetzt zum Konsulatsbeamten gerufen. Als ich zurückkomme, sitzen die beiden Hand in Hand.

Ich denke an Brechts Gedicht:

So ist die Liebe Liebenden ein Halt.

Falsch zitiert:

So scheint die Liebe Liebenden ein Halt.

Kehraus. Im TV einen schönen chinesischen Dokumentarfilm über die »Verbotene Stadt« in Peking gesehen. Ich erinnere mich lebhaft an meine Chinareise vor zwei Jahren. Ich habe damals die »Verbotene Stadt« gesehen, aber nicht die unerhört wertvollen Kunstgegenstände aus drei Kaiserreichen, die drei große, sehr verschiedene Kulturepochen waren. Was jetzt zum ersten Mal gefilmt wurde, benahm mir den Atem. Vor allem die Kostbarkeiten, welche die Kaiserin Su-Ji (Su-Dschi) aufhäufte in »unersättlicher Gier« laut Kommentar nach einem zitierten Zeitzeugnis. Etwa eine Stunde lang sah man diese gefilmten Herrlichkeiten aus Glas, Jade, Gold, Perlen, Rubinen (raffinierteste Techniken). Zuletzt blieb im Bild einer der großen Innenhöfe, leer. Ein alter Arbeiter kehrt welke Blätter zusammen.

Aufbrechen der Schale. Im TV gesehen und gehört: drei Wildenten-Eier, vom Kameramann mit Mikrophon belauscht. Man hört ein tickendes Geräusch, das man sofort deutet als das Picken der kleinen Schnäbel an die Eischale, um sie aufzubrechen. Es ist nicht so. Das »Picken« ist die Sprache der noch in der Schale eingeschlossenen Kücken. Eine Morse-Sprache. Sie verständigen sich untereinander über den Termin des Ausbrechens. Und sie durchbrechen tatsächlich ihre Schalen zur genau gleichen, der verabredeten Zeit.

Sich ungeschützt zeigen. Heute wieder ein Brief eines Lesers, der mich, so schreibt er, bewundert für den Mut, im Tagebuch zu sagen, daß ich depressive Zeiten und viele Schwächen habe. »So etwas sollte man den Leuten nicht sagen, denn das setzt den Autor in deren Augen doch herab.« Wirklich? Tut es das? Und wenn schon: mir ist das Sich-Aufspielen vor andern ein Greuel. Jeder will in den Augen andrer das sein, was er selbst gern wäre und nicht ist. Ich will nichts andres sein, als ich bin: ein Mensch. Ein

Mensch wie alle, also mit Schwächen. Warum sollte ich so tun, als sei ich besser, stärker, edler, größer? Ich bin wie ich bin. Ich ertrage mich selber mit Geduld (das habe ich lernen müssen). Ich habe auch gelernt, andre zu ertragen. Bisweilen, früher, habe ich mich beeindrucken lassen durch das Imponiergehabe andrer. Bis sie sich mir dann nach und nach oder auch in plötzlichem Ausbruch in ihrem Elend zeigten: in ihrer Angst vor Krebs, vor Aids, vor der Aufdekkung einer Schuld, vor dem Verlust der sexuellen Potenz (Männer) oder dem Verwelken der attraktiven Leib-Schönheit (Frauen), vor dem Tod.

Erdbeben. Diese wiederholten Erdbeben hier machen nervös. Eigentlich nicht die Stöße selbst, sondern die Intervalle zwischen einem Stoß und dem nächst erwarteten. Gina sagt mit der Ergebung der alten Bäuerin: Man gewöhnt sich dran. Ja, schon. Aber ich spüre sie tagelang voraus. Mein plexus solaris vibriert, ehe die Erde es tut.
Heute nacht sürzte ein Dachziegel mit großem Krach herab. Was ist schon ein Dachziegel, freilich. Darum gehts nicht, sondern um das leidige Gefühl der Unsicherheit, der Unzuverlässigkeit unsrer Mutter Erde. Mir kommt der Text eines alten Kirchenlieds durch den Sinn: »Mitten wir im Leben, sind vom Tod umgeben.« Es heißt ein klein wenig anders (bei Luther): »Mitten wir im Leben, sind mit dem Tod umfangen.« Aber um des musikalischen Rhythmus willen mußte es so heißen, wie ichs höre.
Ich will denken: Mitten wir im Sterben, sind vom neuen Leben umgeben. Ich gehe durch den Garten. Mitte November: die letzten Rosen blühen noch kräftig, die Mimosen werden in sechs, acht Wochen zu blühen beginnen, die Sternmagnolie hat Knospen, an der warmen Südmauer die ersten goldenen Blüten des Gelsomino, und die beiden Märchenbuch-Bäumchen, die Hängeweiden, zeigen einen An-

satz von Kätzchen. Bald ist wieder Frühling. Bald wieder heißer Sommer. Bald wieder November. Winter... Das Rad. Das Rad, mit dem uns zu drehen unerbittlich auferlegt ist. Ich habs satt. Ich mag nicht mehr...
Die große Versuchung, sich dem Nichts anheimzugeben. Wüßte ich nur, ob es das Nichts gibt.

Lebens-Traum. Plötzliche Erkenntnis: ich sehe mein Leben an mir vorüberziehen wie einen Film, in dem ich eine Rolle spiele. Ich bin Darstellerin und Zuschauerin zugleich. Das weiß ich natürlich längst. Neu ist mir der Gedanke: wichtig ist nicht der Film an sich, wichtig sind meine Reaktionen auf das, was ich sehe. Eine höhere Instanz beobachtet meine Reaktionen. Das Vorgeführte ist nur ein Traum. Es hat keine eigene Realität. Was einzig Wirklichkeit ist, das sind meine Reaktionen. Es ist die Art, in der ich geprüft werde.

Hungerstreik im Alten Testament. Beim Lesen im Alten Testament auf das Buch Ester gestoßen. Was für eine aufregende Lektüre! Was für Parallelen zu unsrer Zeit!
Es war zur Zeit des Perserkönigs Xerxes, der über halb Asien herrschte. Er hatte eine schöne Frau, Waschti, die er bei einem seiner rauschenden Feste den Eingeladenen vorführen wollte. Sie aber wollte kein Vorzeige-Objekt sein (kein Lust-Objekt für die Augen begieriger Männer) und weigerte sich. Das war ein unerhörter Affront: eine Frau hat zu gehorchen, auch als Königin. Wohin würde dieses Beispiel führen? »Denn«, so stehts in der Bibel, »die Antwort der Königin dringt zu allen Frauen und macht deren Ehemänner verächtlich.« Also: fort mit dieser aufsässigen Frau. Sie wurde verstoßen. So leicht wurde man mit emanzipierten Frauen fertig. Damals.

Dann suchte man für den König eine neue Frau unter den schönsten Mädchen. Er, der Perserkönig, wählte Ester, nicht ahnend, daß sie Jüdin war. Es kam aber schließlich heraus. Jetzt gings nicht mehr um die einfache Verstoßung der Frau aus dem eigenen Volk, jetzt gings um eine Frau aus dem verhaßten Judenvolk, das er erobert hatte, und es ging nicht nur um eine einzelne Frau, sondern um das ganze jüdische Volk im persischen Weltreich. Es sollte vernichtet werden. Der Massenmord wurde beschlossen; der für die Ausführung Verantwortliche wurde im voraus königlich belohnt, mit viel Geld. (Was bekamen eigentlich Hitlers Judenmörder?)
Da fiel Ester etwas ein: sie machte zusammen mit allen in der Hauptstadt lebenden Juden einen Hungerstreik (»Eßt und trinkt drei Tage und drei Nächte nichts... Mag ich so oder so ums Leben kommen«). Sie erreichte, daß ihr Mann, der sie sehr liebte, sie rufen ließ und ihr versprach, einen Wunsch zu erfüllen. Sie wünschte die Rettung ihres Volks. Als Xerxes sah, wie der Hungerstreik sie entkräftet hatte, so daß sie mehrmals in Ohnmacht fiel, wurde er gerührt. Er versprach, einen Schutzbrief für die Juden zu erlassen. So rettete Ester ihr Volk.
Zu denken, daß Hitler sich in eine Jüdin verliebt hätte, die ihn bat, die Juden zu verschonen...

Ist das ein Jahrhundert-Ereignis? Heute, am 1. Dezember, ist der Tunnel unter dem Ärmel-Kanal zwischen Frankreich und England so weit vorangetrieben, daß es nur mehr einiger Hammerschläge bedarf, damit sich der französische Vorarbeiter oder Ingenieur und sein englischer Kollege durch das Bohrloch die Hände schütteln können. Man feiert auf beiden Seiten mit Sekt. Nun, und? Die Arbeit geht weiter. Noch einige Jahre. Die im TV befragten Engländer finden die Riesenausgaben unnötig. Man

könnte auch zu Schiff, auf der Fähre, mit dem Zug oder im Flugzeug rasch und sicher das andere Land erreichen. Und so viele Meter unterm Wasserspiegel, das sei gefährlich. Und im Kriegsfall besonders. Im Kriegsfall? Die Vorstellung, daß man hier Armeen durchschleusen könnte (in welchem Krieg?), kommt mir so hirnvernagelt dumm vor wie jene der Südkoreaner, daß nordkoreanische Truppen durch die alten Tunnels in den Süden vorstoßen könnten. Ja, sage ich, und ihr Südkoreaner sitzt dann wie die Katze vor dem Mauseloch und knallt in aller Bequemlichkeit die Eindringlinge ab. So auch am Ärmel-Kanal. Wie doch die Gehirne angst- und aggressionsverseucht sind!
Ich behaupte (ich, die keine Ahnung von wirtschaftlich-verkehrstechnischen Problemen hat), daß die Sache nichts bringt. Mir fällt nur ein Witz ein: Einmal, bei starkem Nebel, schrieben französische Zeitungen, durch den Nebel sei England vom Festland völlig isoliert. Die Engländer schrieben: Durch den Nebel ist Europa völlig isoliert.

Entwürdigung der Tiere. Den Weihnachtszirkus im TV angeschaut. Mit Ekel. Die Hunde im Harlekinskostüm, tanzend; die Pferde, die sich auf Befehl auf die Hinterbeine heben und ihre dicken Bäuche zeigen, ein unschöner Anblick; ebenso die Elefanten, die sich auf Befehl auf Postamente setzen und dort hocken wie dicke Babies auf ihrem Topf. Den Äffchen macht es Spaß, Unsinn zu treiben auf Befehl, sie sind ja auch schon nahe am dressierten Menschen.
Es gibt Bestrebungen, Zirkus ohne Tiere zu machen. In Nordkorea sehe ich schon einige Jahre keine Tierdressuren mehr. Überhaupt scheinen die Ostasiaten von der buddhistischen Tierliebe geprägt zu sein und Sinn für die Würde der Tiere zu haben, die wie der Mensch vom göttlichen Athman erfüllt sind.

1991

Januar 91. Wir Mütter. Im TV gesehen: eine ägyptische Frau ringt die Hände in Verzweiflung. Sie hat einen Sohn, der im ägyptischen Kontingent der US-Army im Irak kämpft. Im Irak aber lebt seit vielen Jahren sein Bruder als Ingenieur und er ist gezwungen, auf der Seite des Irak zu kämpfen; Kriegsdienstverweigerung ist unmöglich, Desertion unmöglich, beides hieße sofortige Erschießung.

Bruder gegen Bruder. Wie, wenn es das Schicksal will, daß sie sich einmal Aug' in Aug' gegenüberstehen in der Kampflinie!

In Jugoslawien, in Zagreb, rotteten sich die Mütter der einberufenen Soldaten zusammen, zogen vor das Regierungsgebäude und schrien: »Ihr da oben, die ihr unsre Söhne in den Bruderkrieg und in den Tod schicken wollt: geht doch ihr voran, ihr Generäle, ihr Offiziere! Geht in die vorderste Reihe und machts unseren Söhnen vor, wie man Brüder erschießt!«

PS. 31. August: Wieder die Mütter, diesmal nicht auf einzelne Gebiete beschränkt, sondern quer durch alle Länder. Eine großartige Demonstration der Frauen. Wer will den Krieg? Die Männer. Die Frauen wollen den Frieden. Hier sieht mans aufs deutlichste. Die Frauen können die gewaltige Gegenmacht zum Kriegswillen der wahnsinnigen Männer sein. Mehr, mehr, mehr, ihr Frauen der Erde! Ihr Frauen Israels, warum schreit ihr nicht? Warum nicht, ihr Irakerinnen? Haben wir Frauen denn noch nicht begriffen, daß das Weibliche allein die Erde rettet?

Januar 1991. »Dürfen wir auf eine Einheit der Kultur hoffen?« Der Vortrag in Zürich erfordert langwierige Denkarbeit. Zuerst muß geklärt werden, was wir unter Kultur verstehen wollen. Ich muß den Leuten, die professionell mit Wirtschaftsproblemen zu tun haben, auf die Frage nach der Kultur von heute antworten: unsere Kultur ist global materialistisch. Was die einzelnen Völker verbindet, ist das, was sie trennt, der Konkurrenzkampf. Noch deutlicher: es ist das Geld.

Jetzt kann ich Mephisto einführen. Faust, durch den Teufelspakt an ihn gekettet, lehrt als Berater des Kaisers die Ausbeutung der Erde und entzündet im Volk die wilde Begierde nach Gold, er erfindet das Papiergeld.

> »So stempelten wir gleich die ganze Reihe:
> Zehn, Dreißig, Fünfzig, Hundert sind parat.
> ...
> Das Alphabet ist nun erst überzählig,
> In diesem Zeichen wird nun jeder selig.«

Ja, das Alphabet, die Kultur ist überflüssig.

Der Kaiser hat seine Zweifel, ob das Volk nicht merkt, daß es nicht mit rechten Dingen zugeht. Aber es gibt kein Zurück mehr:

> »Die Wechslerbänke stehen sperrig auf:
> Man honoriert da selbst ein jedes Blatt
> Durch Gold und Silber, freilich mit Rabatt.«

Also mit Zinsen – das Bankwesen ist etabliert. Mephisto reibt sich die Hände, er spricht vom Papiergespenst der Gulden, er bestimmt den Weltmarkt und den Wert des Menschen. Ein ausgelieferter Terrorist kostet 20000, Fußballer kosten Millionen, ein Nachkomme der in Hitlers KZ umgekommenen Zigeuner bekommt als Entschädigung das, was er dem Teufel wert ist, 50 Mark.

Faust will den Teufelspakt brechen:

»Dämonen, weiß ich, wird man schwerlich los,
Das geistig-strenge Band ist nicht zu trennen...«

Nein? Ich sage Mephisto rundheraus, daß ich ihn und seine Machenschaften kenne, und ich sehe, daß er unsicher wird. Du zitterst ja, sage ich, vor wem hast du Angst?
Du wirst lachen, vor den Menschen. Wenn dieses Wesen wüßte, wie stark es ist, wenn es aufhört, Besitz und Macht anzubeten.
Es gibt, damit will ich den Vortrag schließen, es gibt Menschen, die den Pakt zerreißen. Einer war Franz von Assisi, Sohn des reichen Kaufmanns Bernardone, der seinen gesamten Besitz wegwarf und jenen, die sich ihm anschlossen, streng verbot, für ihre Arbeit Geld anzunehmen. Seinem Beispiel folgte siebenhundert Jahre später ein reicher Mailänder Industrieller, der seinen Besitz verkaufte und dafür in Südamerika eine Krankenstation bauen ließ.
Wie wird es enden? Jede Woche verhungern 25000 Kinder der Dritten Welt. Der Teufel schaut zu. Ich bin kein Prophet. Aber ich, sehr kleiner David, werfe dem Riesenteufel ein Wort an die Stirn: Nein! Teufel, du verrechnest dich. Faust wurde gerettet. Weil er sich der Liebe überließ, brach der Teufelspakt auseinander. Wenn wir lernen, sei es unter äußersten Qualen, unseren Besitz mit allen Erdenbürgern zu teilen, das heißt, wenn wir die Weltpolitik radikal ändern, dann ist die Menschheit zu retten.
Aber nur dann.

Januar 91. Dieses entsetzliche Warten auf den Erstschlag im Irak. Angst. In Rom seltsame Stille in den Straßen. Da und dort Demonstrationen. Aber das atemlose Warten überwiegt. Das Ultimatum der USA an Saddam. Einem Araber ein Ultimatum zu stellen ist ein Fehler. Er läßt sich doch nicht so in die Enge treiben. Und die Lüge,

die Lüge: man müsse Kuweit retten vor dem Irak. Wer rettet? Die USA? Was haben die je »gerettet«? Vietnam? Korea? Nicaragua? Cuba? Deutschland, ja, gerettet vor Hitler, gerettet durch Zerstörung, gerettet mit der Forderung auf ewige (praktische und moralische) Dankbarkeit, gerettet als US-Kolonie, ohne Friedensvertrag.
Kuweit retten? Die Erdölquellen retten für die USA.
(Juli: Sie brennen immer noch, und schwarzer Regen fällt auf Kuweit und Irak.)
Wer wird bezahlen? Das Volk, vor allem die Kurden. Und die Natur!
Atemloses Warten weiter. Die Angst eint Europa. Was für eine Art Angst ist denn das? Die Angst vor einem Krieg, so nah bei uns. Die Angst vor der Eskalation. Die Angst vor dem Islam. Die Angst davor, daß wir aus unserm Traum vom Frieden aufgeschreckt werden. Die Angst, es sei wahr, daß auch wir Deutschen Soldaten stellen müssen für den Golfkrieg. Hilfsmittel zur Herstellung von Waffen haben wir seit Jahren geliefert. War denn dieser Krieg nicht schon längst geplant? Die USA brauchten einen neuen Krieg, sie brauchten neue Waffen, brauchten eine Ankurbelung der Wirtschaft durch die Rüstungsindustrie. Also los – los gegen irgendwen, der stört und der etwas besitzt, was man haben will: Erdöl!
Ich glaube nicht an eine friedliche Lösung. Ich warte auf den Erstschlag. Die USA werden ihn führen.
15. Januar. Noch nichts.
16. Januar: ab sechs Uhr morgens bin ich am Radio. Nichts. Den ganzen Tag, bis Mitternacht gewartet.
R. M. (die Astrologin) sagt: »Bei Neumond gehts los.« (Man muß aber nicht Astrologe sein, um das vorauszusehen.) Also: heute nacht.
16. Januar Mitternacht. Ich bleibe am TV, ich schlafe ein wenig. Um 2 Uhr 45 schrecke ich plötzlich hoch. Was ist? US-Präsident Bush am TV: Also, es ist soweit: Erstschlag

der USA. Man soll aber, sagt Bush, das Volk schonen. Wie denn?
17. Januar: Die USA siegessicher, ein großer Teil der irakischen Luftwaffe zerstört.
Lüge, Lüge! Oder funktioniert der US-Nachrichtendienst nicht? Doch, doch. Aber das Volk soll im Siegesglauben leben. Wie gehabt: unter Hitler. Immer Sieg. Und Stalingrad? Freiwillig geräumt. »Frontbegradigung.«
18. Januar: Tel Aviv bombardiert. »Wenige Tote.« Wenige? Jeder ist einer zuviel. Meine Sorge um die israelischen Freunde, die Frankensteins. Und um Jerusalems Bürgermeister Teddy Kollek. Und um die Kinder. Die »Kinder Israel«.
»Kein Stein wird auf dem andern bleiben...« So stehts in der Bibel. Schicksal-geschlagenes Volk.
19. Januar. Ich kanns nicht mehr sehen, dieses Schweinsgesicht Schwarzkopf. Dieser eiskalte Häuptling deutscher Abstammung. Solche gabs in der Hitler-Armee, in der SA. Schlägertypen, ordenbehängt. Meine kalte Wut. Diese Typen sterben nicht aus. Sein deutscher Name, sein schlechtes Englisch. Der wird als der große Kriegsheld gefeiert werden. Gebt ihm doch den Anti-Nobel-Preis!
Ich kann nicht mehr.
Soll ich mich verbrennen auf dem Petersplatz. Mich verbrennen wie Jan Palach in Prag? Wie die buddhistischen Mönche in Vietnam? Die Idee wird zur Obsession. Ein Fanal. Ein Signal.
Ich höre mich laut lachen und sagen: Du kleine Jeanne d'Arc, du! Willst du Märtyrerin werden? Die Welt retten? Lächerliche Person. Geh an deinen Schreibtisch, tu, was ich, dein Engel, dir sage: Friß deinen Zorn hinunter, er brennt wie Feuer in deinem Leib. Mehr wird von dir jetzt nicht verlangt.
Ich verstumme.

Warum schweigen Sie, Frau R.? Schweigen: zum Golfkrieg nämlich. Man macht es mir zum Vorwurf, daß ich keine flammenden Zeitungsaufsätze darüber schreibe oder Reden halte; ich hätte doch früher... und so weiter. Ob ich denn resigniere? Nein, o nein. Ich habe auch nicht wirklich geschwiegen: in den Diskussionen nach Vorträgen und Lesungen (Zürich, Mannheim) habe ich gesagt, was mir zu sagen wichtig war, aber eben nur dies. Aus meiner Meinung zu den Taten und Untaten der USA und des Irak machte ich kein Hehl, aber ich liebe die Schwarz-Weiß-Maler nicht, und ich hasse die puritanisch-heuchlerische Attitüde der USA, welche den politischen Anspruch auf die Weltherrschaft sanktionieren will. Was hilfts, das zu sagen? Es sagen schon so viele. Und so viele sagen Falsches. Ich mißtraue der Presse. Jeder. Wie lächerlich machte sich vor einigen Jahren der ›stern‹, als er auf die gefälschten Hitler-Tagebücher hereinfiel! Wie lächerlich machte sich die französische Presse und mit ihr ein Teil der deutschen, als sie die »Enthüllungen« eines der Leibwächter Saddam Husseins für bare Münze nahm! Und was habe ich selbst erlebt, als die Presse der westlichen Welt berichtete, Nordkoreas Staatspräsident sei von seinem Verteidigungsminister ermordet worden! Ich traf den Totgeschriebenen einige Wochen danach kerngesund. Und was ich sonst an handgreiflichen Lügen über Korea kenne, über das Land, dessen Ereignisse ich übersehen kann. Und Hussein und die westlichen Alliierten: welch unverschämte Fälschungen beiderseits.
Die Presse: das wirksamste Mittel, die Massen zu belügen. Sagt ein Journalist die harte Wahrheit, wird er entlassen (der RAI-Skandal).
Eben lese ich in den Briefen des Lawrence von Arabien, was Zeitgenossen über ihn schrieben. Im Positiven wie im Negativen die lächerlichsten Lügen.
Journalismus: auch der beste Journalist unterliegt Manipu-

lationen, sei es seitens seiner Zeitung, die ihre politische Richtung vertritt, sei es seitens der Fakten selbst, die es ja gar nicht gibt: es gibt nur Ansichten von Fakten, so wie sie sich in einem bestimmten historischen Augenblick an einem bestimmten Ort einem bestimmten Menschen zeigen.
Wunschtraum: eine völlig neutrale Presse. Unmöglich. Eine unbegrenzte Pressefreiheit: nicht realisierbar.
Ich sehe meine alte Mutter vor mir, sie war 88, sie las Zeitung, sie las zwei Zeitungen parallel, die ›Süddeutsche‹, die damals als »links« galt, und den ›Münchner Merkur‹, schwarz-braun. Ich sage: Mutter, schämst du dich nicht, dieses Blatt zu lesen? Sie sagte: Was willst du, die lügen und die lügen; selber denken muß man.
Gescheite Mutter. Aber auch sie las selektiv: was in ihr Weltbild paßte und ihren Erfahrungen entsprach, galt ihr für wahr, nein: für der Wahrheit am nächsten. Warum sollte ich meine unmaßgebliche Meinung drucken lassen?
Ich zog das Verstummen vor, wohl wissend, daß auch das Schweigen schreien kann.

Descartes und die Tiere. Ein Münchner Pfarrer erlaubte seinen Pfarrkindern, ihre Haustiere mit in den Gottesdienst zu bringen. Ich habe nie erlebt, wie solche Gottesdienste verliefen. Vermutlich waren die Katzen in Körbchen und schliefen, und die Hunde (Großstadthunde) saßen wohldressiert neben ihren Herren. Der meine, wiewohl ein Landhund und undressiert, hat rasch gelernt, regungslos zu liegen, wenn ein Fernsehteam bei mir arbeitet; er hat noch nie gestört und würde auch in der Kirche nicht stören. Aber darum gehts doch nicht. Es geht um eine Revolution in der katholischen Kirche. Eine Revolution, die man nicht ernst genug nimmt. Es geht um die Anerkennung der Tiere als beseelte Wesen. Wie: Tiere haben eine Seele? Was sagte der überaus gescheite Descartes im 17. Jahrhundert? »Tiere haben keine Seele, sie sind nur Mechanismen.« Dieser elende Materialist und Atheist. Als ob es Leben ohne Geist gäbe! Wie wenig hat Descartes begriffen vom Bau des Weltalls und vom Leben. Wie unlogisch der große Logiker ist. Tiere sind Mechanismen, Maschinen? Welches ist der Treibstoff, wer gießt ihnen den Treibstoff ein? Wer besitzt den Schlüssel zum Aufziehen des Spielzeugs? Wer hat das Recht, den Mechanismus zu zerstören?

Atem Gottes. Gestern vor dem Einschlafen (an der Schwelle zum Traum, oder vielmehr zu jenem Bereich, in dem Engel versuchen, sich dem Menschen mitzuteilen, wenn der die Waffenrüstung seines Intellekts abgelegt hat und höheren Mächten – in seinem Innern – freie Hand läßt) ein Bild (kein Gedanke, sondern ein Bild): Gott (wer oder was immer das ist, gleichgültig, es IST, es ist das SEIN schlechthin) hat die Welt geschaffen, indem er sie ausatmete. Und nun wird er sie wieder einatmen, er zieht sie wieder in sich zurück. Ausatmen, einatmen, der ewige Rhythmus. Anders als im Buddhismus oder Hinduismus: dort schafft Shiva im Tanz die Welt und im Tanz zerstört er sie wieder. Auch hier also der ewige Rhythmus. Und bei Platon im ›Timaios‹, einem der schönsten Bücher der philosophischen Weltliteratur, erzählt dem Solon ein alter ägyptischer Priester, daß schon »viele und vielerlei Vertilgungen der Erde stattgefunden haben und fernerhin noch stattfinden, die umfänglichsten durch Feuer und Wasser... Was auch bei euch erzählt wird, daß einst Phaëton, der Sohn des Helios, den (Sonnen-) Wagen seines Vaters bestieg und, weil er es nicht verstand, auf dem Wege seines Vaters zu fahren, alles auf der Erde verbrannte... Das klingt wie ein Märchen, doch ist das Wahre daran die veränderte Bewegung der die Erde umkrei-

senden Himmelskörper und die Vernichtung von allem, was auf der Erde befindlich ist, durch vieles Feuer, welches nach Verlauf gewisser großer Zeiträume eintritt.« Und weiter: »Nach dem Brand schicken die Götter große Wasserfluten, um die Erde zu reinigen.« So sei denn auch, sagt er, die schöne kulturreiche Insel Atlantis im Wasser versunken.
Das ist kein Mythos mehr, das ist schon Sache der Wissenschaft: Platons Atlantis existierte wirklich. In der Bibel lesen wir von vielen Katastrophen: Feuer fällt vom Himmel auf Sodom; gewaltige Regenfluten überschwemmen einen Teil der Erde; Schlangen und Heuschrecken überfallen die Juden in der Wüste...
In der Apokalypse steht, der Unterwelt sei Macht gegeben, ein Viertel der Menschheit zu töten »durch Hunger, Schwert, Pest und wilde Tiere«. Hunger: Dritte Welt. Schwert: die vielen Kriege. Pest: Cholera in Südamerika, Aids weltweit. Wilde Tiere: steht noch aus. (Nachtrag vom September 91: die Millionen Ratten in New York.) Viele Menschen starben durch »bitter gewordenes Wasser« (verseucht durch Chemikalien), andre durch den »Rauch, der die Luft verfinstert« (brennende Ölquellen und vulkanische Ausbrüche), andre unter »Hagelschlag« (vielleicht ein Meteoriten-Regen), und ein Teil der Pflanzen stirbt im Feuer (Brandstiftung durch Spekulanten kleineren und großen Ausmaßes); »ein Teil durch riesige Insekten, die gepanzert sind, Rauch ausstoßen und Schwänze mit Köpfen haben« (Kampfflugzeuge, Bomben, Atomsprengköpfe).
Leben wir nicht in apokalyptischer Zeit? Frage: war es je anders? Wechseln nur die Namen der Gefahr? Lebt die Menschheit, seit dem Sturz aus der paradiesischen Einheit alles Seienden mit dem Sein, nicht immer im Purgatorium (im Fegefeuer)? Ist da keine Hoffnung?
Doch, ja, wenn einem dies als Antwort genügt: es wird immer nur ein Teil der Menschheit vernichtet.

Nun, und? Ist das ein Trost? Würden in Katastrophen nur die »Bösen« vernichtet und bliebe eine gereinigte Welt zurück... So ists aber nicht. Es sterben die Unschuldigen mit den Schuldigen.

Im Evangelium steht, daß es bei der End-Katastrophe so zugeht: wenn zwei nebeneinander gehen oder liegen, wird immer nur einer hinweggenommen. Welcher aber?

Der Gedanke an den Atem Gottes verfolgt mich weiter: als Gott Adam erschuf, blies er ihm seinen Atem ein, und der erste Mensch lebte. So muß ers auch mit allem andern gemacht haben: er blies seinen Atem ins Wasser, und es belebte sich. Er blies in die Ur-Materie, und sie belebte sich. Langsam ließ er seinen Atem einströmen. Milliarden Jahre lang. Jedem Ausatmen folgt ein Einatmen. Im Ein-Atmen nimmt »Gott« das Ausgeatmete wieder in sich auf. Natürlich ist der biblische Schöpfungsbericht nur Bild, ein irreführendes Bild (wenn nicht als Mythos erkannt) für die Evolution, bei der das Entstehen und Vergehen parallel immerzu nebeneinander geschieht. Aber so wie Gott »eins nach dem andern« beatmete, so kann er »eins nach dem andern« wieder einatmen. Wie viele Tierarten hat er aus- und schon wieder eingeatmet?

Wir sagen, die Menschen rotten dies und das aus. Ja, aber die Menschen, sind sie nicht nur Befehlsempfänger und -ausführende?

Bisweilen spüre ich den Sog des Heimkehrens. Auch den meines eigenen Heimgangs zurück in die Vor-Schöpfungszeit.

Übrigens stimmt mein Gefühl überein mit der Feststellung der Wissenschaftler, daß das Weltall »pulsiert«: Einatmen, Ausatmen, Ausdehnen, Zusammenziehen.

Auch die Astrophysik stimmt damit überein: Sterne sterben (»schwarze Löcher«) und werden wieder lebendig, nach Jahrmillionen.

Wir kurzlebigen Geschöpfe haben einen andern Rhythmus,

aber nach demselben Prinzip: Sterben – Wiederkehr. Für den Tod ist kein Platz (in der Raum-Zeit).

Sympathie. Nach dem gestrigen Gespräch mit einer körperlich und seelisch Leidenden fühle ich mich beinahe krank, mit denselben Symptomen wie die Kranke. Jeder Psychotherapeut kennt das Phänomen der Übertragung. Bei mir ist die Kraft der Identifikation sehr ausgeprägt. Ich lasse mich beladen mit den Lasten andrer. Ich analysiere diese meine Eigenschaft und frage mich, worin sie sich gründet. Ich finde, daß ich vom Gefühl des Mitleids erfüllt bin. Es führt mich zu einer tiefen Sympathie mit allem, was ist. Ich kann es Liebe nennen. Liebe, das ist meine Natur selbst. Die Gnade hat es leicht mit mir: sie baut einfach auf meiner Natur auf. (Ich zitiere Thomas von Aquin.) Meine Liebe ist Mit-Leiden. Kein Mißverständnis, bitte. Nicht das Mitleid der Reichen mit den Armen, der Gesunden mit den Kranken. Diese Art von Mitleid kann man leicht umsetzen in die Tat, man spendet Geld, man tröstet mit Worten. Das ist, was ich Caritas nenne und als brave humane Tugend betrachte. Caritas entsteht aus verschiedenen Motiven: aus Schuldgefühl, aus Pflichtgefühl, aus Berechnung, aus edler Berechnung vielleicht (man erwirbt sich so ein Recht auf das eigene bessere Los und auf den »Himmel«). Caritas entsteht aus dem Willen: aus der Bemühung, gütig zu sein. Ich aber habe eine tiefe Abneigung gegen bemühtes Gut-sein. Es ist, als sagte man zu einer Quelle: »Du hast die Pflicht zu fließen; überwinde jenen kleinen Steinwall...« So will ich nicht lieben. Meine Liebe entspringt, ich sagte es, meiner Natur, die zum Mit-Leiden fähig ist, so sehr, daß ich aus Mit-Leid mein eigenes (relatives) Glück nicht mehr zu ertragen vermag.

Euthanasie aus Liebe. G. S. erzählt, ein Ehepaar habe sich das Versprechen gegeben, dem von unheilbarer und qualvoller Krankheit befallenen Partner zu einem raschen Tod zu verhelfen und zu gleicher Zeit sich selbst mit einer Überdosis desselben Gifts zu töten. Ja, gut. Ich verstehe das. Tristan und Isolde. Aber wenn nun der gesunde Partner im letzten Augenblick eben nicht mit-sterben will?

Stoff zu einer bösen Komödie: der vergiftete Kranke stirbt gar nicht, erholt sich, sieht, daß sich der Partner keineswegs umgebracht hat... Oder der Partner hat sich umgebracht, verabredungsgemäß, und der andre stirbt nicht, wird gerettet... Oder der, der dem Kranken das Gift gab, aber selber am Leben blieb, ist verzweifelt über seinen Treubruch und wird wahnsinnig oder stellt sich der Polizei als Mörder. Oder der scheinbar Sterbende verzeiht dem Partner. Oder (die Witwe von Ephesus, alte Geschichte) sieht, wie der Partner eine andre Frau liebt... Oder, oder. Der Stoff ist gräßlich ergiebig.

Wir bleiben lang beim Thema und seinen Variationen. Plötzlich fällt mir Julia ein, drei Jahrzehnte meine Freundin, zu deren Lebenskatastrophen gehörte, dazu verdammt zu sein, mich heiß zu lieben und heiß zu hassen. Sie lebte in dem Wahn, mein Dasein mit den literarischen Erfolgen unterbinde ihre Kreativität und verhindere ihren Erfolg. Sie wußte, daß das eine Wahnidee war. Sie wußte, daß ich mich vielmehr bemühte, ihre sehr guten Geschichten bei guten Verlagen und Zeitschriften anzubringen. Zwei der frühen hat sie selbst gedruckt gesehen in einer der besten Zeitschriften damals, dann kam nichts mehr außer einem sehr merkwürdigen Stück, das ein Libretto sein könnte für eine moderne Oper. Und obwohl (oder weil) ich es war, die einer der Geschichten zum Druck verhalf, bildete sie sich ein, ich bringe ihr literarisch Unglück. Sie wußte, daß sie sich selbst im Wege stand. Sie schuf sich ein Alibi für das Stocken ihrer

Kreativität. Das Alibi war ich, die ihren Ehrgeiz antrieb, den sie dann selbst drosselte, bis sie einer schwer depressiven Neurose verfiel, die sie schließlich in den Selbstmord trieb. Arme Julia. Sie hieß nicht Julia. Sie hieß Elisabeth. Jemand hatte sie in ihrer Jugend Julia genannt. Das blieb ihr. Aber da war kein Romeo für diese Julia. Da gabs keine ebenbürtig groß und heiß liebenden Partner. Da gab es überhaupt nur Katastrophen. Meine Gegenwart war nur eine von vielen.

Daß Julia »Julia« genannt wurde und niemand mehr ihren wahren Namen wußte, machte sie zu einer Kunstfigur. Ich würde gern ihr Leben schildern. Aber wer würde mir glauben. Man hielte es für finstern Kitsch. Ich werde nur weniges erzählen, um glaubhaft zu bleiben.

Julia, einzige Tochter mit zwei Brüdern (der eine fiel im Krieg), der Vater Universitätsprofessor, Julia als Kind geliebt, mehr vom Vater als von der steif protestantischen Mutter. Gymnasium. Abitur. Frühe Heirat mit einem Mann, der weit unter ihrem geistigen Niveau stand. Ein Kind, ein Mädchen, das an Diphtherie starb, während sie für einige Tage in Zürich war. Dann der Lungenkrebs ihres Mannes, die lange Zeit unter der eisernen Lunge. Eines Tages drehte sie den Strom ab. Kein Skandal. Die Kollegen ihres Vaters deckten sie. Und sie selbst hatte keine Gewissensbisse. Sagte sie. Aber war nicht ihr ganzes folgendes Leben eine Kette von Selbstbestrafungen? Zuerst ihr Übertritt zum Katholizismus, den sie mit dem Übereifer der Konvertitin lebte (sie lernte sogar das Ministrieren beim Studentenpfarrer, woraus eine etwas seltsame Liebesgeschichte wurde, die nach Jahren glücklos versickerte). Später wohnte sie neben einer Kirche, das ergab sich so, und das Glockenläuten war ihr unerträglich: sie hörte den alten Lockruf und konnte ihm nicht mehr folgen, sie hatte ihre Konversion verraten. Sie, die Tochter eines atheistischen Naturwissenschaftlers und einer puritanisch protestantischen Mutter, sie war zutiefst fromm. Dann die Liebesgeschichte mit einem viel zu jungen Studenten, woraus später eine langdauernde Ehe wurde, die eine Freundschaft war, welche der bewundernswerte Mann bis zu Julias Tod durchhielt. Dazwischen Julias Brustkrebs, die Operation, die jahrelange Angst vor der Wiederkehr, die ausblieb. Dafür Hüftgelenksoperationen, beidseitig, im Abstand von einigen Jahren. Dazwischen Tod ihrer Mutter. Ihr Leben mit dem jungen Ehemann natürlich ein Kompromiß: er sorgte für sie, und sie gab ihm geistige Antriebe und duldete seine (ihm lebensnotwendigen) Seitensprünge. Ja, sie lud die Geliebten ein, schloß Freundschaften mit ihnen, förderte sie geistig, wurde von ihnen geliebt und bewundert, und sie liebte die Geliebten ihres Mannes mit. Oder besser, sie liebte die Liebe im Spiegel. Sie sagte mir einmal: »Wie machst du es nur, daß du lebst? Ich habe das Leben nicht gelernt.« Meine Besuche freuten sie, aber sie war immer froh, wenn ich ging, meine Aktivität war ihr schwer erträglich.

Ein letztes Glück: eine Liebesgeschichte mit einem Maler, den sie nie sah, vielleicht nie sehen wollte, ich hielt sie für freie Erfindung, aber die Beziehung war real und dennoch nur ein Traum; sie erschöpfte sich in der Korrespondenz. Julia schrieb ihm täglich, er selten. Sie wollte ihre Briefe eines Tages als Buch herausgeben. Es kam nicht dazu: dem Maler fehlte die Kraft der Imagination, er scheint Julia schließlich für das gehalten zu haben, was sie nicht war: eine Psychopathin. Er brach die Beziehung ab. Julia litt. Auch die Beziehung zu einem hochintellektuellen Literarhistoriker hielt nicht stand. Nichts hielt stand außer der brüderlichen Treue ihres Mannes, der vergeblich versuchte, seine Frau vor dem Versinken in die letzte Phase der klinischen Depression zu retten. Vergeblich. Julia mußte in eine Klinik, einmal, zweimal, dann »für immer«, und da nahm sie schließlich (gewiß bei vollem Bewußtsein) eine Über-

dosis von Tabletten. Ihre Schicksalsfigur erwies sich als hartnäckig: nicht einmal der Selbstmord gelang ihr, sie wurde gerettet, aber zu spät, das Gift zerfraß langsam, wochenlang ihren Körper. Endlich kam der Tod. Euthanasie? fragte ich ihren Mann. Nein, keine. So hielt sie also durch, wie sie in großartiger Haltung ihr ganzes Katastrophenleben durchgehalten hatte: im Purgatorium, an der Schwelle zur Hölle. Arme, glücklose Julia.
Vielen konnte ich helfen. Dir nicht. Bei aller Liebe nicht.
Ich schrieb diese Blätter weinend.

Büchervernichtung auf Neu-deutsch. Ein Brief aus Leipzig. »... wegen steigender Mieten sind die Buchhändler gezwungen, ihre Lager zu räumen. Hier werden die Bücher containerweise weggeschmissen... Die dagegen protestierenden Bürger sind nun aufgerufen, die Bücher zu retten, indem sie sie vorm Lagertor abholen. Niemand braucht zu bezahlen. Vom deutschen Klassiker über die französischen Realisten bis hin zu Aitmatows ›Richtplatz‹ gibt es Bücher kostenlos...«
Jetzt bekommen die DDR-Bürger alle Bücher, die sie sich vorher nicht kaufen konnten, weil sie entweder verboten waren oder »unterm Ladentisch« verkauft wurden.
Eine originelle Art, Literatur unters Volk zu bringen... Vielleicht kein Grund zum Entsetzen.
Am 10. Mai 1933 verbrannten die Nazis in einer »Aktion ›wider den undeutschen Geist‹« in allen Universitätsstädten mißliebige Bücher. Rational gesehen: sie wollten nicht, daß antifaschistische, ideologisch störende Bücher gelesen wurden. Irrational aber: Hitler glaubte an Magie, er fürchtete die Macht der Worte, er fürchtete die Literatur, er fürchtete den Geist. Bücher verbrennen: den Geist ausrotten. Magische Praktik: man macht ein Stoffpüppchen und erklärt es zum Abbild des Feindes, dann durchsticht man es mit dem

scharfen Messer und gibt ihm so den Tod. Die Stoffpüppchen der Diktatoren (Faschisten, Stalinisten und die Inquisitoren der christlichen Kirchen): die Schriften der ideologischen Widersacher. Man verbrennt sie.
Absurder Irrtum: der Geist ist nicht zu töten. Ich korrigiere mich: er ist nicht im Feuer zu töten, er ist zu töten, indem man ihn begräbt unter den Bergen von Konsumgütern. Er ist zu töten mit Geld.
Eine andre Absurdität: man schreibt Anti-Bücher, die den Geist verdammen. Heißt das nicht: Zeugnis ablegen für die Macht des Geistes, auch wenn man ihn pervertiert?

Utopie, was ist das. Heinz Riedt, der Übersetzer, schickt mir ein sehr seltsames Buch: ›Die Entronauten‹. Der Autor: Piero Scanziani, Tessiner, 1908 geboren, lange Jahre Korrespondent Schweizer Zeitungen im Ausland. Ein Journalist besondrer Art: er ging auf die Suche nach lebenden Heiligen und Weisen. Er traf sie unter tibetanischen Lamas, unter Sufis (islamischen Mystikern), unter christlichen Einsiedlern auf dem Berg Athos, unter einfachen Mitbürgern in Europa. Entronauten: Gegenpol zu Astronauten. Kein Flug ins Welt-All, sondern ein Abstieg ins Innere des menschlichen Bewußtseins. Ein (journalistisch leicht hingeplaudertes) Buch aus der Menge der New-Age-Literatur. Liest sich wie ein schönes Märchen, ist aber, so wird beteuert, echt Erlebtes. Da der große Religionswissenschaftler Mircea Eliade das Buch lobt, muß es wohl glaubhaft sein. Nun gut. Was mich daran fasziniert, ist die Idee des absoluten Vertrauens. Der Erzähler gerät auf seiner Suche nach dem großen Weisen immer wieder vor Hindernisse, die schlechthin unüberwindlich sind. Er kommt, zum Beispiel, in eine ihm völlig fremde orientalische Stadt, hat keine Adresse, kennt keinen Menschen, findet plötzlich eine Marktfrau, die ihn irgendwohin führt – und da genau ist der Weise, den er suchte. Märchen? Ich glaube nicht. Ich glaube, daß der Erzähler sich einfach seinem »Instinkt« überließ. Er sagt es so: »Ich redete mit meinem Erz-Engel; ich sagte ihm: danke, daß du mich dorthin bringst, wohin ich will.« Vorschuß-Dank also. Gewißheit (nicht nur Glaube und Hoffnung), daß ihm gegeben wird, was er sich wünscht oder braucht. (Er wünscht sich nichts wirklich Unmögliches, nur unwahrscheinlich Sich-Ereignendes.)

Meine Überzeugung: die Welt IST nicht; man schafft sie sich; jeder schafft sie sich nach seinen Vorstellungen, nach seinen Ängsten und seinen Hoffnungen. »Maja«. Und Schopenhauer: die Welt als Wille und Vorstellung. Der »Erzengel«, das ist das ureigene Selbst, es ist der schaffende Gott IN UNS.

Der kreative Künstler bildet nicht die Welt nach dem Vorhandenen, er schafft sie aus sich.

Wir sind allesamt »Magier«, wir wissen es nur nicht. Im Evangelium ist die Rede von jenem Glauben, der Berge versetzt. Wäre unser Glaube so stark wie jener des Schweizer Journalisten, fänden wir, gleich ihm, was wir dringlich suchen. Aber unser Glaube muß der Wunscherfüllung entgegen-, nein: zuvorkommen, derart, daß wir uns beim »Erzengel« bedanken für das, was er uns gewähren wird, als wäre es schon gewährt. Unser Leben verliefe anders, wären unsre Gebete Dankgebete für ausstehende Erfüllungen. Nennen wirs »Weiße Magie«, nennen wirs »unerschütterliches Welt-Vertrauen« (oder: Gott-Vertrauen). Man kann auch das Gegenteil leben: immer das Schlimmste erwarten, immer in Angst und Unsicherheit leben, und man wird erfahren, daß der »Unglaube«, der Mangel an Vertrauen der schwarz-eiserne Magnet ist, der das Unheil heraufbeschwört – das Unheil, welches das eigene Unbewußte will. Ja: will, sei es als Selbstbestrafung, sei es um andre zu bestrafen, sei es aus dunklem Zerstörungstrieb. Wenn wir

doch begriffen, wie weitgehend wir unser Schicksal in eigenen Händen haben!
Eben auf einem Prospekt des Horizonte-Verlags den Satz gefunden: »Nichts ist realistischer als starke Visionen.«

Dein Wille geschehe... wie im Himmel, so auf Erden.
So stehts auf der Sonderbriefmarke des Deutschen Katholikentags 1990.
Der Satz aus dem Vaterunser, das angeblich von Jesus selbst stammt.
Drehen wirs versuchsweise um: Dein Wille geschehe auf Erden, und also auch im Himmel. Dann unterstünde der Himmel denselben Bedingungen. Auf Erden Chaos, Gewalt, immerwährende Revolte. Im Himmel genauso. War ja auch schon einmal: die Geschichte vom Sturz der aufsässigen Engel, mit Luzifer voran. Der erste echte Revolutionär, der erste Atheist, der erste »Mensch«, das erste Wesen mit eigenem Willen, der sich dem Willen Gottes entgegenstellte.
Luzifer führt sein Werk fort. Er ist der Urheber aller Revolutionen. Luzifer: Lichtbringer. Prometheus. Das Licht der Aufklärung, der Verkünder der Botschaft: es ist kein Gott, es gibt nur den Menschen und dessen Willen. Dieser Wille geschieht auf Erden, und im Himmel. Auch dort also große Revolten. Das Reich des Geistes nicht statisch, sondern in fortwährender Bewegung, nicht harmonisch evolutionär, sondern mit entsetzlichen Engel-Stürzen. Die Entsprechung zwischen den Umstürzen auf Erden und denen im Himmel... Das Universum eine ewige Revolution. Und kein Ruhepunkt? »Der Wille Gottes.« Und unsre Ergebung. Wenns denn so ist, daß alles immerfort stürzt, daß Shiva schafft und das Geschaffene zu Tode tanzt, um es neu zu schaffen und neu zu zerstören, nun, was bleibt uns als zu

sagen: »Dein Wille geschehe.« Und das zum Untergang Bestimmte zu lieben.

Italien – Deutschland. Jonathan Steinberg schickt mir sein Buch ›All or nothing‹ über das so unterschiedliche Verhalten der deutschen und der italienischen Faschisten und worauf es sich gründet. Ich muß herzlich lachen über das, was er von den Italienern sagt, es ist so ungemein zutreffend: »Die Laster des öffentlichen Lebens erleichtern die Ausübung humaner Tugenden.« Italiens Humanität, schreibt Jonathan, beruht auf sekundären Lastern, deutsche Inhumanität auf einem ganzen System sekundärer Tugenden wie Sauberkeit, Gehorsam, Pflichtgefühl. Die sekundären Laster der Italiener, ich erlebe sie seit mehr als dreißig Jahren, die ich mit ihnen lebe: sie sind unpünktlich, leicht zu korrumpieren, nachlässig, führen mit ingrimmigem Vergnügen Prozesse um Unwichtiges, drücken sich ums Steuerzahlen, haben überhaupt keinen Sinn für politische Zusammenarbeit. Den Staat hassen sie. Sie versprechen, was sie nicht halten können (was sie wissen; das laute Versprechen ersetzt die Tat), verschleppen alles auf morgen, lieben das Leben mehr als irgendein »Ideal«, alles in allem: ein nichtregierbares Volk. Es zur Ordnung bringen zu wollen, ist so absurd, wie eine Schar streunender Katzen zu erziehen. Ja, wirklich: sie sind vom Typ der Katzen. Die Deutschen sind regierbar, besser: dressierbar wie eine Meute Hunde, man sah es unter Hitler. Ihm gelang, was Mussolini nicht gelingen wollte: eine verschworene Gemeinschaft zu gründen, welcher der Staat etwas Heiliges ist. (Hegel!)
Die italienische Humanität war gegen die Judenverfolgung, bis Hitler seinen unsicheren Komplizen Mussolini unter Druck setzte. Aber auch dann weigerten sich italienische Militärs, Mussolinis Befehle auszuführen. Es gab eine

»schweigende Meuterei der Mächtigen«; der General Rotta, Befehlshaber der italienischen Armee in Jugoslawien, ist das deutlichste Beispiel.
Alles gut und schön, sage ich zu Jonathan am Telefon nach Cambridge, du hast recht, aber schau dir das heutige Italien an, schau dir Sizilien und Kalabrien an, da hast du die von dir gelobte Befehlsverweigerung: eine Minderheit im Staat, eine Bande von Hoch-Kriminellen regiert: die Mafia.

Warum reisen Sie so viel? Warum? Warum bleibe ich nicht zu Hause, wo ichs bequemer habe? Weil ichs nicht bequem haben will. Weil ich nicht am stillen grünen Ufer des Lebensstroms sitzen bleiben, sondern mitten im Strom schwimmen will, mit den andern, die mit den Wellen kämpfen. Ich will nicht auf dem Sofa liegen und lesen, wie schrecklich das Leben der Leprakranken in Indonesien ist, ich will es an Ort und Stelle sehen. Ich will nicht in der Zeitung lesen, wie schlecht die Zigeuner hausen, ich will es mit eigenen Augen sehen. Ich will keinen Bericht lesen über die Misere der DDR, ich will hinfahren und mit den Menschen reden. Ich will nicht über die Slums in La Paz und in New York und Seoul lesen, ich will selbst sehen, hören, riechen. Ich will nicht im Fernsehen vorgeführt bekommen, wie die Nordafrika-Emigranten in Rom leben, ich will hingehen, ich will mit allen Poren den Gestank der Abfälle in den Vorstädten Roms aufnehmen, ich will in Washington mit den bag-peoples in der Reihe anstehen vor der Caritas, die Suppe verteilt, ich will mitten unter Israeli und Arabern sein (warum nicht dort erschossen werden? Ich überlege seit Wochen, hinzufliegen)...
Ich las dieser Tage des tschechischen Schriftstellers Kundera Roman ›Unsterblichkeit‹. Er sagt, jedermann wolle auf eine wenn auch noch so vertrackte Art »unsterblich« sein. Will ich das? Nein. Was will ich aber? Ich will allgegenwär-

tig sein, ich will das Leben aller mitleben. Da Zeit und Raum fiktiv sind, läuft mein Wunsch nach Allgegenwart doch aufs gleiche hinaus wie Kunderas Wunsch nach Unsterblichkeit. Ich will die Gleichzeitigkeit, also Aufhebung von Zeit und Raum. Eigentlich ist dies der vermessenste aller Wünsche, denn er bedeutet: Ich will sein wie Gott.
Hat das der große Dämon im Paradies nicht der Eva versprochen? Iß vom Apfel der Erkenntnis und du wirst sein wie Gott! WIE Gott. Nicht: Gott. Nur: WIE. Schriftsteller-sein bedeutet: prinzipiell WIE Gott sein, nämlich allgegenwärtig sein mit Hilfe der Phantasie.

Die Stunde vor dem Aufwachen. Sie, die lebenslang engagiert Politische, hört die Schreckensnachrichten aus aller Welt. Sie hört sie, das heißt, sie nimmt sie zur Kenntnis, aber ihre Reaktion ist keine heftige mehr; sie schreibt keine leidenschaftlichen Protestbriefe an Politiker mehr, schickt keine warnenden Telegramme mehr, sie lehnt es ab, zu Demonstrationen zu gehen. Was sie tut: sie schickt Geld zur Unterstützung politischer Aktionen, das wohl, aber sie schreit dabei nicht auf vor Zorn. Sie denkt: ich kann diese Welt nicht ändern, sie ist, wie sie ist, eben weil sie die Welt ist.
So ist sie also geworden wie die vielen, die sie bislang bekämpft hat, die Unpolitischen, die Trägen, die Lieblosen? Ist sie alt geworden? Hat sie endgültig resigniert vor der Tragik, welche den Planeten beherrscht? Oder aber hat sie einfach begriffen, daß es in jedem einzelnen Lebensablauf eine Zeit gibt zum Kämpfen, eine zum Lieben, eine zum Tanzen, eine zum Klagen, eine zum Singen, eine zur Ergebung...
Hat sie einen Waffenstillstand geschlossen mit dem übermächtigen, dem unbegreiflichen Schicksal? Oder ist sie endlich eingetreten in jenen gnadenhaften Zustand, den man Weisheit nennt?

Hat sie begriffen, daß es, aller Erfahrung zum Trotz, eine Weltenharmonie gibt, in der die quälenden Widersprüche aufgehoben sind? Weiß sie noch mehr? Weiß sie, daß alles ein Traum ist: »Maja«? Hat sie endlich das Koan gelöst, das ihr der koreanische buddhistische Mönch gab vor vielen Jahren: »Alles ist Nichts, Nichts ist Alles«?
Es handelt sich um mich. Was bleibt mir zu tun für den Rest meines Erdenlebens? Den Traum zu Ende träumen. Befinde ich mich jetzt in der Zeit vor dem Erwachen am Morgen, wenn der Nacht-Traum sich aufzulösen beginnt?
Sei mir willkommen, traumloser Morgen Ewigkeit.

Thomas Rother und sein schwarz-rot-goldener Teller. Vor Jahren, als der Verleger R. S. Schulz noch viel von mir hielt und den Luise Rinser-Preis stiftete, den dann nur drei Personen bekamen, eine mehr per Zufall, eine sehr bewußt von mir gewählt (Johanna Walser, Tochter Martin Walsers) und schließlich Thomas Rother, der aber dann seinen Weg nicht als Schriftsteller, sondern als Bildhauer machte. Er schickt mir Abbildungen seiner neuesten Werke.
Besonders eindrucksvoll aktuell: ein riesiger Teller (schmiedeeisern), golden bemalt, darauf schwarze Steinkohle-Brocken, daneben ein sehr großer Löffel, blutrot lasiert (Schwarz-Rot-Gold). Daneben sitzt klein ein Mensch: der Bildhauer.
Mein Titel wäre: »So, nun friß, deutsches Volk, was du dir eingebrockt hast.« Rother nannte es: »Deutsche Mahl-Zeit 91.« In der ›Westdeutschen Allgemeinen‹ steht, der Teller habe, wenn angeschlagen, den »Klang wie mehrere tiefe Glocken«.
Mir scheint, der Löffel, mit dem wir Schwarz-Rot-Goldenen den Teller leeren sollen, ist viel zu groß. Den kriegen

wir nicht mal in unser gemeinsames Maul. Ein deutliches Signal.
Die politisch-kulturelle Absicht: der Teller wurde zuerst im westfälischen Minden gezeigt, dann in der Stadt Brandenburg. Beide Städte liegen am Mittellandkanal. Sie nennen ihn jetzt den Kulturkanal. Es gibt ein kleines Schiff darauf, das »Hoffnung« heißt.
Thomas Rother schreibt mir dazu: »Die Arbeit in der ehemaligen DDR schmerzt.«
Ja, lieber Thomas, ich weiß es. Ich komme von jeder Reise dorthin krank zurück. Und nicht nur ich. Und nicht nur Sie. Ja, der zu große Löffel. Wir mögen das Maul noch so weit aufreißen: wir kriegen ihn nicht rein.

Die große Versuchung. Meine Menschenliebe, wie stark ist sie? Ist sie nicht die mühsame Kompensation meiner Menschenverachtung? »Hosianna! Kreuziget ihn.« Das ist die Mentalität des Mob. Hitler, der Retter, das Heil, und dann: das Tier, der Wahnsinnige, der Teufel. Mao, der Große. Lenin, der Große. Stalin, der Große. Man setzt sie feierlich bei, ihre Gräber werden Kultstätten, Wallfahrtsorte, heilige Orte. Und dann dreht der Wind: man verweigert ihnen die Stätte der Beisetzung. Der ehemals fast göttlich Verehrte wird hinausbefördert. Chruschtschow hat keine Kultstätte. Und Lenin, der wahrhaft große Mann: Wann wird man ihn aus seinem Mausoleum vertreiben...
Was ist das Volk? Es ist manipulierter Mob. O mein Gott, (oder wen rufe ich an?) verzeih mir meinen Zorn, meine Verachtung. Wir alle sind Irrende. Aber bitter schmeckt mir der Gedanke ans »Volk«. Ich verstehe den Zynismus der echten Diktatoren. Ich schreibe diese Zeilen mit Tränen des Zorns. Wäre ich »Gott«, mich reute es, den Menschen geschaffen zu haben. Wäre dieses Geschöpf doch Tier oder

noch besser Pflanze geblieben. Wozu die Evolution vom Tier zum Un-Tier?

Die friedlichen Bienen. In der RAI gesehen und gehört: es gibt in Afrika eine nicht-aggressive Art Bienen. Jetzt züchtet man sie künstlich; man nimmt eine friedliche Königin und befruchtet sie künstlich, und im Laufe einiger Jahre hat man neue, nicht-stechende Bienenvölker.
Was für ein gutes Rezept für Gen-Techniker: die Züchtung friedlicher Menschen...

Der gebrochene Gott. Nachtgedanken. Der Priester in der Messe bricht die Hostie, die sein magisches Wort schon in den »Leib Christi« verwandelt hat. Das geteilte Brot, der geteilte Leib des Gottes. Oder: der verdoppelte Gott. Oder: der in seine göttliche und seine menschliche Hälfte geteilte Gott. Der Gott mit der Licht- und der Schattenseite. Der Gott, der uns als Mensch erscheint und wirklich Mensch ist. Der Gott, der als Mensch einen Schatten hat, eine vom Teufel versuchbare Hälfte. Die zerbrochene Einheit. Und die Aufgabe des »Menschen-Sohnes«, mit seinem Blut und seinen Tränen (Ölberg) die zerbrochenen Gotteshälften zu heilen.
Unsre Aufgabe: ihm zu helfen, Gott zu heilen, das zerbrochene Universum wieder heil zu machen. Das Paradies wiederherzustellen.
Ist das nicht eine Aufgabe, die den Menschen unendlich erhöht und sein Dasein im Universum rechtfertigt?

Meine Freundin Arachne. Sie war eines Tages da. Sie saß am Fenster meines Badezimmers. Eine Spinne.

Keine Kreuzspinne, auch kein »Weberknecht«. Etwas in der Mitte der beiden. Meine erste Regung jedenfalls: sie hinauszujagen. Aber sie war flinker als ich: sie rettete sich hinter den Boiler. Am nächsten Tag war sie wieder da. Meine Überlegung: Spinnen sind nützlich, sie fangen Insekten. Im Netz. Ja, aber meine Spinne hat kein Netz. So sehr ich suchte, ich fand keins: So gut hatte sie es versteckt. Ich gebe auf: soll sie bleiben. Ich rede mir ein, daß sie nicht stört. Sie stört wirklich bald nicht mehr, sie beginnt mich vielmehr zu interessieren. Ich habe den Eindruck, daß sie sich von mir nicht gestört fühlt, sondern ihrerseits sich für mich interessiert. Wir beginnen uns anzuschauen, aus einiger Distanz, die sich täglich ein wenig verringert, zuletzt fast (sozusagen) Aug in Aug. Wir gewöhnen uns aneinander. Sie ist mir wie ein Haustier oder eher eine Gefährtin. Ich begrüße sie am Morgen und freue mich, daß sie noch da ist. Womit sie sich ernährt, weiß ich nicht, denn sie hat kein Fangnetz. Aber sie muß doch etwas Derartiges haben. Jede Spinne hat ihre Art Insektenfalle. Sie zeigt mir die ihre nicht. Sie bringt mich dazu, sie nicht für eine gewöhnliche Spinne zu halten, sondern für eine Botin aus mythischer Zeitenferne. Findet sich nicht dein Urbild in den Upanishaden Indiens, bist du nicht das Symbol für das Erreichen der geistigen Befreiung durch eigene Kraft: ziehst du nicht aus deinem eigenen Leib die Nabelschnur, die dich mit dem Universum verbindet? Hast du nicht Mohammed gerettet, indem du vor die Höhle, in der er sich verbarg, einen dichten Vorhang gewebt hast? Warum hat mich das Mädchen im indischen Radschastan so erschrocken davon abgehalten, ein Spinnennetz auf unsrer Terrasse zu zerstören? Sagte sie nicht immer wieder: Brahman, Atman... Sie wollte sagen: »In der Spinne ist der göttliche Atman.« Das ist Hinduismus: kein Tier töten, nichts zerstören. Eine englisch sprechende Inderin erklärt, daß in der Spinne die Seele eines Abge-

schiedenen eingefangen sein kann; tötet man die Spinne, kann man die Höherentwicklung eines Wesens verhindern. Griechische Mythologie: die Barke, in der man den Lethefluß überquert, ist in dichte Schleier aus Spinnenetzen gehüllt, wie die Überfahrenden selbst.
Aber du, Arachne, bist nicht von allen geachtet: du hast eine Feindin: Athene. Warum hast du Athene auch zum Wettstreit herausgefordert? Wundert's dich, daß sie dich aus Eifersucht verwünschte und dich in eine Spinne verwandelte? Aber du bliebst unerreichbar in der Webkunst. Dir gelingt, was Athene nicht gelang: aus hauchfeinen, gewichtlosen, schier unsichtbaren Fäden ein Netz zu weben, das, fast ein Nichts an Materie, dem stärksten Wind widersteht. Wer hat dich, Arachne, die Webtechnik gelehrt? Wer hat dir gesagt: Spring in die leere Luft in kühnem Vertrauen, du ziehst im Sprung den Faden aus deinem Leib, du findest einen Punkt, an dem du den Faden festmachen kannst, und von dort, wieder dich kühn in die Luft werfend, findest du den nächsten passenden Punkt, und so fort, bis du den Rahmen gespannt hast, von dem aus du ein Zentrum gründest, das die Nabe bildet für unzählige Speichen, die, untereinander querverbunden, das Netz bilden.
Ein Kunstwerk, vollendet schön, besonders schön, wenn Tautropfen wie Perlen daran aufgereiht sind. Schön, ja, schön und böse wie vieles in der Natur, in der gesamten Schöpfung: eine Falle für Insekten, die festkleben, dem Tod ausgeliefert. Die Mörderin wartet reglos, bis sie hungert, dann verabreicht sie dem Opfer die Todesspritze und saugt es aus.
In Süditalien gibts die Tarantel, die für Menschen gefährlich ist: sie bekommen die Tanzwut; sie drehen sich bis zur Bewußtlosigkeit. Sagt man. In der Volksmusik gibt's die Tarantella.
Während ich verreist war, ist Arachne verschwunden.

Gina schwört, sie nicht verjagt zu haben. Arachne ist von selbst gegangen. Sie hat mich verlassen, weil sie sich von mir verlassen sah.
Heute sah ich am frühen Morgen im Garten ein makelloses Netz, die Spinne wie schlafend im Zentrum. Die Schicksalsgöttin. Eine der griechischen Parzen, die das Schicksal des Menschen weben. Und der Mensch geht ins Netz, unfehlbar, und wenn die Parze den Faden abschneidet, stirbt er. Die Parze webt immer neue Fäden zum kosmischen Netz. Der Kosmos: die schöne, die perfekte, die menschenmordende Harmonie. Im Spinnennetz in meinem Garten fängt sich ein kleiner Falter. Ich befreie ihn. Vergeblich: seine Flügel sind verklebt. Er fällt zu Boden. Gleich wird ihn ein Vogel fressen. Das Schicksal erfüllt sich so oder so. Man greift vergeblich ein.

Alles ist Leben. Heute morgen, wie fast täglich, im Garten wieder barfuß durchs taunasse Gras gelaufen. Ein Maulwurf hat gegraben. Attilio wird ihm später auflauern und ihn (heimlich) erschlagen; meinem Befehl entgegen. Ich finde Maulwurfshaufen auch nicht schön. Aber ist der kleine pelzige Graber nicht nützlich? Er lockert die Erde und frißt Insekten. Keine Wurzeln. Er richtet überhaupt keinen Schaden an.
Die Maulwurshaufen betrachtend, denke ich: was da alles mit mir lebt in inniger Symbiose: Maulwürfe, Mäuse, Vögel, vielerlei Spinnen, Ameisen, Eidechsen, auch ein Igel (ich hoffe, er lebt noch), Schmetterlinge, Wasserflöhe, Käfer aller Art, Regenwürmer, Zecken (leider auch), Fledermäuse, Blattläuse, bisweilen ein harmloses grüngraues Schlänglein und was sonst noch raschelt im Laub, Mücken, Raupen und die Millionen Bodenmikroben und die Millionen Bakterien in mir selbst, nützliche und schädliche – wie das alles arbeitet und vibriert! Könnte man es hören in ge-

waltigen Tönen zusammen mit den kreisenden Planeten auf ihrer Bahn im Universum – wir hörten den Atem Gottes. Wir hörten die Weltenharmonie.

Jugoslawien.

»'s ist Krieg! 's ist Krieg! O Gottes Engel wehre,
Und rede du darein!
's ist leider Krieg – und ich begehre
Nicht schuld daran zu sein!«

Matthias Claudius

Meine Fähigkeit, mich von Störungen des politischen Gleichgewichts (Krieg genannt) tief treffen zu lassen, scheint erschöpft: der Golfkrieg und die Wirren in der Sowjet-Union haben Wunden geschlagen, die noch lange nicht verheilt sind. Jetzt nicht neue, bitte!
Dabei ist der Krieg so nah. Fast müßten wir hier in Italien die Kanonen drüben schießen hören. Aber ich bins leid, die mörderischen Dummheiten der Völker mitzuerleben. Bisweilen bin ich geneigt, das schon zitierte Wort des bei der Revolution 1918 entthronten Sachsenkönigs zu wiederholen: »Dann macht doch euern Dreck alleene...«
Könnte ich nur abschalten! Mein Traum beim Ascona-Symposion vor Jahren: aus einem Lautsprecher tönt störende Musik, ich will sie nicht mehr hören, ich ziehe den Stecker heraus – die Musik, eine unschöne, tief störende, tönt weiter und weiter. Mein Anteil am Schicksal der Erde: die Mißklänge hören zu MÜSSEN.

Die sozialistische Revolution. In der Münchner Abendzeitung (AZ), welche die großartige Rußland-Hunger-Hilfe startet, wird berichtet, daß die ankommenden

Pakete in den leeren Räumen des ehemaligen KP-Büros gelagert werden. An der Wand eines der Räume hängt noch ein Lenin-Plakat mit der Aufschrift »Es lebe die sozialistische Revolution«. Gut so! Geben wir dem Wort Sozialismus die Bedeutung von »friedlichem Zusammenleben unter möglichst weitgehender Aufhebung der Unterschiede von Reich und Arm«, und geben wir dem Wort Revolution die Bedeutung von Wandlung, Änderung. Neu-Ordnung, Evolution, dann stimmt's wieder.
Es lebe die neue soziale Evolution!
Vielleicht würde Lenin sagen: Gut so. Genau das wars, worauf ich hinauswollte, letzten Endes: die Brüderlichkeit.

Moskau. Wird es eine übergreifende Militärdiktatur geben oder Diktaturen in den einzelnen Ländern? Wer ist fähig, das Volk zum Produzieren zu bringen und zu überzeugen, daß es zur Selbsthilfe fähig ist? Zur Zeit arbeitet niemand, in keinem ehemals kommunistischen Land wird produziert, weder in Albanien noch in Rumänien noch in den sowjetischen Staaten. Warum nicht? Weil kein strenges Väterchen da ist: kein Väterchen Zar, kein Väterchen Lenin, kein Väterchen Stalin, und überhaupt kein Väterchen mehr. Gorbi war keiner und wollte keiner sein. Jelzin will es sein, der schon, aber...
Das vaterlose Volk legt die Hände in den Schoß und bettelt beim Westen um Brot und Kredit. Was würde der große Lenin sagen, was tun? Riefe er einen Stalin aus Georgien? Begänne dann alles von vorne?
Den Kommunismus auszurotten, erscheint mir unmöglich. Immer gibt es eine radikale Linke, eine sozialistische Opposition. Schon mehren sich die Zeichen für ein Wiedererwachen der kommunistischen Parteien, in Italien und in Rußland auf jeden Fall.

Sozialismus, gesehen von einem Zeichner aus der Ex-DDR: der deutsche Michel am Boden, eingepackt in einen Sack mit vielen Beschriftungen: Bodenreform, Internationale Kredite, Solidarität, Kapitalmarkt, Schulden, Egoismus, Heuchelei... Das übrige kann ich nicht entziffern. Aber ich sehe, daß der deutsche Michel die Augen schreckhaft verdreht und schreit.
Er schreit: »Wir sind frei!«
Darunter steht: Sozial is muß.

Mörder. Einer der vielen Zwischenfälle an der italienisch-österreichischen Grenze. Auf der Strecke an der Grenze die Güterzüge voller Tiere: Pferde, Rinder, Geflügel, alles aus den Ostblockländern zum Schlachten im Westen. Nun stehen die Züge still, die Tiere sind ohne Wasser, ohne Futter. Wie die Menschen in den Güterzügen nach Auschwitz-Birkenau...
Was für ein wirtschaftlicher Verlust... Und sonst nichts? Was für ein Verbrechen! Das ist es: ein Verbrechen. Die Streikenden müßten als Mörder vor Gericht gestellt werden. Auch streikende Ärzte und Pfleger gehören verurteilt. Wenn Streiks nicht einfach wirtschaftlichen Schaden stiften, sondern Leben gefährden, sei es Leben von Menschen oder von Tieren, geht es juristisch um fahrlässige Tötung oder um Unterlassung von Hilfeleistung. Auf jeden Fall muß hier ein neues Gesetz mit internationaler Gültigkeit gemacht werden und in Kraft treten. Wo blieb im Fall Italien–Österreich die WWF (World Wildlife Foundation)?

Das geheimnisvolle Pferdchen. Auf dem Halbjahresmarkt in Grottaferata gibt es eine Straßenzeile aus Verkaufsbuden mit Kleidern, Schuhen, künstlichen Blumen, Süßigkeiten, rosarote und giftgrüne Bälle aus gesponnenem Zucker, Kindheits-Erinnerung, Blumenzwiebeln, Gewürzen und »Antiquitäten«: Gipsfiguren, Bilderrahmen, Spiegel, lauter billiger Kram. Ich will nichts kaufen, ich gehe nur so durch. Da schaut mich etwas an, es schaut mich von unten her an auf eine Weise, die mich festhält. Da will etwas von mir gesehen werden. Zwischen Kramzeug steht da ein Pferdchen, halbmeterhoch, bunt bemalt. Kein ehemaliges Karussellpferdchen, dafür ists nicht groß genug, auch kein Schaukelpferd, da es kein Untergestell mehr hat und sichtlich nie hatte. Einfach ein Pferd. Entzückend bunt bemalt. Ich gehe näher. Jetzt sehe ich, daß es mich gar nicht anschauen konnte, denn es hat die Augen gesenkt. Dennoch schaut es mich an. Es will etwas von mir. Es ist so hübsch, daß ich den schon lauernden Verkäufer nach dem Preis frage. 500000 Lire. So viel habe ich nicht bei mir. Außerdem: das ist viel. Ich winke ab. Das Pferdchen schaut mich an. Der Verkäufer sagt: Zahlen Sie es morgen. Ich sage, dann aber 400000. Er sagt nichts. Ich sage: »Also, falls Sie das Pferdchen bis morgen nicht verkauft haben und falls ich morgen noch einmal herkommen kann und falls Sie mit dem Preis heruntergehen, also falls... « Der Verkäufer weiß genau, daß ich angebissen habe. Ich weiß es auch. Den ganzen Abend reut es mich, daß ich es nicht gekauft habe. Das Pferdchen verfolgt mich bis in den Traum. Mein erster Gedanke am Morgen: Wenn's noch da ist... Ich fahre nach Grotta. Wo ist das Pferdchen? Der Verkäufer hat es versteckt. Es mußte doch jemand außer mir noch diese schöne Seltsamkeit entdeckt haben. Aber es war ja schon mein Pferdchen. Vom ersten Augenblick an wars das meine. 450000 Lire. Nun denn... Mir ists viel mehr wert. Schon an sich: es ist eine Rarität. Woher kommt es? Kenner unter meinen Besuchern rätseln herum: arabisch, indisch, persisch, südrussisch... Ich denke, es stammt aus Sizilien, wo sich die orientalischen Kulturen trafen. Das Pferdchen ist schwer, massives Hartholz. Gewichtig und graziös steht es

auf seinen schwarzbehuften Beinen. Der kurze Schweif ist holzgeschnitzt, steckt beweglich in einem Loch, das, untersucht man es, beweist, daß das ganze Pferd aus Holz ist. Interessanter Sattel mit Halteknauf. Sehr hübsch die minutiöse Bemalung des Sattels und der Schabracke in Rostrot, Smaragdgrün, Schwarz und Silbergrau.
Ich liebe mein Pferdchen. Ich denke, es war in meinem vorigen Leben mein Spielzeug. Aber um so ein Spielzeug zu haben, hätte ich wohl eine Prinzessin oder ein Prinz gewesen sein müssen. Mein Pferdchen macht mich träumen. Fast möchte ich sagen: es ist aus dem Stoff gemacht, aus dem die Träume sind (Shakespeare). Es ist ein Zauberpferd. Vielleicht kann man, auf ihm reitend, fliegen?

Rumänische Verzweiflung. Gestern ein rumänischer Wissenschaftler bei mir. Seine Klage: Es hat sich fast nichts geändert nach dem Sturz des Diktators. Dessen Getreue sind weiter am Ruder, offen oder versteckt. Und das Volk hungert. Mein Besucher selbst hat viel gelitten unter Ceauşescu. Noch sitzt ihm die Angst in den Knochen. Plötzlich seine Frage an mich: Glauben Sie an Gott? Können wir Rumänen doch noch an einen Gott glauben, der gut ist? Meine Antwort: So fragten wir Deutschen nach Hitler und Auschwitz.
Er insistiert: Und jetzt? Und überhaupt? Was ist denn Religion?
Meine Antwort, die keine ist, weil es keine gibt, die annehmbar ist. Ich sage: Denken Sie sich einen Vater, der zu seinem Sohn sagt: Bisher habe ich dich geführt, jetzt bist du erwachsen, jetzt sorge du für das Deine und die Deinen.
Aber, sagt der Rumäne, ist das nicht der pure Atheismus?
Nein! Denn schließlich ist der Sohn der Erbe des großen Reichtums, den der Vater ihm übergab; der Sohn ist erwachsen und muß jetzt das Erbe verwalten.

Das ist also, sagt der Rumäne, die theologische Rechtfertigung des Marxismus.
So ist es. Was kann der Vater dafür, wenn der Sohn das Erbe verludert?
Aber, sagt der Rumäne, kehrt denn der verlorene Sohn jetzt zurück?
Ich sage, vorläufig frißt er mit den materialistischen Schweinen in Ost und West aus einem Trog.

Zwei Jahre Baulärm. Rechts und links meines vor rund dreißig Jahren gekauften Grundstücks wurden Häuser gebaut. Die auf der Süd-Ost-Seite erforderten, da am Abhang gelegen, einen Aushub von fünf Metern auf einer Fläche von mindestens 8000 Quadratmetern. Zwei riesige Bagger arbeiteten von früh bis nachts. Mein Haus zitterte wie bei einem mittleren Erdbeben. Mein Gehirn vibrierte mit. Ich lernte das Unerträgliche ertragen. Ein ganzes Jahr. Kaum war diese Störung zu Ende, begann man auf der Nordseite meines Gartens zu bauen. Weniger Lärm, weniger Vibration. Ich hatte gelernt wegzuhören. Dann waren die Häuser alle fertig. Aufatmen. Zu früh: Jetzt kamen die kleinen Bagger für die Planierungsarbeiten bei der Anlage der Gärten. Wie viele Arten teuflischen Lärms es gibt!
Rings um meine so stille Garteninsel tobte die Bautechnik sich aus.
Ein Trost: gleich mir leiden Millionen; gebaut wird überall. Lärm ist überall. Warum sollte ich privilegiert sein? Mit-Leiden!

Mut zur Improvisation. Eine Weile standen die neuen Häuser leer, dann kamen die ersten Bewohner: Italiener, er Psychiater, sie Lehrerin, eine vierzehnjährige Tochter, die Klavier studiert an der Accademia Sta. Cecilia in Rom. Ihr Üben, auch bei offenem Fenster, stört mich nicht. Schließlich hatte ich zwei Musiker-Ehemänner erlebt und einen Klavier-übenden Sohn. Eine sehr angenehme Familie. Dann die zweite, die mir nächststehende: er Astrophysiker, sie Astronomin, zwei stille Kleinkinder, tagsüber im Kindergarten. Ebenfalls sehr angenehme Leute. Die ersten Gespräche über den Zaun hinweg. Dann mein Entschluß: ein Weihnachtskonzert. Mein Freund Mark Varshavsky (Russe, Solo-Cellist), seine Schweizer Frau, ebenfalls Cellistin. Und die zwei Familien. Dazu meine alten Freunde, der Mathematiklehrer, Philosoph und Maler Carmelo Failla, und seine Frau Trudi. Mark brachte von sich aus noch eine jugoslawische junge Pianistin mit.

Meine Sorge: wie sie unterbringen. Das Musikzimmer zu klein, der große Bibliotheksraum akustisch ungünstig, zu weit weg vom Flügel. Aber schließlich fanden sie alle in dem kleinen Zimmer Platz, Seite an Seite.

Kaum jemand kannte den anderen. Der einzige »Bezugspunkt« war ich.

Natürlich war vorauszusehen, daß sich Leute des gleichen geistigen Niveaus etwas zu sagen hatten, zudem alle Musik lieben. Es war aber nicht vorauszusehen, daß sie sich auch verstanden und daß sie auch echte herzliche Sympathie füreinander hatten: sechs Italiener, eine Schweizerin, ein Russe, eine Jugoslawin und ich Deutsche. Als sie gingen, waren alle glücklich.

Natürlich war es Marks Cellospiel, das alle hinriß, dieser russisch-jüdische Magier. Er spielte Klassisches, Russisches und ein paar brillante Solostücke. Ein komplettes Konzertprogramm, das er sonst in großen Sälen großer Städte vor Hunderten spielt und wofür er riesigen Applaus bekommt. Diesmal spielt er für wenige Leute, für solche, von denen jeder auf seine Weise mit Musik lebt.

Mein kleines Pflanzenwunder. Ich habe drei Oleanderbüsche, die ich, als sie noch klein waren und in Holzkübeln auf meiner römischen Terrasse standen, hierher mitnahm und in die Erde pflanzte. Das war 1965.
Jetzt sind sie riesig und wachsen immer noch weiter. Einer ist und bleibt rein weiß, einer ist rosa, eigentlich »fleischfarben« (sagt man, aber ich sah nie Fleisch von dieser Farbe), vom dritten soll die Rede sein. Er war weiß und blieb es jahrelang.
Plötzlich war da ein Ast mit leuchtend roten Blüten. Niemand hatte ihn aufgepfropft, er wuchs von sich aus so. Und dann geschah die Hochzeit: Die Vermählung von Rot und Weiß. Einige Jahre blieb er so: der Busch zu einem Teil weiß, zum andern rot. Und jetzt sehe ich, es gibt eine dritte Farbe: ein zartes Rosa. Eine Kreuzung. Und nun warte ich, ob Pater Mendel recht behält: Nach dem Gesetz, das er fand, müssen sich in einiger Zeit aus dem rosafarbenen Zweig wieder rein weiße und rein rote entwickeln, und dazwischen die rosafarbenen. Ich werde Geduld haben müssen. Die Formel: Weiß – Rot. Rosa. Weiß – Rosa – Rot.

Totò ist tot. Totò (nicht der italienische Schauspieler, nein) war kein Mensch, er war ein Hund, er lebte in Trastevere, herrenlos, sein eigener Herr, mit eigenem Herrschaftsgebiet: ein ganzes Stadtviertel, Roms ältestes berühmtestes Viertel, Trastevere, gehörte ihm. Er war ein Bastard, nicht schön, hatte aber ein Charaktergesicht; er war nicht kastriert, aber er zeugte keine Jungen, er war ein Solitär, er saß bald vor diesem, bald vor jenem Ladengeschäft, man gab ihm zu fressen, nicht Abfälle, nein, gute Dinge, man warf sie ihm nicht hin, man reichte sie ihm. Er schlief auf Türschwellen, unter Steinbögen, in Durchgängen, er trat in kein Haus, aber bei Regen saß er unter irgendeinem Portikus, und nie verjagte ihn jemand. Karin

Mai (die Bildhauerin) kannte ihn lang. Nach ihrer Schätzung war er zwanzig Jahre alt. Eines Tages kam sie traurig zu mir: Totò ist tot. Er war krank gewesen; Leute holten den Tierarzt, man gab ihm Spritzen, aber Totòs Zeit war um. Als er todkrank war, holte ihn ein junger Mann zu sich ins Bett: »Totò soll nicht sterben wie ein Hund.« Totò war kein Hund: Er war der Geist Trasteveres.

Angst. Immer mehr Menschen, Deutsche wie Ausländer, haben Angst vor einer neuen Vormachtstellung Deutschlands. Mich erinnerts an die europäische Stimmung vor dem Ersten Weltkrieg: das mächtig gewordene Bismarck-Deutschland, das eifersüchtige Frankreich, und England, das für seine Seemacht fürchtete.
Deutschland, so tüchtig, so präpotent (»Deutschland über alles...«). Das ungeliebte Land. Der Neid, der Haß, Zündstoff für den Ersten Weltkrieg. Beim Zweiten Weltkrieg wars evident, da hätten alle, draußen und drinnen, Hitlers offen geäußerte Machtpläne ernst nehmen müssen.
Einmal Provokation, einmal verbrecherischer Überfall, beide Male das Ende mit Schrecken.
Und jetzt? Krieg? Nein. So primitiv geht das clevere Deutschland nicht mehr vor. Seine Art zu beherrschen heißt: Wirtschaftsmacht. Und als solche kann es Bedingungen stellen und »Druck ausüben«. Eine Weltmacht. Wie schrecklich. Wir bezahlens mit dem europäischen Gleichgewicht, wir bezahlens mit der Zerstörung der Kultur. Wir bezahlens mit dem Haß der andern.

Das traurigste Gedicht, das ich kenne. Es stammt von dem griechischen Dichter Konstantinos P. Kavafis. Der Titel:

Die Pferde des Achilles
Als sie Patroklos tot erblickten,
Ihn, der so männlich, kraftvoll und jung war,
Begannen die Pferde des Achilles zu weinen.
Ihre unsterbliche Natur empörte sich
Über das Werk des Todes.
Sie richteten ihre Köpfe auf, schüttelten ihre langen
Mähnen,
Klopften mit ihren Hufen auf die Erde und beweinten
Patroklos, den sie leblos, vernichtet ahnten,
Gemeines Fleisch, seiner Seele beraubt.
Wehrlos, ohne Atem,
Vom Leben dem großen Nichts zurückgegeben.

Zeus sah die Tränen der unsterblichen Pferde
Und hatte Mitleid. »Bei der Hochzeit von Peleus«,
Sprach er, »hätte ich nicht so leichtfertig handeln sol-
len.
Besser hätte ich euch nicht verschenkt,
Ihr glücklosen Pferde. Was macht ihr auf Erden
Unter den armseligen Menschen, Spielzeug des Schick-
sals?
Ihr, die der Tod nie belauert, die das Alter
Nie bedroht. Die Sterblichen haben euch
In ihr Elend verstrickt.« Und doch beweinten
Die zwei edlen Tiere
Die ewige Ungemach des Todes.

Tutti ist tot (28. Mai 1991). Tutti, das ist Brigitte Bermann Fischer, Tochter des bedeutenden Sami (Samuel) Fischer, Gründer des S. Fischer Verlags, in dem meine Bücher erscheinen seit Jahrzehnten. Tutti mit Goffy (Gottfried) für Jahre meine Verleger. Ich hatte viel zu ertragen und zu verlieren durch sie. Ich mochte jedoch beide. Ja, auch Tutti, Landshoffs Kusine, urmusikalisch wie er, eine gute Pianistin, eine umgetriebene Frau, eine schwierige Person, wirklich, ein Wirbelwind im Verlag, Unruhstifterin überall, und doch: eine Persönlichkeit, die ich mochte, denn ich begriff sie, weil ich Landshoff kannte. Ich weiß, daß sie viel litt; politisch begründete Leiden, mehr noch selbstgeschaffene.

Jetzt darf sie ausruhen. In Berlin auf dem Friedhof Weißensee.

Sehr schön, sehr tief bewegend, was Goffy auf die Todesanzeige drucken ließ. Ein Hölderlin-Wort: »Licht der Liebe! scheinest du denn auch Toten, du goldenes!
Bilder aus hellerer Zeit, leuchtet ihr mir in die Nacht?«

Meine Schwestern und Brüder im Herrn: die Tiere. Ein Fund: in Drewermanns Buch ›Ich steige hinab in die Barke der Sonne‹ als Nachtrag ein Kapitel ›Hoffnung für die leidende Kreatur oder: Das Postulat von der Unsterblichkeit der Tiere‹. Ein aufregend schönes Kapitel. Ich sagte zu Drewermanns Verleger Walter, man solle doch ein eigenes Büchlein daraus machen. Ja, sagte er, wenn Sie das Vorwort schreiben. Das tat ich, denn der Gedanke Drewermanns erfüllt mich schon lange.

Ich liebe die Tiere, nicht nur meinen Hund. Ich liebe das Geschöpf Tier. Ich liebe es nicht sentimental, weil etwa mein Liebesbedürfnis kein andres, kein menschliches Objekt hätte. Meine Tierliebe stammt nicht aus der Enttäuschung mit Menschen. Ich liebe sie ganz einfach, weil sie eine Form des Lebens sind. Eine Manifestation des Weltgeists (den wir Gott nennen können). Ich liebe sie aber auch mit heftigem Schuldbewußtsein. Wie viel Leiden haben wir den Tieren zugefügt und tun es noch. Ich sah in Süditalien, wie hart man die Esel schlug und die Maultiere so schwer belud, daß ihre Rücken wund waren.

Ich vergesse niemals die griechische Eselin Kitza, die ich vor Schlägen ihres Herrn geschützt hatte, indem ich mich vor sie stellte: Schlagen Sie doch mich! Und wie Kitza blitzschnell begriff und mir von da an nachlief und mir ihren Kopf zärtlich in den Bauch stieß und wie sie bei meiner Abreise am Hafen weinte. Ja, sie weinte. Die Tränen perlten über ihre Nase. Viele sahen es. Auch Orff sah es, der damals bei mir war. Ich weinte auch. Übrigens sah mein Freund, der Fotograf Oswald Kettenberger, wie mein Hund lautlos mit Tränen weinte, als ich einmal wegfuhr.
Sunt lacrimae rerum. Tränen sind in allen Dingen. Vor allem in den Tieren. In ›Rechenschaft vor el Greco‹ sagte Nikos Kazantzakis: Tiere sind auch Menschen – frühere Menschen, viel viel früher als wir waren sie da, sie haben nur kein Erinnerungsvermögen...
Ich glaube nicht, daß Tiere Menschen waren, sondern daß sie auf dem langen Weg sind, Menschen zu werden, so wie wir Menschen auf dem langen Weg sind, Götter zu werden (Paulus).
Die Tiere waren lange vor uns auf dieser Erde. Im Paradies der Löwe neben dem Lamm. Dann kam der Mensch mit seinem gespaltenen Bewußtsein. Er hatte gehört (von Gott), »daß er sich die Schöpfung untertan machen soll«. Ein Ausdruck der Bibel (Übersetzungsfrage!). Interpretation! Die Begründung für alles Böse, das er den Tieren antat. Meinte Gott das? Konnte er meinen, der Mensch sei der absolute Herr über die Tiere? Hatte er nicht auch den Tieren seinen göttlichen Atem eingehaucht? Hatte er dem Menschen erlaubt, das so entstandene Leben nach Belieben zu zerstören? Konnte der Geist der Liebe dem Menschen erlauben, Tiere zu schinden, sie in Käfigen zu halten, lebende Tiere zu medizinischen Versuchen zu mißbrauchen, bei denen man ihnen die Stimmbänder durchschneidet, damit man ihre Schreie nicht mehr hören muß? (Wobei die Ergebnisse in keiner vernünftigen Rela-

tion stehen zum Leiden der Tiere, wie mir Experten sagen.) Heißt das fünfte Gebot nicht: Du sollst nicht töten? Heißt es: Du sollst keinen Menschen töten? Es heißt: Du sollst nicht töten. Nichts, was lebt. Konnte der liebende Sohn des Weltgeists, der Sohn der Liebe, die Tiere ausschließen? Tiere quälen: heißt das nicht, dem Geist der Liebe zuwiderhandeln, also schwere Sünde auf sich laden?

Schon im Alten Testament steht, daß Jehova Tieropfer ablehnte und statt dessen den liebenden Gehorsam des Menschen wünschte. Geschah sein Wille? Jesus, der in den Tempel zu Jerusalem kam und sah, wie man die zum Opfer bestimmten Tiere in den Hals gestochen hat und langsam ausbluten ließ, rief: Ihr macht das Haus des Gebets zu einer Mördergrube. Er hätte sagen können: zum Schlachthaus. Er sagte aber: zur Mördergrube. Von Mord spricht er. Ihm graut vor den Menschen. Heute kann der Weltgeist die von ihm geschaffene Erde nur mit Tränen ansehen: die Mördergrube, in der Menschen, Tiere, Pflanzen vernichtet werden um des finanziellen Augenblicksgewinnes willen.

Was mich immer schon quälte: Adam und Eva haben gesündigt, indem sie sich aus der All-Einheit lösten und aus dem Paradies stürzten. Sie, ja. Aber die übrige Natur? Aber die Tiere? Wieso kann Abel ein Lamm opfern? So waren denn auch Tiere aus dem Paradies verjagt worden? So ist es. Sie wurden der tötenden Hand des Menschen ausgeliefert. Schuldlos! Ja, aber unlösbar verstrickt in das Schicksal des Menschen. Aber wenn das so ist, dann gehören sie auch zum künftigen Schicksal des Menschen: zur erlösten Welt! Also sind auch sie auf dem Weg, nämlich zum höhern Bewußtsein und zur höhern Seinsform. Das Tier auf dem Weg zum Gott.

Wer lehrt uns diese Ehrfurcht vor dem Tier?

Die Indianer baten ihren Gott um Verzeihung, wenn sie

auf der Jagd ein Tier töteten. Bitten wir um Verzeihung für die entsetzlich grausamen Tierversuche?
1967 schrieb ich einen Roman (›Ich bin Tobias‹), in dem ich einen Pastor auftreten lasse, der verzweifelt ist über das Leid der Tiere und der beschließt, so wie der Christus für die Menschen starb, sich für die Tiere zu opfern, um die Tierheit zu erlösen. Kein Kritiker verlor ein Wort über mein Anliegen.
Paulus schrieb, die Schöpfung warte stöhnend auf die Erlösung. »Die Schöpfung liegt in Wehen.« Die gesamte Schöpfung. Also auch die Tiere. Sie erwarten wie wir Menschen die Zeit, in der »alle Tränen abgewischt werden«. Die Tränen der Tiere: der Versuchstiere, der Lasttiere, der Tiere in den engen Käfigen, der Kettenhunde, der von Urlaubern ausgesetzten Hunde und Katzen, der aus falscher Liebe überfütterten und darum kranken Haustiere...
Das Leid der Tiere schreit um Hilfe. Ich sage: Wir Menschen werden nur dann erlöst, wenn wir den Tieren zu ihrer Erlösung helfen.

Dieser wüste August. Zuerst die große Hitze, feucht, unerträglich. Meine Flucht in den kühlen Taunus, zehn Tage. Heim. Wieder Hitze, ansteigend. Selbst bei mir in 500 m Höhe 30°, einmal 31° im Schatten! Lähmend. Meine Verzweiflung über die Müdigkeit. Nicht arbeiten können. Aber insgesamt etwa 40 Briefe geschrieben, lang Liegengebliebenes erledigt. Mit größtem Aufwand an lebenslang geübter Disziplin. Dazwischen die große Aufregung wegen Moskau. Von der ersten Stunde an vor dem Fernseher, auch in der Nacht. Wie beim Golfkrieg. Aber dieses Mal geht's mir noch näher. Wirre Nachrichten, widersprüchliche. Meine erste Meinung, hartnäckig sich festsetzend: der Putsch war manipuliert, und viele wußten davon, und Jelzin war (mit Vorsicht gesagt) der geheime

Anleiter, sehr geheim, sehr gut getarnt. In Absprache mit Gorbi? Eher so: wir brauchen einen Putsch, um die Schuld an unserem Versagen auf eine bestimmte Gruppe konservativer Kommunisten zu wälzen; lassen wir die Rebellen also machen. Vielleicht so? Oder Gorbi wurde von Jelzin erpreßt. »Du bleibst Präsident der Schrumpf-Sowjet-Union, denn du hast das große Ansehen in der Westwelt, und ich, mit 51 % gewählt, bleibe Präsident der russischen Republik, wir müssen zusammenarbeiten, ob dirs paßt oder nicht. Wenn du nicht mitspielst, bist du draußen.«

Jelzin ist ein Demagoge, präpotent, rücksichtslos. Er will sofort, was er will. Er will zeigen, daß er es ist, der Rußland aus der Wirtschaftskrise zieht, sehr bald. Er macht sich an die USA heran. Er versucht, alle Früchte, die Gorbis vorsichtige kluge Arbeit eingebracht hat, als die seinen darzustellen. Noch glaubt man ihm, aber freilich nicht genug: der Westen (USA) zögert mit »milden Gaben«, mit größeren Investitionen. Und Gorbi, nach kurzem Absturz, steigt wieder auf. Er ist und bleibt Gorbi«, der Charismatiker, der das Schicksal unsrer Zeit zu verändern begann. Er hat den Friedensnobelpreis zu Recht bekommen.

Ich bin überzeugt, daß Jelzin Gorbi haßt und ihn gestürzt hätte, wärs (im Hinblick auf die Außenpolitik) möglich gewesen.

Jetzt wird sich zeigen, was Jelzin innenpolitisch, wirtschaftspolitisch erreicht, über die Auflösung der Kommunistischen Partei hinaus.

Und die große, die pubertäre, die emotionale, die freilich verständliche Geste: der Sturz der Partei symbolisiert durch den Sturz der Denkmäler: zuerst die des Gründers des KGB (womit man einverstanden sein kann), aber dann die Lenins. Unvergeßlich (im Fernsehen) die Lenin-Statue in Moskau, zuerst halb durchgesägt, dann mit Stricken niedergehievt; Lenins obere Hälfte sinkt langsam nur, verharrt eine Weile schwebend in der Schräge, Lenins rechter

Arm bleibt ausgestreckt, wie zum Abschiedsgruß, und gleicht einer Segensgebärde.
Der Mob freut sich immer und überall, wenn Großes stürzt. Lenin war ein großer Mann. Er hat seine Mission in der Geschichte erfüllt. Sein Erscheinen war historische Notwendigkeit. Ohne ihn regierten noch der Zar und die Kirche. War es nicht Lenin, der sich Stalin entgegenstellte?

Der Zar. (28. 8.) Jetzt wollen sie alle, die irgendwie mit dem Zaren verwandt sind, all die superreichen Grund- und Machtbesitzer, zurückkehren aus dem Exil, all die alten Romanow-Tanten, und auch die jungen Nachkommen. Vor allem der legitime Zaren-Enkel. Er sagt: »Ich denke nicht daran, ein Visum zu erbitten, um zurückkehren zu dürfen. Man muß mich holen. Das Volk will mich.« Und er zeigt (im TV) einen Stoß von Briefen, in denen angeblich »das Volk fleht«, er möge zurückkommen. »Sein« Volk. Ich denke an meine Arbeit über Tolstoj. Man lese nach, wie der Zar sich verhielt. Nicht nur Stalin schickte Opponenten nach Sibirien. Der Zar ließ enteignen, auspeitschen und verschicken (auch Tolstoj war nah an der Verschickung!). Den Zaren wollen die Russen jetzt wieder haben? Diesen alten Mann mit dem bösen harten Gesicht? Lächerlich. Absurd. Das Rad nicht anhalten, sondern zurückdrehen.
Wenns also mit dem Kommunismus nicht weitergeht, soll die Monarchie helfen, die Monarchie mit den engen wirtschaftlichen Verflechtungen im Westen. Kapitalismus und Zarenherrschaft, eine häßliche Kombination.
Mein Kopf zerspringt vor Denken. Immer neue Nachrichten in Radio und TV, Presse inländisch, ausländisch.
Raissa Gorbatschowa, zusammengebrochen beim Putsch, erhält Blumen aus aller Welt, den ersten von ihrer »Freundin«, der Frau des US-Bush. Na ja. Raissa hat einen Vertrag

mit einem großen US-Verlag. Sie wird für viel Geld ihre Memoiren weiterschreiben. Einseitig natürlich. Und gewiß nicht wirklich objektiv wahrhaftig. Und viel zu früh. Weiß sie denn schon, wer da mit wem spielte? Gorbi soll es ihr verbieten.

August-Schrecken. Wieder die Waldbrände. Gestern der durchdringende Geruch verbrannten Laubs. Ich fahre nach Frascati: die ganze Südseite von Tusculum brennt. Ein Hubschrauber fliegt zum Albanersee, tankt Wasser, kehrt zurück, schüttet das bißchen Wasser in die Flammen. Lächerlich. Immerhin: die Flammen erlöschen, aber der Brand zieht ostwärts weiter. Als ich von Frascati zurückkomme, ist alles abgebrannt, und der Rauch liegt in dichten Schwaden über den Hängen.
Nun: in sechs Monaten sind diese Hänge wieder grün. Die Asche düngt. Wozu also meine Aufregung? Muß nicht alles vergehen, damit es wiederkehren kann?
Abends: Bei der Heimfahrt von Genzano sehe ich, daß der ganze Westhang am Nemi-See brennt. Die Leute schauen von der Brüstung seelenruhig zu. Traudel Hocke hat erzählt, ein Deutscher habe einmal eine »Freiwillige Feuerwehr« gegründet. Wo ist sie?
Die alten Mythen vom Weltenbrand. Nordische Mythe. Und über Sodom fällt Feuer vom Himmel. Und Platon läßt (›Timaios‹) die Welt untergehen im Feuer.

Sommerlektüre. Unpassend, zu schwerblütig, zu aufregend, meine Sommerdepression verstärkend: ›San Manuel der Gute‹. Der Verfasser: der baskische Spanier Miguel de Unamuno, 1864 geboren, 1936 gestorben. Ich kannte ihn nur als Philosophen. Er war mir unheimlich. Jetzt erst lerne ich ihn als Dichter kennen. Jetzt erst verstehe ich seine Botschaft. Sie heißt (in meinen Worten):

Selig die Armen im Geiste. Oder, als Frage: Was ist heute Heiligkeit? Wer ist ein Heiliger?
Die Antwort des Romans, in simplen Worten: ein katholischer Pfarrer hat seinen Glauben verloren, ganz und gar. Er hat einen Blick in den Abgrund getan, wo das Nichts haust. Aber kann er seinen Pfarrkindern das sagen? Er kann es nicht. Er kann, wenn er wahrhaftig ist, die Armen und Elenden nicht mehr trösten mit der Verheißung eines schönen ewigen Lebens im Himmel, an das er nicht glaubt. Aber womit sonst kann er sie trösten? Er fährt fort, sie im alten Glauben zu bestärken. So lebt er in der Lüge. Aus Mitleid. Aus Liebe. Ganz und gar bewußt. »Die Wahrheit«, sagt er zu einem Freund, »ist möglicherweise etwas Schreckliches, etwas Mörderisches. Die einfachen Leute können nicht leben damit... Ich bin Priester und dazu da, meine Pfarrkinder zum Leben zu führen, sie glücklich zu machen, sie von ihrer Unsterblichkeit träumen zu lassen.«
Aus einem Gespräch mit einer Sterbenden: Sie sagt, sie gehe fort, um Gott zu schauen. Der Pfarrer sagt: »Sie gehen nicht fort. Sie bleiben hier. Ihr Leib bleibt hier in dieser Erde, und Ihre Seele bleibt auch hier, in diesem Haus, Sie reden und hören Ihre Kinder, auch wenn diese Sie nicht sehen...« Die Sterbende sagt (vermutlich verwundert oder aufsässig): »Aber ich gehe Gott schauen.« Die Antwort des Pfarrers: »Gott ist hier wie überall, Sie werden ihn von hier aus sehen, und uns alle in ihm, und ihn in uns.« Das klingt überzeugend, aber es weckt ein Mißverständnis. Immerhin: die Frau stirbt glücklich. Der Pfarrer sagt zu ihrem Sohn: »Die Zufriedenheit, mit der deine Mutter stirbt, ist für sie ewiges Leben.«
Lügt er ihm etwas vor? Spielt er Theater, spielt er den gläubigen Priester, der seinen ungläubigen Bruder bekehren will? Nein, sagt er, das ist nicht vorspielen; nimm Weihwasser und mit der Zeit wirst du gläubig. Aber der Pfarrer wird durch nichts gläubig. Er, der die andern zum glück-

bringenden Glauben an ihre Unsterblichkeit führt, er selbst verbleibt im Unglauben. Seine Religion, sagt er, bestehe darin, andern Trost zu spenden, obwohl der Trost, den er ihnen gebe, der seine nicht ist.

Ich erschrecke. Ich, vielen meiner Leser eine Art Garantie dafür, daß Leben einen Sinn hat, weil das meine offenbar einen Sinn hat: den, die Leser zu überzeugen, daß Leben Sinn hat. Oh, mein Gott: weiß ich eine Antwort auf die Frage nach dem Sinn? Ist das überhaupt die richtige Frage, verwechseln die Fragenden nicht Zweck und Sinn? Ob Leben einen Zweck hat (das heißt: was daraus resultiert außer dem technischen Fortschritt, der tödlicher Natur ist), weiß ich nicht; das Fortzeugen und Gebären immer neuer Menschen bedeutet das Fortzeugen neuer Gefahren, neuer Leiden, neuer Fragen.

Der Sinn, das ist etwas anderes. Wenn man liebt, wirklich tief liebt, fragt man nicht, ob das Sinn habe. Der Sinn IST die Liebe. Der Sinn des Lebens ist: das Leben.

Ja, das weiß ich, weil ich es lebe. Die Hoffnung erfüllt sich jeden Augenblick und mit sich selbst.

Ich lebe, ich liebe. Meine Waffe gegen den Teufel der Verneinung: das Leben, die Liebe.

Wie stehts aber mit meinem Glauben an Gott? Frage mich keiner danach. Ich weiß nicht, was »Gott« ist. Theologische Antworten sind mir Spuren im Wind. Zweiundzwanzig Jahre Befassung mit Theologie geben mir keine Antwort. Aber: daß ich lieben kann, das ist mir die Garantie dafür, daß es den »Geist der Liebe« gibt. Mit diesem Wissen läßt sich leben. Und ich brauche nicht einmal das heilige Opfer des Pfarrers bei Unamuno zu bringen. Amo, ergo credo, ergo spero, ergo vivo. Die Unsterblichkeit: sie ist hier und jetzt.

Das Opfer der Agave. Ich hatte meine beiden Agaven vor dreißig Jahren in Rom gekauft, in der Gärtnerei an der Via Marmorata. Sie waren etwa einen halben Meter hoch. Kleine kräftige Pflanzen. Sie standen vier Jahre in Töpfen auf meiner Terrasse in der Viale Gelsomini. Dann zog ich aufs Land, die Agaven zogen mit, ich pflanzte sie in die freie Erde, vors Haus, sie gediehen mächtig im vulkanisch fruchtbaren Boden. Sie wurden viel bewundert von meinen Gästen. Die Blätter, dickfleischig, meterlang (wenn ein Blatt welkt, sieht man, daß es aus Fasern besteht, die, so denke ich, doch benützt werden könnten wie Sisalhanf), sie bogen sich ineinander, rollten sich ein, wurden zu Gefäßen, in denen das Regenwasser sich sammelte und zur Wurzel abgeleitet wurde. Der größere Stock war fruchtbar: er brachte eine Menge kleiner Pflanzen hervor und bildete eine etwas wirre Gruppe. Der andre brachte nur einmal einige Ableger, dann gab ers auf. Der größere trieb weiter. Eines Tages sah ich, daß aus der Mitte der Pflanzengruppe ein fleischiger, etwas schuppiger Stiel aufwuchs. Er wuchs sehr rasch, mit einer bestürzenden Dynamik, er schoß geradezu in die Höhe, er wurde holzig hart, kein Stengel mehr, sondern ein Stamm. Ich sahs nicht gern, denn das bedeutete, daß meine Agave sich anschickte zu sterben. Agaven sterben einem nie vor den Augen weg, es sei denn, eine stürbe ausnahmsweise, ehe sie hundert Jahre alt ist. Eines Tages zeigte der mittlerweile drei, vier Meter hohe Stamm Zweige, sanft geschwungen, spiralig oder, ich glaube, man sagt spindelförmig angeordnet. Ein schönes Bild, eine graziöse Architektur, ein Kandelaber. Und dann kommen aus den Enden der Zweige kleine, waagrecht liegende Bürsten, die gelbgrünen Blüten, die fast nur aus Staubgefäßen zu bestehen scheinen. Nach einigen Wochen fallen sie ab. Es bleiben dattelartige Früchte, auch sie fallen ab. Ich halte sie für ungenießbar, aber ich höre, daß man sie in Südamerika als Gemüse ißt und als Heilmittel benützt. Die Blätter seien gut gegen Brandwunden. Während die Pflanze in die Höhe blüht, welken die Blätter, der untere Teil der Pflanze stirbt einen langsamen, ergebenen Tod. Der hohe Kandelaber aber wird noch lange stehenbleiben, blühend, dann verdorrt, dekorativ. Der Meeresküste entlang sieht man sie für Jahre.

Man sagt, jede Agave blühe einmal in hundert Jahren. Die meine tröstet mich: sie hat für einige Generationen Nachwuchs gesorgt. Viele kleine Agaven scharen sich um ihren Fuß. Es bewegt mich, vor Augen zu haben, wie alles Lebende sich wandelt. Der Tod: nichts als Verwandlung. Etwas wird geopfert, damit Neues wird.

Wieder einer ging hinweg. August 1991. Die Nachricht vom Tod Wolfgang Hildesheimers. Vor einigen Jahren bei einem literarischen Symposium in Wien sagte er: Ich schreibe nichts mehr.

Er schrieb einiges noch, doch nichts mehr vom Format des bedeutenden Mozart-Buchs. Als ers in Wien sagte, glaubte ihm keiner. Derlei sagen Schriftsteller in depressiven, unkreativen Phasen. Ich glaubte ihm, denn ich sah sein Gesicht: es war das Gesicht eines Ur-Verzweifelten, eines bis zum Grund Erschöpften, eines Ausgeschöpften.

So gehen sie also hin, die Freunde, die Kollegen: die Bachmann, Stefan Andres, Gustav René Hocke, Fritz Landshoff, Uwe Johnson, Heinrich Böll...

Eines Tages bins ich, deren Tod angezeigt wird, in den schwarzumrandeten Briefen, welche die Akademie der Künste an die überlebenden Mitglieder schickt.

Nun denn. Ich bin dann, wenn sies lesen, die Nachbleibenden, schon sehr weit weg. Ich wünsche Hildesheimer, er möge jetzt Mozart begegnen und in großen Welten leben, die aus Musik gebaut sind.

Die Rattenstadt. September 91. Radio-Meldung: In New York haben die Ratten sich derart vermehrt, daß sie an Zahl die Bewohner der Stadt übertreffen. Wie man die Ratten zählen kann, ist mir ein Rätsel; es seien mehr als 9 Millionen. Sie sollen dreißig Zentimeter lang und ziemlich schwer sein, und auch als Krankheitsüberträger zu fürchten. Schlimmer als die Heuschrecken- und Schlangenplage, welche über die Juden kamen auf ihrer Flucht-Wanderung aus dem ägyptischen Exil ins »Gelobte (d. h. versprochene) Land«. Damals wars eine Strafe für ihren Unglauben und ihre Unmoral. Wofür werden die New Yorker bestraft? Wovon nähren sich die vielen Ratten? Vom Weggeworfenen. Von dem, was man den Armen nicht gibt. Ich las einmal, daß die Ratten nicht nur intelligenter seien als alle Tiere, sondern auch als die Menschen. Ein Ratten-Staat?

Zuerst der Magen... 1945, 1991. Ich erinnere mich angesichts der Wirtschaftslage in der Sowjet-Union an die Nach-Hitlerzeit 1945. Da sagte der Münchner Polizeipräsident bei einer Diskussion um die neu zu bauende Demokratie: »Wer die Magenfrage löst, der hat das Problem Demokratie gelöst.« (Ich las es nach in meiner Autobiographie, in der ich den Satz aus einem Brief an Hermann Hesse zitiere.)
Da Gorbi die Magenfrage nicht sofort lösen konnte (wie denn auch?!), sprang Jelzin ein: »Man muß nur rasch dem Volk zu essen verschaffen, dann...« Stimmt's? Die USA sind eine Demokratie, obwohl Millionen hungern. Ja, hungern.
Es gibt Sätze, so einleuchtend richtig, daß sie schon wieder falsch sind.

Ein Nachbar, Professor Siniscalchi, Spezialist für altchristliche Literatur, brachte mir dieses Blatt:

Corpus Iuris Civilis
Text und Übersetzung
Auf der Grundlage der von Theodor Mommsen und Paul Krüger besorgten Textausgaben

I.4. Huius studii duae sunt positiones, publicum et privatum. publicum ius est, quod ad statum rei Romanae spectat, privatum, quod ad singulorum utilitatem pertinet. dicendum est igitur de iure privato, quod est tripertitum: collectum est enim ex naturalibus praeceptis aut gentium aut civilibus.

II. Ius naturale est, quod natura omnia animalia docuit, nam ius istud non humani generis proprium est, sed omnium animalium, quae in caelo, quae in terra, quae in mari nascuntur. hinc descendit maris atque feminae coniugatio, quam nos matrimonium appellamus, hinc liberorum procreatio et educatio: videmus etenim cetera quoque animalia istius peritia censeri.

I.4. Für das Studium des Rechts gibt es zwei Ansatzpunkte, das öffentliche Recht und das Privatrecht. Öffentliches Recht ist das, was sich auf die Ordnung des römischen Staatswesens bezieht, Privatrecht das, was das Interesse der einzelnen betrifft. Zu handeln ist nunmehr vom Privatrecht, das aus drei Teilen besteht. Denn es setzt sich aus Vorschriften des Naturrechts, des Völkergemeinrechts und des Zivilrechts zusammen.

II. Naturrecht ist das, was die Natur alle Lebewesen gelehrt hat. Denn dieses Recht ist nicht allein dem Menschengeschlecht eigen, sondern *allen Lebewesen*, die es in der Luft, auf dem Lande und im Wasser gibt. Hieraus leitet sich die Verbindung des männlichen Geschlechts mit dem weiblichen ab, die wir Menschen Ehe nennen, ebenso die Erzeugung und Erziehung der Kinder; wir sehen ja, *daß auch die übrigen Lebewesen nach der Kenntnis dieses Rechts beurteilt werden.* (Hervorhebungen von mir.)

Gorbi und Jelzin. Eindrücke. Man kommt in diesen Wochen nicht los von den Russen. Gestern, am 7. September, das lange Interview der beiden im US-Fernsehen. Ich notiere einiges von dem, was sie sagen, aber mich interessiert viel mehr, wie sie es sagen und wie sie sich dabei benehmen.

Jelzin ist unsicher. Er weiß, daß er neben Gorbi, dem Weltmann und Weltpolitiker, einen schweren Stand im Ausland hat. Darum gibt er sich großspurig und sagt Unüberlegtes. Er ist grobknochig, bäuerisch, breitschultrig, hat ein schwammiges Gesicht (er trinkt, wie fast alle Russen; Gorbi aber trinkt nicht).

Gorbi: kleiner, schmaler, feiner gebaut, sensibles kluges Gesicht, ungemein selbstbeherrscht. Daß er das ist, hat er bewiesen, als ihm bei der ersten großen Parlamentssitzung nach dem Putsch Jelzin vor allen Anwesenden höhnisch triumphierend die schon vorgefertigte Liste der neuen Regierungsmitglieder vor die Nase hielt. Jelzin, ganz der Held des Tages, der Volkstribun, der es sich leisten kann, Gorbi, den Weltberühmten, den Nobelpreisträger, zu demütigen; Gorbi kochte vor Zorn, das konnte man sich denken, aber er faßte sich rasch, nach einem Augenblick deutlicher Bestürzung, und blieb gelassen und überlegen. Auch als Gedemütigter, als »Abgestürzter«, ist er der Überlegene. Er ist ein Herr von Natur. Er hat die Sympathie des Auslands, und das ist für die politische und wirtschaftliche Zukunft der neuen Sowjet-Union (sie hat noch keinen andren Namen) wichtiger als Jelzins Tages-Heldentum, das doch nur möglich war, weil Gorbi sieben Jahre lang Vorarbeit geleistet hatte. Daß Jelzin unsicher ist, beobachte ich: beide Herren tragen dunkle (graue) Anzüge mit roten Krawatten. Rote. Aber Gorbis Rot ist etwas dunkler und von der Jacke eher verdeckt. Jelzins Rot ist leuchtender, während des Gesprächs tut er spontan, das heißt völlig unbewußt, etwas Seltsames: er öffnet die Jacke weiter, und nun wird sein Rot zum Blickfang. Was für eine widerspruchsvolle Geste. Ob sie außer mir viele Zuschauer gesehen und gedeutet haben?

Jelzin, wohl begabt dazu, vom Panzer aus Reden an seine Russen zu halten, aber nicht gewohnt, spitzen Fragen ausländischer Journalisten überlegt zu antworten, sagt einiges Dumme. Die Frage: »Was bedeutet für Sie der Kommunismus?« Jelzin, aus der Pistole geschossen: »Eine Katastrophe.« Gorbis Antwort auf die gleiche Frage: »Die Entwicklung des Kommunismus in der Sowjet-Union ist uns eine große Lehre.«

Was heißt das? Das heißt, daß Gorbi weiß, daß der Kommunismus per se eine große Idee ist, die er, als Idee, nicht verrät. Siebzig Jahre Geschichte kann man nicht, wie Jelzin es macht, als eine Katastrophe abtun. Jelzin sollte Tolstoj lesen, um zu erfahren, wie sein Volk unter den Zaren lebte, wie es buchstäblich ausgepeitscht wurde, wie die Bauern als Sklaven rechtlos waren, wie sie gefesselt nach Sibirien geschickt wurden, wie das Volk hungerte, wie Zar, Feudalherren und orthodoxe Kirche zusammenarbeiteten gegen das arme Volk, und wie notwendig Lenin war, wie wichtig die Idee des Marxismus, und daß Lenin am Ende seines Lebens versuchte, sich gegen Stalin zu wehren, und wie er vorschlug, was jetzt unter Zwang geschieht: eine große Union mit relativ selbständigen Ländern zu bilden.

Kann man Jesus dafür verantwortlich machen, daß seine Lehre korrumpiert wurde, daß es eine Art Stalinismus auch in ihr gab, einen aggressiven Despotismus, eine Vergewaltigung des individuellen Denkens, einen über Europa verbreiteten »Gulag«: Kerker, in denen Frauen als Hexen hinstarben; Scheiterhaufen für Häretiker; Morde innerhalb der feudalen Papst-Clique. Und doch ist die Lehre Jesu groß und nicht zu töten.

Und so ist auch die Idee des Kommunismus groß und aller-

letzten Endes aufs selbe zielend wie das Christentum: auf das friedliche Glück der Menschheit.
Jelzins hingerotztes Wort von der Katastrophe, angewandt aufs Christentum – wie wäre das? Gorbi sprach klar und bestimmt vom Weiterleben der Idee des Sozialismus. Er sagte es mit dem Hinweis auf die westlichen Sozialdemokraten.
Der als Erzkommunist verschriene Kim Il Sung verurteilte schon vor Jahrzehnten den Stalinismus und sprach vom »Sozialismus, den jedes Land für sich selber finden müsse«.
Nun: an Jelzins Moskauer Lorbeerkranz zupfen bereits andre Provinzen, so die Ukraine, die diesem nationalistisch-russischen Volkstribun nicht traut. Man spricht vom »Bonapartismus«: der Held spielt sich zum echten Diktator hoch – wenn man seine Absichten nicht rechtzeitig durchkreuzt. Gorbi ist kein egoistischer Nationalist, er ist der große Vermittler. Jelzin und Gorbi: zwei Pferde vor denselben Wagen gespannt (einen Wagen, der im Dreck steckt: Jelzin, das bäuerliche, ungeduldige Zug-Roß; und Gorbi, das Rassepferd, das (vom KGB) wohldressierte, aber von Natur aus kluge, ruhige, das den Boden prüft, ehe es den Wagen Schritt für Schritt vorwärtszieht. Die beiden müssen mitsammen gehen, da hilft nun nichts: nicht das laute Schreien des einen, nicht das Zähneknirschen des andern. Sie werden lernen, und das kapitalistische Ausland wird mitlernen, ja, das auch, denn der Demokratisierungsprozeß in der neuen Sowjet-Union wird auch die ganze westliche Welt zum Umdenken in der Frage des Sozialismus zwingen.

Ein Gefährte. Melancholischer Spaziergang am Lago di Albano. Herbstlich kühl. Die vorgefühlte Winterkälte greift mir ans Herz. Ich fühle mich einsam. Eigentlich grundlos, denn es vergeht ja kaum ein Tag, an dem nicht ein

Besuch auftaucht und mehrere Freunde mich anrufen. Aber wer durchbricht meine herbstliche Einsamkeit?
Ich trotte so vor mich hin. Kein Mensch ist auf dem Weg. Kein Mensch, aber ein Hund, ohne Halsband, ein Streuner, ein schwarzer, struppiger, ein wenig Räude hat er auch. Er drängt sich an mich und schaut zu mir hoch. Ich streichle ihn und rede mit ihm. Und schon ists geschehen: er schließt sich mir an, er läuft neben mir her, als gehöre er zu mir. Was tun? Ich bleibe stehen, er steht auch. Ich kehre um, er kehrt mit mir um. Nach einer Weile gesellt sich ein andrer zu uns, ein schöner, mit Halsband; ich hoffe, die beiden befreunden sich. Aber nein: mein Schwarzer ignoriert ihn; für ihn gibts nur mehr mich. Aber ich kann ihn doch nicht mit mir heimnehmen.
Aber sein Blick! Dieser Blick, der sagt: Du kannst mich einfach nicht allein lassen.
Schließlich läßt er mich für kurze Zeit aus dem Auge. Ich flüchte ins Auto und fahre ab. Es fehlt nicht viel, daß ich weine. Seine Einsamkeit, meine Einsamkeit. Ach, all das entsetzliche Maß an Einsamkeit auf unsrer Erde, es ist unerträglich.

Der Krieg vor der Tür Italiens. Warum rede ich nicht von meinem Entsetzen vor der kriegerischen Gewalt? Weil dieser jugoslawische Krieg mein Fassungsvermögen übersteigt, denn er ist überflüssig, er ist absurd, er ist ziellos, er ist nicht mehr durchschaubar, er ist, militärisch gesehen, leichtfertig und dilettantisch. Er ist ein Albtraum, er ist der Gipfel der materialistischen Dummheit. Ein serbischer Architekt, Bogdan Bogdanovich, sagt in einem Interview (Sept. 91), dieser Krieg, so tragisch er ist im Hinblick auf die Opfer, so un-ernst im Hinblick auf ein Ziel, das heißt auf das Fehlen eines definierten Ziels; jeder kämpft gegen jeden, und das ganze hat etwas Clownhaftes mit diesem

»chaotischen Design bunter Uniformen«. Ein Krieg, der nur zerstört, alles, jeden, und die Zukunft.
Ich mag nicht mehr hinhören.

Wahnsinns-Gedanken oder bittere Erkenntnis?
Im TV mehrere Abende die Bilder der neuesten paläontologischen Forschung angeschaut, Bilder der Tierwelt von vor Millionen Jahren: riesige, ungeschlachte, gefährliche Tiere, fürchterliche Ungeheuer, der Phantasie eines Ungeheuers entsprungen.
»Und Gott schuf die Tiere.« Tja. Die Lämmlein, die friedlich neben dem Löwen grasen, und eine schöne Baumschlange, und alle fraßen nur Gras und Kräuter.
Und die Dinosaurier und wie sie sonst noch heißen: Wo bleiben die in der Schöpfungsgeschichte? War da nie eine Zeit, in der die brutale Häßlichkeit wüster Ungeheuer dominierte? In der Bibel nicht. Da gings friedlich zu. Auch von einer Evolution ist da nicht die Rede. Eines Tages war der Mensch da, hübsch anzusehen. Ja: aber was war dazwischen, nach der Zeit der Saurier, der Monstren? Nichts? Ging da die Welt unter? Da verschwanden nur die Riesenmonstren von der Erde. Sie hinterließen Spuren im Gestein, an vielen Orten der Erde. Die Meere rollten über die Tierwelt hin, Sand und Schlamm deckte sie zu. Unbarmherzig. Der Schöpfer vernichtete gleichgültig seine Geschöpfe. Oder nicht gleichgültig?
Nur so, wie man in biogenetischen Instituten experimentiert? »Gott«: er probierte aus, was günstig ist; was sich nicht bewährte, ließ er einfach aussterben. Und so wird er es mit uns Menschen machen: diese Tierart bewährt sich nicht. Weg damit. Wann? Bald. »Gott« denkt in Millionen Jahren, wie wir in Tagen und Stunden. Die Qual der aussterbenden Tiere, der aussterbenden Menschen – interessiert sie den Experimentator? Ihn interessiert sein Experi-

ment. Er hat die fixe Idee, Geschöpfe zu schaffen, die ihm gleichen. Gelingt ihm nicht. Besser so, denn dieser Gott ist fürchterlich. Natürlich beten wir ihn an: aus Angst. Ich bete ihn nicht an: ich streiche ihn aus.
Wann aber beginnt die Geschichte des Menschen?
Mit dem, den wir Jesus nennen? Aber auch den hat »Gott« eliminiert. Paßte ihm nicht.
Ich fühle einen irrsinnigen Zorn auf den Schöpfer-Gott. Auf Shiva, der tanzt und zerstört. Auf Jehova, auf Allah, auf all diese »Schöpfer-Götter«. Gott lieben? Wahnsinn. Gott hassen: ebenso Wahnsinn. Ihn ignorieren, ihn mit Nichtbeachtung bestrafen. Ja, das ists, was er nicht erträgt.
Konnte danach nicht einschlafen. Gedanke oder vielmehr: Bild. Was ist mit der Welten-Mutter? Mit der Muttergöttin? Fiel sie dem Schöpfer-Vater-Gott nicht in den Arm? Sie, die doch die andre, die weibliche Hälfte »Gottes« ist? Begann sie nach der Vernichtung der Ur-Welt nicht mit der Schöpfung einer neuen Erde? Gibts nicht seither kleinere Tiere, zarte sogar, leichtbeflügelte? Solche, wie man sie im bayrischen Solnhofen bei Eichstätt fand? Und war sie es, die den Menschen erschuf?
Was aber ist mit dem »Geist«? War mir nicht bisher klar, daß Leben gleich Geist ist und daß Geist in seiner primitivsten Form zugleich mit dem biologischen Leben den Geschöpfen gegeben wurde?
Gehts jetzt nicht mehr um Weiterentwicklung der Schöpfung als Tierwelt, sondern um die Entwicklung des Bewußtseins? (nach Teilhard de Chardin).
Nebengedanke: aus den toten, tief in die Erdmaterie eingesunkenen und gepreßten Tieren wurde Erdöl. Das Blut der Tiere. Und aus den Tieren unsrer Endphase wird wieder Erde. Aus uns Menschen auch. (Oder Rauch.)
Diese Schöpfergottheit (männlich-weiblich) muß doch in sich eine gewichtige, eine ganz unvorstellbare Entwicklung

durchgemacht haben: vom Dinosaurier zur Eidechse, von den riesigen Urvögeln zu meinen Rotkehlchen...
Später: mein Entsetzen über Gott ist, ich begreife, das Entsetzen vor der Zeit (Raum-Zeit). Anhand der Fossilien Zeuge zu sein der Ur-Zeit, ist der Ur-Schrecken vor der Zeit. Man fällt ins Nichts. Die Zeit ist das Nichts.
Kam, um den tröstlichen Gegenbeweis zu liefern, der Christus in die Raum-Zeit? Ist dies der Sinn seiner Menschwerdung: uns die Furcht vor der Leere zu nehmen? Ich erinnere mich eines Traumes vor Jahren: ich träumte das Nichts, die endlose Leere, und hatte Angst. Da stand an der »Vorderkante« (sozusagen) ein kleiner Mensch. Er wuchs und wuchs und füllte schließlich die Leere vollkommen aus. Der Mensch: das Ur-Bild vom Menschen, der aus der Schöpfer-Idee geborene Mensch-Gott Jesus. Das Kreuz, das die Leere ordnet, so daß sie nicht mehr leer ist.
Der sechste Schöpfungstag: begann mit dem Menschen (diesem Neu-Entwurf) die neue »Zeit«, die wir als Zeit erleben, furchtlos, mit dem Blick auf das chaos-ordnende Kreuz?

Premio Internazionale Ignazio Silone. November 1991. Drei Auszeichnungen in einem Jahr: erst der Herkomer-Preis in meiner Heimatstadt Landsberg-Pitzling, dann in Turin ein Fest aus Anlaß der italienischen Übersetzung meines ›Gefängnistagebuchs‹ und nun der Silone-Preis.
Sehr heiter der Tag in Landsberg, zu dem auch Gäste aus meiner Wahlheimat Rocca di Papa eingeladen waren: die beiden Städte haben sich partnerschaftlich verbunden und feiern nun also mitsammen. Wer ist dieser Herkomer, nach dem der Preis genannt ist? Ein großer Baumeister, in Italien ausgebildet, berühmt auch in England, dort sogar geadelt, Erbauer des sehr schönen Rathauses in Landsberg. Wenn der Landsberger Bürgermeister und der von Rocca di Papa,

beide ungemein sympathisch, sich auf italienische Art umarmen, so umarme ich meine Doppelheimat.
Der Turiner Preis hat keinen besonderen Namen, aber ein freundlich schönes Fest wars auch dort.
Und nun der Silone-Preis, von einer internationalen Jury vergeben. Hat man Ignazio Silone heute vergessen? Nach dem Krieg haben wir ihn mit leidenschaftlicher Teilnahme gelesen, ›Fontamara‹ und seinen bekanntesten Roman ›Brot und Wein‹. Er wird zwar mit Koestler und Manès Sperber und André Gide zu den großen Renegaten des Kommunismus gerechnet, aber da ist denn doch ein Unterschied. Silone hatte zwar, zwanzig Jahre alt, die italienische KP mitgegründet und die Sowjetunion in Parteimission bereist, trat aber schon 1931 aus der Partei aus und emigrierte in die Schweiz. Man sagt, er habe sich dann ganz aus der Politik zurückgezogen. Das stimmt nicht, er war nach dem Krieg Mitglied der sozialistischen Partei, und ich traf ihn in den fünfziger Jahren in Berlin auf einem Kongreß für die »Freiheit der Kultur«, organisiert von Melvin Laskys Zeitschrift ›Der Monat‹. Er war und blieb Sozialist, so wie er Katholik war und blieb, sein Leben lang. Er war genau das, was man später einen »Linkskatholiken« nannte. Zu denen rechnet man mich ja auch; meinetwegen, wenns auch nicht recht trifft. Aber daß man mich in Italien zu den Linkskatholiken zählt und daß ich, wie Silone, zu den Feinden und Opfern des Faschismus gehöre, das war, sagte man in der Laudatio, einer der Gründe für die Preisverleihung.
Der Ort der Feier war das Abruzzenstädtchen Pescina in der Nähe von L'Aquila, Geburtsort Silones. Eine schöne Fahrt in die Berge, die ich schon lange machen wollte und zu der ich mir bisher nie Zeit genommen hatte. Das Städtchen so, wie man sichs vorstellt: verwinkelt, mit steil ansteigenden, engen holprigen Gassen und alten Häusern, zumindest im Zentrum. Die Überreichung war eingefügt in ein zweitägiges Seminar über Silone. Die Laudatio angenehm sachlich.

Die Leute im Gebirge sind nicht so billig herzlich offen wie in Latium rund um Rom, sondern von ehrlicher bäuerlicher Freundlichkeit. Ihre Sympathie für mich rührte mich. Die Einladung des Sindaco, eines Neffen Silones, dort meine Ferien zu verbringen, war aufrichtig.
Dann die Heimfahrt in der Nacht, so dramatisch, wie es der stille Silone nie war: heftige Gewitter von allen Seiten, wüste Blitze kreuz und quer, Donnerschläge mit nachrollendem Echo in den Bergen, Regenstürze, die Straße ein Bach, das Auto schleuderte gefährlich. Aber ich kam dann schließlich doch heim, die Arme voller Blumensträuße und Geschenke. Müde und dankbar.

Jelzin. Wie er sich demaskiert, der Despot! Noch hatte Gorbi seinen Amtsplatz nicht geräumt, als er zwei Tage vor seinem endgültigen Auszug aus dem Kreml seinen Stuhl in seinem Büro besetzt fand. Besetzt vom breitärschigen brutalen Jelzin.
Gorbis ironisches Lächeln bei seiner Abschiedsparty mit den internationalen Journalisten. Sein Lächeln meinte: »Laßt ihn regieren, er wird regieren, o ja, das wird er. Seht zu, wie lange ers macht, und was seine Art zu regieren das Volk kostet, und was es ihn selber kostet.«
Und dann ging Gorbi in jenes »Forschungsinstitut«, das ganz gewiß ein internationales Zentrum für alle weltweit anstehenden Fragen ist. Gorbis große Pläne. Geheime Pläne, aber zu erahnende.
Jetzt ist der weltkluge Ex-Außenminister der USA, Henry Kissinger, sein Mitarbeiter. Zwei bedeutende Politiker. Im Augenblick sehr beruhigend.
Gorbis Rede. Elf Minuten. Nicht länger. Ein nobler Abschied, wie es nicht anders von diesem gentleman-Politiker zu erwarten war. Kein Feind-Name fiel, wenn auch die Rede war von denen, die ihm nicht zu folgen vermochten.

Meine nicht geheuren Träume. 7./8. November. Ich träume, jemand (meine Mutter?) kommt zu Besuch und will etwas essen. Ich habe nichts Gutes im Kühlschrank. Ein »tramezzino« ist belegt mit einer Blutwurst, die nicht mehr frisch ist, und ein Paket Vollkornbrot, in der Verpackung, ist angegraut. Die Person will aber etwas zu essen. Ich sage: ich sehe dich lieber verhungert als vergiftet.

Gegen Morgen höre ich sehr deutlich Isang Yuns Stimme meinen Namen rufen.

Ich wache auf.

Ich rufe in Berlin an, obwohl ich glaube, er sei noch in K.

Er ist da. Er hat eine Woche lang versucht, mich anzurufen. Vergebens. Nun erreiche ich ihn.

Es geht ihm schlecht: Asthma und Herz. Das Dilemma: nimmt er Medizin fürs Herz, reagiert das Asthma allergisch. Nimmt er etwas gegen Asthma, rebelliert das Herz. Beides ist schädlich. Wie im Traum.

Die Luftbrücke nach Moskau. Sentimental und naiv bin ich nicht, und an selbstlose Hilfsbereitschaft in der Politik glaube ich nicht. Wer gibt, will bekommen. Wer Kredit gewährt, rechnet mit Markterweiterung. Wer Sowjetbürgern hilft, verhindert ihre Massenflucht nach dem Westen. Aber trotz aller meiner Skepsis weinte ich ein wenig, als ich gestern in den Nachrichten hörte, Deutschland richte eine Luftbrücke nach Moskau ein, um den Hungernden dort zu helfen.

Erinnerung: Berlin, von Bomben zerstört, Insel des Elends, wurde von den USA gerettet. 1948/49 gabs die berühmte Luftbrücke: täglich, ich glaube stündlich, landeten US-Flugzeuge mit Lebensmitteln in Berlin. Waren wir eigentlich dankbar? Ja und nein. Die USA wußten, was sie taten: sie konnten nicht zulassen, daß die Westmächte durch Sperrung der Zufahrtswege aus Berlin vertrieben wurden

und daß die Stadt verelendete. Politische Berechnung. Und doch: wer kann die Motive menschlichen Handelns auf einen Nenner bringen?
Handelt Deutschland nur aus Berechnung? Nein. Es mischt sich ein andres Element hinein, über das sich, so scheint es, die Deutschen keine Rechenschaft geben: es ist das schlechte Gewissen. Wir haben die Sowjet-Union überfallen, wir haben Städte ausgelöscht, wir haben Millionen Menschen dort getötet, wir haben Kirchen zerstört und wunderbare Ikonen geraubt. Wiegen unsere Hilfsgüter die Greuel von damals auf?

Advent. Die liebe André Fondi (Schweizerin) bringt mir wie jedes Jahr einen deutschen Adventskranz mit den vier Kerzen, für jeden Sonntag eine. Advent: Erwartung. Was erwarten wir denn? Weihnacht. Die Geburt des göttlichen Kindes. Jahr für Jahr warten wir. Was dann kommt, ist – nichts. Aber wir warten. Was ist das: das göttliche Kind? Ist es der Mensch schlechthin? Das Erscheinen der neuen Spezies: des Menschen, der göttlich ist? Der den Mutationssprung geschafft hat über den Säugetier-Menschen hinaus? Und was ist mit Jesus, dem »Menschensohn«? Kam er oder kam er nicht vor 2000 Jahren? Wenn er kam: wozu warten? Wenn er nicht kam...? Ich glaube, er kam. Er kam als Erstling des neuen Menschengeschlechts. So wie er, ist der Mensch. So soll er sein. Daß wir so werden wie er, darauf warten wir. Daraufhin seufzt die Schöpfung. Sie sehnt sich nach dem Menschen. Von der ersten Amöbe an sehnt sie sich nach dem Menschen. Die »Schlange im Paradies« sagte es der gesamten, noch im Keim ruhenden Schöpfung: Ihr alle werdet sein wie Gott. Oder vielmehr (nach Paulus): Ihr werdet Götter sein. Das heißt: die ganze Schöpfung hat kein anderes Ziel als die Entwicklung des Menschen zum Gott. Darauf also warten wir. Ist es so?

Ein Weihnachtsbuch. Nach einer frühmittelalterlichen Buchmalerei-Miniatur (11. Jh.). Nichts, was aus dem Rahmen fiele. Oder doch? Der Esel an der Krippe leckt dem Neugeborenen das Köpfchen, als wärs sein eigenes Junges, das er trocken lecken muß. Das Bild muß eine Frau gemalt haben, und der Esel muß eine Eselin gewesen sein.
Der Ochse ist ein Ochse, er schaut weg.
Und wer auch wegschaut, ist Josef; er sitzt in der rechten unteren Ecke des Bildes, zupft sich den Bart und will mit der Sache nichts zu tun haben. Er ist ja nicht schuld an der Misere... Und er hat auch nicht teil am Jubel der Engel und Hirten. Er begreift nicht. Er erträgts nur. Wir begreifen ja auch nicht, wie immer wirs auch drehen: biologisch, metaphysisch, als Legende, als Wundergeschichte, als Abglanz ewiger Geburts-Mythen. Wir tun gut, nicht darüber nachzudenken, sondern es hinzunehmen. Aus welchem Samen dieses Kind Jeschua kommt: was gehts uns an? Genug, ER ist gekommen. Er ist da. Er IST.
Was mich schon lange beschäftigt: Wieso ignoriert die christliche Kirche die Tiere? Ich las aufmerksam die vier (kanonisierten) Evangelien. Da steht nirgends etwas von Tieren, die im Stall zu Bethlehem waren. Von einer Krippe ist die Rede, und von Tieren auf der Weide; dies nur bei Lukas. Bei Matthäus steht gar nichts davon (da ist kein Stall, sondern ein Haus); Markus beginnt überhaupt erst viel später; und natürlich beim platonisch-spirituellen Johannes kein Wort von Geburt, Stall und Tier. Ich habe aber andere Quellen: In den Apokryphen (den nicht von der Kirche approbierten Evangelien) heißt es, daß die schwangere Maria auf einer Eselin nach Bethlehem ritt. Was durchaus vorstellbar ist. In einem anderen Bericht steht, daß in der Höhle, die sie am Weg fanden, ein Ochse, ein Pferd, ein Esel und ein Schaf waren, und unter der Krippe eine Katze mit Jungen; und Tauben. Und der Kommentar: »So geschah es, daß ER geboren wurde inmitten der Tiere, die er durch die

Befreiung der Menschen von Unwissenheit und Selbstsucht gekommen war, von ihren Leiden zu befreien...«

Eine Erklärung. Eben rief mich meine Freundin Luise Müller an. Sie beschäftigt sich mit Mythologien und fand heraus, warum Ochs und Esel bei der Geburt des Jesuskindes nicht anwesend sind. Das habe seinen Grund nicht so sehr im mangelnden Interesse der Juden für die Tiere, man müsse im Gegenteil wissen, daß die in unsrer christlichen Weihnachtsmythe weggelassenen Tiere heidnische Symbole sind. Der Esel sei kein Esel, sondern ein Pferd und ein heidnisches Symbol für die Sonnenkraft, und der Ochse sei ein Stier, Symbol der Fruchtbarkeit – Mithraskult! Obwohl das Christentum eine synkretistische Religion ist, wollte man gewisse fremde Einflüsse eliminieren.
Andrerseits sage ich: man hat doch Tiersymbole für die Evangelisten gewählt: den Adler für Johannes, den Löwen für Markus, den Stier für Matthäus; der vierte ist ein Engel. Ein Mensch ist nicht dabei.

8.12.1991. Vor einigen Tagen kam Mark Varshavsky, der Cellospieler, aus Moskau zurück, seiner Heimatstadt, die er vor 19 Jahren verlassen hat, um (er ist Jude) nach Israel zu gehen. (Er ist derjenige, für den ich vor Jahren um das Ausreise-Visum seiner Gruppe nach den USA gekämpft hatte, ohne ihn zu kennen, und der dann Jahre später eines Tages vor meinem Gartentor stand, mit Schweizer Paß und mit einem Päckchen großartiger Kritiken seiner Solokonzerte in Moskau und Petersburg.) Nun, nach neunzehn Jahren, war er wieder in seiner Heimat gewesen, wo er Konzerte gab. Er kam zurück, erfolgreich, mit neuen Einladungen, abgemagert, traurig, verstört, ratlos. Was wird aus der Sowjet-Union? Er ist, wie alle »Russen«,

sicher, daß ein zweiter Putsch kommt, diesmal nicht von oben her, nicht von geheimen Absprachen zwischen KGB, zwischen Gorbi und Jelzin und weiß Gott wem noch, und mit der Billigung der USA, sondern von unten, vom ausgehungerten Volk her, zu dem auch das jämmerlich bezahlte Militär gehört.
Blut wird fließen. Aber nährt man sich von Menschenblut, von Bruder-Blut?

Heilig-Abend allein. Ich bin nicht sentimental. Ich bin Einsamkeit gewöhnt. Ich liebe sie. Ich brauche sie. Ich hätte mir Heilig-Abend Leute einladen oder zu Freunden gehen können. Ich wollte nicht. Ich wollte in aller Stille über das Geheimnis der Menschwerdung nachdenken. Dabei aber schlichen sich Gefühle ein, die ich als durchaus sentimental erkenne: ich habe Heimweh nach München, nach der oberbayerischen Weihnacht. Diese Gefühle (ich ließ sie gewähren) überfluteten meine spirituellen Weihnachtsgedanken. Ich weiß jetzt: eine einsame Meditation ergibt keinen Heilig-Abend. Nur das reale Miteinander ist Weihnachten. Das eben ist der Sinn der »Menschwerdung«: die Stiftung der Gemeinschaft aller Menschen. Der EINE ist ALLE geworden. ALLE und JEDER. Die Geburt des göttlichen Kindes ist ja nicht einem einzelnen Meditierenden verkündet worden, sondern den Hirten, den vielen, und der Komet rief es aus wie ein Marktschreier auf allen Plätzen der Erde.

Weihnachten 1991. Aus Zagreb von Hedi V. eine Karte: aufgeklebte schwarze Scherenschnitte, stehende und liegende Gewehre, hoch darüber ein Stern. Trotz allem der Stern. Hedi schreibt dazu (nach der Schilderung der vielfachen Not in Kroatien): »Wir wollen dennoch nicht verges-

sen, daß Jesus in einem Sklaven-Volk geboren wurde, daß er Not litt, daß er flüchten mußte...«
Das gehört zum Weihnachts-Geheimnis: derjenige, der »Einzige« (wie immer wir das Göttliche nennen wollen, das als Mensch geboren wurde) suchte sich ein Volk aus, das immer in »Wehen lag«, immer im Streit mit dem »Vater«, mit umgebenden Völkern und deren Göttern, dazu mit Unterdrückern, mit seinem eigenen Klerus (Pharisäern und Sadduzäern), mit sich selbst, und er suchte sich einen Zeitpunkt aus, in dem dieses Volk einen Tiefpunkt der nationalen Geschichte erlebte, in dem es alles Recht hatte, seinem Gott zu sagen, er habe seine Verheißung, den Retter zu schicken, nicht gehalten. Und hat Israel nicht auch heute das Recht zu dieser schweren Anklage? Ist der verheißene Messias gekommen? Ist das göttliche Kind wirklich Mensch geworden? Und worin bestand dann seine Hilfe? Wen hat es befreit? Die Juden nicht, sie wurden siebzig Jahre später in Sklavenketten nach Rom verschleppt. Wen also? Und wenn der Messias vielleicht geholfen hat, ein Volk zu befreien von seinen Unterdrükkern: um welchen Preis, Blutpreis, Tränenpreis? Und auf die Befreiung folgte eine neue Art Unterdrückung. Wo ist Freiheit? INNEN. Das sagt sich schön. Friede und Freiheit INNEN. Ja, aber ist das alles? Könnte man, wie Astronauten, von hoch oben unseren Planeten sehen: ein aufgestörter Ameisenhaufen. Milliarden von Ameisen, die blindlings, führerlos, ziellos hin- und herrennen. Eine Wahnsinnsbewegung, durch nichts am miserablen Leben gehalten als durch den Trieb zum Überleben um jeden Preis. Aber wozu? Woraufhin? Was ist denn im Menschen, das ihn am Leben hält, was denn außer einer zähen vagen Hoffnung auf ein Morgen, das besser ist als das Heute. Aber das Morgen, das ist heute; das ist in jedem Augenblick, im NU, und dieses NU verspielen wir. In jedem Augenblick, in dem wir es nicht als das göttliche Leben

begreifen und lieben, verspielen wir es. Narren, die etwas erwarten, das sie ja besitzen.

Weihnacht in Rußland. Erste Überlegungen zur Direkt-Übertragung aus der katholischen Kirche Moskaus. Ein junger, blonder, rosiger und wirklich fetter Priester las die Messe, und ein ebensolcher Bischof hielt die Predigt. Er sprach mit einem erschreckenden Fanatismus und hatte im Grunde nichts zu bieten als Geschwätz dieser Art: »Wir haben leere Läden, aber der Retter ist geboren.« Fast so, als wollte er den Leuten sagen: Wartet ein wenig, der Messias steht vor der Tür. Was will er wirklich damit sagen? Seid friedlich, Leute, es wird schon alles besser.
Ist es nicht genau das, was Marx meinte mit der »Religion als Opium des Volks« (oder, schärfer: Opium fürs Volk, nämlich von den Mächtigen den Armen als Schlafmittel verordnet)? Werden die nun einmal durch Gorbi aufgeweckten Leute nicht merken, was da schief ist? Erinnert sie denn das nicht an die Zarenzeit, in der die orthodoxe Kirche brav mit den Feudalen arbeitete? (Man lese Tolstoj.) Wird diese orthodoxe Kirche in dem bevorstehenden Kirchenkampf verlieren? Der Katholizismus wird, zunächst wenigstens, gewinnen. Warum? Weil die Römisch-Katholischen als ehedem schwer verfolgte Minderheit den Märtyrerglanz haben. Weil der Katholizismus durch Gorbi legalisiert wurde. Weil er als Grundprinzip, sein sine qua non, die Liebe hat und nicht den Klassenkampf. Weil er noch den Elan der ersten Christen hat, die aus den Katakomben ans Tageslicht durften. Weil der Katholizismus tatsächlich dem Wunsch nach Solidarität entspricht.
Freilich: Bedingung für die Zugehörigkeit zur römisch-katholischen Kirche ist die unkritische Unterwerfung (o ja: wehe den Kritikern!) unter den römischen Papst, der aber ein Pole ist, und als Pole von den Russen gehaßt. Alte

Feindschaft. Die Orthodoxen haben allen Grund, den Papst mitsamt dem Katholizismus zu fürchten (trotz seiner Rede von der Ökumene). Denn der römische Katholizismus stürmt ihr ureigenes Gebiet. Die Orthodoxen hatten schließlich die ganze Sowjet-Union beherrscht. Und nun dieser Eindringling, der ihr die Jugend wegnimmt. Seht doch, wie sie in die katholischen Priesterseminare drängen, seht, wie das erwachsene Volk in den Religionsunterricht strömt, seht die Taufen der bislang ungetauften Kinder und Erwachsenen: römisch-katholisch werden sie!

Nun: Jelzin wirds schwer haben bei den Wahlen. Er braucht die Mehrheit, und die Mehrheit ist das Volk mitsamt der orthodoxen Kirche. Und wenn er Gorbis Einfluß weit unterschätzt hat? Und wenn das Volk in sich zerstritten ist in einem politischen Glaubenskrieg?

Ich schreibe das am 25. Dezember 1991. Was wird sein, wenn das Tagebuch publiziert wird.

Wie wird die Lage Europas sein, wenn es Rußland und andere ehedem kommunistische Länder integriert hat? Es wird sie integrieren: in die Nato und die EG. Und das Leben geht weiter. Ja. Aber wie?

Ich erinnere mich an meine Georgien-Reise, wo mich in Tbilissi Universitätsprofessoren hinter vorgehaltener Hand fragten, ob ich es für gut hielte, wenn sie sich römisch-katholisch taufen ließen.

Der (vorvorletzte) Band der Tagebücher Thomas Manns. Ich habe nun alle Bände, bis auf die zwei letzten, die erst in einiger Zeit erscheinen werden.

Eine wichtige Arbeit, geleistet von Inge Jens. Schriebe ich eine Rezension, würde ich eine Lobeshymne anstimmen. Die verdient sie: So viel genaueste Recherchen, so viel Wissen, so viel Einfühlung, und das exzellente Vorwort. Ich muß ihr darüber einen Brief schreiben. Ich darf das, denn

ich kannte Thomas Mann, ich kannte Erika, kannte Katia, kannte Monika, kenne Golo und so viele der Leute, die in dem Band erwähnt sind. Und ich habe die Zeit erlebt (1949 und 1950), die in diesem Tagebuch so subjektiv und gleichzeitig so sachlich richtig berichtet wird. Wie wird mir alles herz-angreifend lebendig: der kalte Krieg, die lauernde Gefahr des heißen Kriegs, die McCarthy-Ära, in welcher die latente Angstpsychose der USA vor dem Kommunismus ihr wahnwitziges, inhumanes Unwesen trieb, eine Hexenjagd ohnegleichen. Haben wirs vergessen? Ja, wir haben vergessen, wie man die Kommunisten in den USA verfolgte, wie man Thomas Mann verdächtigte wegen seiner gerechten, ausgewogenen Sympathie für den Sozialismus, wie man überlegte, ihn des Landes zu verweisen... Grotesk: erst in Nazi-Deutschland als Staatsfeind zur Emigration gezwungen, dann in den demokratischen USA wiederum als Staatsfeind verdächtigt und überwacht und angegriffen, die Re-Emigration nach Europa vorziehend, in der Schweiz nicht ohne Mißtrauen empfangen, im Nachkriegsdeutschland angepöbelt als eine Art Vaterlands-Verräter oder doch Verächter, sympathisierend mit dem sozialistisch-kommunistischen Osten... Ein wahrhaft Heimatloser. Der Weltbürger. Der Nobelpreisträger, der international verehrte Repräsentant des literarisch-geistigen Deutschlands – heimatlos. Grotesk (das habe ich miterlebt um 1950) wie man ihn damals anfeindete, als er ablehnte (unter Schmerzen ablehnte), wieder nach Deutschland zurückzukehren.
Schon die Fakten allein sind ergreifend. Interessant übrigens zu erfahren, was wir vergaßen, wie nah wir 1950 dem Dritten Weltkrieg waren, als man in den USA schon wußte, daß man mit der H-Bombe Europa und einen Teil der Menschheit vernichten kann. – So wie wir später meinten zu wissen, daß die Russen nur auf den Knopf zu drücken brauchten, um die Erde zu vernichten. (Wer hat den Knopf, wer übernimmt es, ihn zu drücken?)

Zeitgeschichte, gespiegelt im Bewußtsein eines überaus gescheiten Zeitgenossen. Für mich höchst aufregende Lektüre: ich habe die Zeit erlebt als Vierzigjährige, brennend politisch interessiert.

Als ich anfing, dieses Tagebuch von Thomas Mann zu lesen, dachte ich übelgelaunt: Muß das Buch sein? Was gibt es den Lesern, die nicht speziell politisch denken? Und hat man heute Interesse (außerhalb von Literaten-Kreisen, genauer: Literatur-, Historiker-, Germanisten-Kreisen) für das Leben dieses Literaten? Was gehen uns seine Wehwehs an, seine homoerotischen Sehnsüchte, seine Einkäufe und was er zum Frühstück ißt...

Es ist schon so, daß selbst ich, die diesen Mann versteht, bisweilen ärgerlich werde. Für wen schreibt er denn sein Menü auf und sein Zahnweh und Katias Krankheit... Aber selbst im Belanglosen ist immer ein Gran Zeitgeschichte, und überdies die Lebensgeschichte eines Schriftsteller-Kollegen.

Privates hin, Privates her: das Ganze erweist sich als erlebte Zeitgeschichte. Sehr aufschlußreich für mich, wie er den Korea-Krieg sieht: kühl und gerecht, und doch zornig über die Grausamkeiten der US-Soldaten. Immer, wenn ich während des Lesens ärgerlich werde über die intimen Mitteilungen, besonders die sexuellen, rührt sich in mir das Interesse der Psychologin an dieser dekadenten Seele. Es überwiegt aber die Bewunderung für den politisch vorausschauenden Denker.

Aufregend zum Beispiel zu lesen, daß 1950 die Engländer auf die »Herstellung eines geeinigten und freien Korea« dringen. Objektiv richtig die Berichte über den Korea-Krieg. Seine Sympathie für die Nord-Koreaner, die sich nicht unterwerfen. Überhaupt immer seine tiefen (erlittenen) Sympathien für angegriffene Völker. Seine Empörung über McCarthy und den Verrat der USA an der Idee der Demokratie. Alles in allem: Bewegend, wie da ein Mann

(äußerlich fast ein Glückskind) zerrissen und unglücklich sich durchschlägt.
Frage: Was ist Erfolg? Was ist Weltruhm? Und schließlich: Was ist die wahre, die zeit-überdauernde Essenz der bürgerlichen Literatur?

Wie ein Buch gelesen wird – ›Abaelards Liebe‹.
Aus den zahllosen Leserbriefen:
»Diese Leidenschaft zwischen einem älteren Mann und einem jungen Mädchen, das seine Studentin ist, berührt mich peinlich tief; es ist meine Situation.«
»Wie mich das Verhalten des Mannes Abaelard zu seiner Ehefrau empört. Um seiner Karriere willen gibt er sie auf. Wie er über sie verfügt als ihr absoluter Herr.«
»Wie die ihren Sohn einfach abschieben, weil er sie bei ihren höheren Geschäften stört.«
»Sohn eines berühmten Vaters sein: Astrolabius' Schicksal ist das meine. Ich lebe im Schatten meines Vaters. Ich glaube, Astrolabius hat viele Leidensbrüder. Klaus Mann war einer von ihnen.«
»Die sexuelle Verklemmtheit des armen Astrolabius, sie ist im 20. Jahrhundert ebenso vorhanden wie damals im 12. Es ist die Kirche, die, ganz gegen die Absicht des Gründers Jesus, ein sexuelles Tabu aufstellt, das gesellschaftliche, politische Gründe und Ziele hat, aber als von Gott verhängt ausgegeben wird. Askese als Gott wohlgefällig?!«
»Das Buch ist in vieler Hinsicht immer aktuell: die Haßliebe eines Sohnes zu seinem Vater. Auch das Verhältnis des Astrolabius zu seiner Mutter: der verdrängte Inzest, der Tötungswunsch, auf den überlegenen autoritären Vater gerichtet, nahe dem Ödipuskomplex.«
»Die Rolle der Kirche bei der Zerstörung der Ehe von Abaelard und Heloise. Der Neid der Zölibatäre auf Leute, die ihre Erotik ausleben.«

»Die negativen Folgen des Zölibats...«
»Die verzweifelte Suche nach dem Vater, nach dem authentischen Vaterbild.«
»Die Unfähigkeit des Mannes zu lieben. Seine Liebe ist keine Liebe, sondern erotisch-sexuelle Leidenschaft.«
»Die Schuld der Frau, die sich dem Willen des Mannes unterwirft.«
»Die wahnsinnige Opferbereitschaft der Frau, die dann doch nicht zur Selbstentäußerung führt, sondern zur Neurose, wie mans aus Heloises authentischen Briefen lesen kann.«
»Die Unfähigkeit des Mannes, die Fesseln der Leidenschaft zu lösen. Halbe Geschichten also, wie auch heute im Klerus.«
»Die lebenslange Suche des Sohnes nach der Mutter, die sich ihm verweigert.«
»Der zweifelhafte Wert leiblicher Mutterschaft. Es ist die Tante, welche die wahre Mutter für den von den leiblichen Eltern verleugneten Sohn ist.«
»Die Empörung des modernen Denkers Abaelard gegen die starre alte Dogmatik.«
»Die großartige neue Philosophie-Theologie Abaelards, die geistige Befreiung brachte aus den Fesseln der Thomistik. Parallele: Eugen Drewermann heute.«
»Die Studentenrevolte im 12. Jahrhundert.«
»Die Trauer um nichterfülltes Leben bei drei Menschen.«
»Die Sehnsucht des jungen Astrolabius, aus dem intellektuellen Betrieb auszubrechen. Zurück zur Einfachheit, zu einem Leben aus dem Gefühl, Leben in der Natur – aber schon nicht mehr möglich nach Jahren des Studiums.«
»Die rührende Suche des Sohnes nach der Liebe des Vaters.«

So liest aus diesem Buch jeder das, was ihn persönlich angeht. Wie die Probleme aus dem frühen Mittelalter doch heute noch quälend vorhanden sind. Alles kehrt wieder. Das Rad dreht sich, Ur-Modelle bleiben, sie verändern nur ihr Gesicht.

25.12.91. Addio, Gorbi. Heute also verläßt Gorbatschow den Kreml. Ab heute ist er – was? Ein einfacher Sowjetbürger? Nein. Ein König ohne Land, ja, aber nicht ohne Volk. Und auch nicht ohne Macht. Jelzin wird nicht bleiben. Er ist eine Übergangslösung. Er als Person wird vergessen. Gorbi hat innenpolitische Fehler gemacht, gewiß. Sie kamen Jelzin zugute. Diese Fehler zu machen, gehört zu Gorbis Schicksals-Aufgabe. Ohne sie, ohne ihn hätte sich der historisch notwendige Bruch der Sowjet-Union (als eiserner Machtblock!) nicht ereignet. Von ihm stammt das Wort vom »europäischen Haus«, und er meinte: das Haus des Friedens für alle. Er war und ist ein großer Visionär (trotz all seiner Erfahrung in der Schule des KGB!). Die Utopie des Weltfriedens kam nicht aus Europa, nicht aus dem christlichen Westen, sondern aus dem Osten. Ex oriente lux. Nicht alles hängt von einer, von seiner Person ab. Aber er ist der »Erwählte«, derjenige, der die Utopie des Friedens der Verwirklichung näherbrachte und, vergessen wir das nicht, der eine Revolution machte ohne Blutvergießen. Als ich in einem Interview mit der ›Schweizer Illustrierten‹ am 11. Juli 1986 zu sagen wagte, ihm stehe der Friedens-Nobelpreis zu, wurde ich aufs abscheulichste angepöbelt als »Stalinistin«. Er bekam ihn, ein Jahr später. Ich sagte damals auch: Er wird nicht erreichen, was er will. Die Sowjet-Union innenpolitisch zu retten, schafft er nicht. Aber was er außenpolitisch geleistet hat, ist schlechthin großartig. Und selbst wenn er in allen seinen Vorhaben nachher scheitern würde, bleibt er eine sehr große Figur in der Geschichte.
Er ist nicht in allem gescheitert. Und er wird nicht vom

Tisch gefegt, o nein. So wie ich den Friedens-Nobelpreis vorhersagte, wage ich jetzt zu sagen, er bleibt, indem er wiederkehrt – nicht als Kremlherr, nicht als politischer Präsident, nicht als Gründer einer neuen Oppositionspartei, sondern als Initiator und Führer einer überparteilichen und internationalen Elite, eines Beratungs-Gremiums, einer Art Gerichtshof, besetzt mit erfahrenen Politikern, welchen der Weltfriede mehr bedeutet als nationale Hausmacht und internationale Rüstungsindustrie. Vertrauen contra Mißtrauen. Verständigung contra Aggression, Friede als die einzige weltumspannende Idee, Christentum und Sozialismus vereinend. So etwa müßte das aussehen, was Gorbi zu schaffen hat, und vermutlich ist das Scheitern seines eigenen Machtanspruchs und der Verzicht auf die politische Führungsposition der Preis für seine größere Zukunftsaufgabe. Man möchte ihm sagen: Gorbi, jetzt sind Sie frei für größere Aufgaben. Nehmen Sie die Demütigung durch Jelzin und Konsorten gelassen hin und konzentrieren Sie sich auf die größere Aufgabe.

Tag der »unschuldigen Kindlein«. Der dritte Weihnachtsfeiertag. Irgendwo in Süd-Italien (ich sah es im TV) wird der Tag mit der Einweihung eines steinernen Denkmals begangen: eine Mutter, die, in ihrem Schoße geborgen, im weiten Mantel Kinder trägt. Das Denkmal heißt: Denkmal der ungeborenen Kinder.
Das vom Papst zu Tode gerittene Thema der Abtreibung. Früher, noch vor zwei, drei Jahrzehnten, sagte man, ungetaufte Kinder kämen in eine besondere Art Vorhimmel oder Vorhölle – auch wenn es ihnen nicht weh tut, so trösteten die Priester die Mütter. Na schön. Meinetwegen glaubt das, wer hirn- und herzlos genug ist, über das Schicksal Unschuldiger zu urteilen. Mich würde interessieren (hätte ich nur Zeit zu solchen ethnologischen Forschungen), wie die

übrigen Völker der Welt dieses Problem sehen. Für mich ists einfach: diese kleinen Wesen kehren zurück, woher sie kamen: in den Himmel, und dort warten sie darauf, daß sie erneut ins irdische Dasein gerufen werden. Was mir bisweilen zu schaffen macht, ist die Vorstellung, die Abtreibung als Gewaltakt drücke den Seelen einen Stempel auf und gebe ihnen ein Trauma mit fürs Leben. Übrigens lernte ich aus Briefen, daß viele Menschen wissen (WISSEN), daß sie in einer früheren Existenz das Opfer einer Abtreibung waren.

Aber jetzt hänge ich mich selbst an dem leidigen Thema fest. Die Kirche feiert ja das Fest jener Kinder, die König Herodes töten ließ, weil er, der Prophezeiung zufolge, unter ihnen seinen feindlichen Nachfolger vermutete. Für diese Kinder also ein Gedenktag. Gut so. Aber wie viele Millionen und Abermillionen Kinder sind ermordet worden in Jahrtausenden, in Kriegen, durch die physische oder psychische Gewalt von Eltern, durch den von den reichen Ländern verschuldeten Hunger... Sollten wir dem Fest nicht eine andere Bedeutung zuweisen: Tag der Trauer um alle Kinder aller Völker, die durch unser aller Schuld starben? Ein Tag der Buße. Zumindest ein Tag der Tränen aller Mütter, die, gleich Rahel, um ihre Kinder klagen, oder die, wie die makkabäische Mutter, ihre sieben Söhne hingeopfert sah, weil sie sich keinem fremden Gott, keinem fremden Herrscher ergaben.

Ein Mutter-Tag, ein Tag, geweiht der Großen Mutter, die für uns die »Madonna« ist. Die Welten-Mutter, die um ihre Kinder klagt wie die Mutter Jesu, der man auch ihre Leibesfrucht ermordet hat.

Was für ein trauriger Tag, so nah an Weihnachten. Wer bemerkts?

Dieser Tag der »unschuldigen Kindlein« macht mir zu schaffen. Was heißt »unschuldig«? Schuldlos waren sie nach der Erzählung im Evangelium, Matthäus 2,16. Schuldig aber war das Kind Jeschua, von dem die Magier dem Herodes vorausgesagt hatten, er werde ihm die Königsmacht rauben. »Schuldig«? Nein. Ursache war er. Frage: warum ließ es Jahwe zu, daß um dessentwillen, der sein Sohn genannt wird, viele Kinder umgebracht wurden? Was für eine unheimliche Geschichte.

Die von der Soldateska des Herodes befehlsgemäß Ermordeten waren bis zwei Jahre alt. Wie lang sind Kinder unschuldig? Wo ist da eine Grenze? Gibt es einen Menschen, gleich welchen Alters, der herausgenommen wäre aus der Schuld der ganzen Menschheit? Alle sind wir mit-schuldig. Alle verstrickt in die »Erb-Schuld«, die Ur-Sünde der Trennung von Gott, der Abspaltung aus der universellen Einheit. Das Böse, die böse Neigung ist in uns allen, auch (o ja) in den Heiligen. War nicht Jeschua selbst anfällig für die Versuchung zur Macht? – Wie ichs auch drehe und wende: wir können in dieser und jener Situation schuldlos sein, aber an der Schuld beteiligt sind wir grundsätzlich und unabdingbar alle, einfach durch unser Sein.

Ein angebotener Trost: Wir Christen glauben an die Möglichkeit der Reinigung: das Purgatorium. (Nicht die Taufe!) In östlichen Philosophien kennt man das Karma. Durch viele Leben gehend, kann man sich allmählich durch Liebe, Mitleid, Güte reinigen. Die unschuldigen Kinder, sie werden von aller Schuld gereinigt durch ihren frühen Tod; ihr Blut wusch sie rein.

Aber ich glaube nicht, daß ich dem Phänomen je auf den Grund komme.

Andere Frage: Warum lehnt die katholische Kirche die Idee des Karma so vehement ab, glaubt aber ans Fortleben nach dem Tod im Purgatorium? Wodurch wird man im Purgatorium gereinigt? Nur durch die Gnade, ganz passiv also? Gibts nicht. Man muß »brennen«, aktiv handelnd sich reinigen. Warum nicht in einem neuen Leben, einem neuen Angebot der gerechten und barmherzigen Liebe?

31. Dezember 1991. Beschluß des Jahres.

Je mehr wir Jahre zählen
je mehr uns Tage fehlen
je mehr die Zeit sich kürzt –
Es wird mit ihr verloren
was mit der Zeit geboren
die alles fällt und stürzt.
Andreas Gryphius

Gegen Mitternacht: Ich schlage jenes seltsame, weise, schöne Buch auf, das mir, wer weiß von wem, einmal geschenkt wurde, ›Divine Healing of Mind and Body‹, und bitte um ein Zeichen fürs Neue Jahr.
Die Antwort: If you overcome the sense of time and space, you shall enter into the understanding where all is NOW, where is no separation, no distance, no time.
Das Problem der Zeit, das mich beschäftigt, mich und viele andere. Das NOW ist das NU der deutschen mittelalterlichen Mystiker. Alles ist »NU«, alles ist »Hic et nunc«, alles ist im Augenblick. Ich wünsche mir von den göttlichen Mächten, daß mir gegeben wird, das NU voll zu erleben, indem ich jeden Augenblick ans Herz nehme.

1992

2. 1. 92 ... »will sie sich traurig machen mit Gewalt?« Das sagt der sehr junge Octavian Rofrano zu seiner doppelt so alten, aber immer noch jungen Geliebten Marie Theres im ›Rosenkavalier‹. Das Wort fiel mich an wie ein Gespenst, eine schwarze Fledermaus. Kein Reif fiel mir auf die Blüten meiner Freude, der so seltenen Freudigkeit, sondern Ruß und Dreck und Zorn. Ich machte einen Gang über die Felder im Tal zwischen der Via delle Barozze und Marino.

Der Rest einer ehemals asphaltierten Straße, streckenweise. Sonst eine Art Feldstraße mit tiefen Fahrrinnen und Schlaglöchern, manche mit scharfkantigen Steinen aufgefüllt. An den Straßenrändern der Abfall dreier Gemeinden: kaputte Matratzen, Sessel, aus deren Kunstleder Spiralen und maus-zerfressene Wolle quellen, Autoreifen, Klo-Schüsseln, verrostete Gartenstühle, aber auch solche, die noch brauchbar wären, dreibeinige Tische, alte Kleidungsstücke, Bauschutt, rostige Stacheldraht-Rollen, Säcke mit verfaultem Kohl, blechernes Kochgeschirr, und Ratten. Hin und wieder ein Haus, eher ein Lagerschuppen, aber doch wohl bewohnt, weil Wäsche zum Trocknen auf der Leine hängt; kein Mensch weit und breit, aber vor einigen Baracken eine auffallende Zahl von Autos, Kesseln und großen Erdgas-Tanks. Wenn ich die Polizei wäre, ich würde Argwohn schöpfen. Unser Argwohn hat einen bestimmten Namen: Mafia. Wer will sich mit ihr anlegen?

Warum gehe ich hierher? Warum kehre ich nicht um zu zivilisierteren Gegenden? Aus Neugierde. Aus Selbstquälerei. Aus dem Trieb nach der ganzen Wahrheit. Zu sehen, wie die Erde dort aussieht, die, etwa drei Kilometer entfernt, durch Wälder und Weinberge vor mir verborgen ist. Warum mich traurig machen mit Gewalt...

Drei Stunden später: ich höre Knistern, ich laufe hinaus, meine Hecke brennt, ein Stück Wald brennt, der halbverrückte Arbeiter im Hause unterhalb des meinen hat Laub verbrannt, dicht an meinem Wald, und der fing Feuer... Attilio und ich haben bis jetzt gelöscht. Und vorgestern lagen die acht Kaninchen Attilios, aus ihren Ställen gezerrt, totgebissen auf dem Boden. Hundespuren, gewiß. Aber wer hat den Hunden die Türchen geöffnet? Da ist also ein bösartiger Verrückter in unserer Nähe. Kein gutes Gefühl. Ich glaube, ich kenne den Täter. Er ist taub und stockdumm – aber gefährlich.

Zweierlei. Februar 1949: Der Papst (Pius XII.) exkommunizierte feierlich alle (ungarischen) Kommunisten, die ein Attentat gegen den Kardinal Mindszenty vorbereiteten. Wirres Durcheinander der Geschehnisse: Ein Kardinal gestand seine Konspiration mit den Kommunisten; das Geständnis war erpreßt. Mitangeklagte gestehen, bereuen und »wünschen zu büßen«. Na ja.

Am 1. Juli 1949 ordnet das Heilige Offizium an, daß alle Katholiken, die, ohne gezwungen zu sein, der kommunistischen Partei angehören oder sie unterstützen, exkommuniziert sind. Welcher Nazi wurde je exkommuniziert? Welcher Lagerhenker? Welcher Judenmörder? Die Sympathie Pius' XII. für Deutschland, wo er Nuntius war, ist bekannt. Aber die Nachsicht für die Nazis? Ach, sie waren ihm so viel lieber als die bösen Kommunisten.

Was wäre geschehen, wenn er 1933 oder 1937 alle Nazis exkommuniziert hätte? Waren doch so viele Katholiken Nazis! Aber keiner wurde je exkommuniziert. Die Juden-Mörder, was war mit ihnen? Ich frage nicht weiter, weil viele wissen, was der Vatikan tat, im Guten wie im Bösen, ach ja: im Bösen. Menschen retten ist christlich. Nazis sind Menschen und sogar »Christen«. Man entzog sie den Nachkriegsgerichten. Man verhalf ihnen zur Emigration? Mich ekelt. Christoph sagt, der Papst konnte weder deutsche noch italienische Kommunisten exkommunizieren, da er durch die beiden politischen Konkordate gebunden war. Ja, aber eben das ists: er durfte diese Konkordate mit faschistischen Staaten nicht abschließen! Es bleibt ein Skandal. Einer von vielen dieser Art.

Darmstädter Signal. Diese aufmüpfigen Offiziere! Ich kenne sie seit Jahren. Ich hatte mit Böll und Grass und Engelmann ein Treffen mit ihnen. Nun etwas Neues zu ihrem Fall: Ein Arzt hatte in einer Podiumsdiskussion gesagt: »Alle Soldaten sind potentielle Mörder.« Großes Gegengeschrei aus Bonn. Die Leute vom »Signal« erklärten, die Aussage sei richtig, denn die Strategie der atomaren Abschreckung könne zum Völkermord führen und also jeden zum Massen-Mörder machen. Die geistigen Anführer des »Signal« werden daraufhin degradiert. Eine einschneidende Maßnahme, die nicht nur eine persönliche Entwürdigung ist, sondern auch Folgen für die Existenzgrundlage bis ins Pensionsalter der Betroffenen hat.
Die Degradierung ist ein Verstoß gegen die Grundrechte der Gewissensfreiheit und der freien Meinungsäußerung. Natürlich kann der Staat sagen, Militär ist Militär und eingeschworen auf die Pflichten, die ihnen der Militär- und Obrigkeitsstaat auferlegt. Ja, aber läuft das nicht allerletzten Endes hinaus auf jene fatale Berufung von Kriegsverbrechern und KZ-Mördern auf ihren Eid, der sie von der eigenen Gewissensentscheidung nicht nur entbindet, sondern sie wesentlich verbietet? Nun: ich habe natürlich den Protestbrief der »Signal«-Leute an den Minister Stoltenberg unterschrieben.

»Nicht hier, nicht dort, wo aber?« Das könnte der Anfang eines Gedichtes sein. Es ist Prosa. Die nüchterne, sachliche Frage: wo bin ich daheim. Wo denn. Mit deutschem (dem neuen europäischen) Paß und Aufenthalts-Erlaubnis, Ehrenbürgerin meines Wohnorts Rocca di Papa, in Italien, seit mehr als drei Jahrzehnten. Deutschland mein Vaterland, gewiß, und das Land meiner Sprache. Muttersprache. Nein: die Sprache meiner Mutter war schwäbisch, lech-rainisch, und es ist ganz und gar nicht die meine. Die meine ist die meines Vaters: reines Oberbayrisch. Da komme ich der Sache schon näher: Oberbayern, das ist, ja, das ist mir Heimat. Aber nur in der Erinnerung. Als Erinnerungsbild. Land meiner Kindheit. Chiemsee-Landschaft und abwechselnd, ergänzend, das Land am Ammersee. Geburtsland. Land, in dem (Kloster Wessobrunn) mein unwiderstehlicher Trieb zum Dichten erwachte. Aber auch der Chiemsee: die Frauen-Insel. Immer sind es Klöster, die Heimatpunkte sind und so oder so wichtig wurden für mich: Benediktbeuren und Orffs ›Carmina Burana‹, Ettal (meine Kinder im Internat, und die Begegnung mit »M. A.«). Aber mehr noch die Berge, das Klettern auf Gemsenpfaden, an der Kampenwand und der Alpspitz, das fachmännische Klettern am Seil im Karwendel und die Almhütten, und die Jodler der Sennerinnen, das Läuten der Kuhglocken, und am Abend das Zitherspiel, und meine Heimatlieder, die echten, die unsentimentalen... Heimat. Und München auch, natürlich. München, ja: Heimatstadt. Geliebte Stadt. Sehr geliebte Stadt. Aber dann: Rom, die strenge, alte Große-Mutter-Göttin, sie zieht mich zurück, sie hat mich vor 32 Jahren gerufen, sie hat mich adoptiert; ich, Stiefkind, aber eben doch ihr Kind. Rom: im Advent die Pifferi, die Dudelsackpfeifer, Piazza di Spagna, Trastevere. Und das Meer...

Bisweilen sehne ich mich nach Oberbayern, und dort will ich auch begraben sein, in Wessobrunn, das ist abgemacht, obwohl ich eigentlich in Rom einen rechtmäßigen Platz habe auf dem Campo Santo Teutonico. Da will ich nicht liegen, da nicht, im Schatten von Sankt Peter, im kalten Schatten der kalten Kirche. Bin ich in München, überfällt mich die schier wilde Sehnsucht nach Rom, und ich sage zu der bestürzten, fast beleidigten Adele: »Ich muß heim.« Und heim, das ist Italien, mein Haus, mein Garten. Vier Wochen später sage ich am Telefon zu A. in München: »A., ich hab Heimweh.« Dann möchte ich das nächste Flugzeug nehmen... Und in München dann, nach drei Tagen: »A., ich möchte heim.«

Das ist meine Schicksalsfigur: Ich will immer das andre. Astrologisch ausgedrückt: der Uranus ists, der mich lenkt und jagt. Ich will einen Roman schreiben, aber gleichzeitig ein Theaterstück. Ich will wieder nach Island oder Nord-Finnland, und ich will nach Süd-Indien, ich will Freunde und Gäste im Haus haben und ich will die absolute Einsamkeit, ich will Wüstensand und den norwegischen Eis-Schnee und meinen überquellend blühenden südlichen Garten, ich will arbeiten bis zur Überanstrengung und ich will leidenschaftlich gar nichts tun; ich will den Pariser Lärm und die Stille in einem zen-buddhistischen Tempel in Kyoto, Japan... Ich will das Leben und will das Sterben. Es stimmt nicht, was ich vorher schrieb: ich will nicht »das andre«, sondern das eine im andern: den stetigen Fluß, die Verwandlung. Noch genauer: ich will alles zugleich. Ich will das Universum im Jetzt und Hier, in einem einzigen Punkt. Mir ist nicht zu helfen. Mein Los ist das verzehrende Heim-Weh. Das Heimweh der Pythagoräer nach ihrer himmlischen Heimat.

Nicht hier, sondern DORT.

Die heutige Jugend. Wer beklagt sich über sie? Wer sieht nur ihre schlechte Seite? Ist sie nicht vielmehr besser als frühere junge Generationen? Wann gab es je so viele »Freiwillige«, die sich, ohne Bezahlung, für Alte, Kranke, Veteranen einsetzen? Ihre Zahl wächst. Es sind keine Einzelfälle mehr, es ist eine starke Bewegung. Die Jugend sucht sich einen Sinn für ihr Leben und sie findet ihn in einem unpolitischen, praktischen Sozialismus. Selbst die Kinder haben begriffen, daß der Überfluß ein Übel ist. In den USA schreiben die Kinder an den Weihnachtsmann: »Ich wünsche mir dieses Jahr nichts.« Auch die Weihnachtsmänner haben ihre Rolle gewechselt: sie bringen keine Geschenke, sie sammeln für Kinder in Not. Während die Politiker und Rüstungs-Gangster streiten, beginnt die Jugend die neue Art von Kommunismus. Ohne Ideologie. Sogar meist ohne christliche. Auch ohne Sekten-Ideologie.

Astrologisch wars vorauszusehen: das Wassermann-Zeitalter bringt mit Notwendigkeit das radikal Neue. Das große Umdenken. Den neuen Sozialismus. Das Neue wird sich wie ein Steppenbrand ausbreiten. Ex oriente lux. Ist der Retter dort geboren?

Die kleinen Wunder. Immer wenn ich zwischen fünf und sechs Uhr nachmittags mit R. M. telefoniere, höre ich durch die Leitung von ferne gregorianischen Gesang, meist Frauenstimmen. R. M. hört es nicht. Offenbar ist mein Telefon mit einer Kirche verkabelt (oder wie sagt man?). Es ist wunderschön.

Gestern klingelte das Telefon. Statt einer Antwort sagte ein Kind, eine Mädchenstimme, ein italienisches Weihnachtsgedicht. Ich ließ es reden, dann fragte ich: »Wer bist du?« Keine Antwort. Ich sagte danke. Sie legte auf. Ich ahne nicht, wers war, aber reizend war es.

Gestern wollte ich auf der Via dei Laghi gegen Westen fahren. An unserer Kreuzung saß auf einem Stein ein Mann.

Er hielt die Hände auf den Knien, eine Hand mit der Fläche nach oben. Eine Bettlergeste. Aber ein Bettler? Nein, er war zu gut gekleidet. Ein Mann von vierzig oder fünfzig Jahren. Es war viel Verkehr an der Kreuzung. Ich konnte nicht halten. Ich fuhr weiter. Aber nach einigen hundert Metern kehrte ich um. Die Begegnung ließ mir keine Ruhe. Da kam mir der Mann entgegen, bergab. Kein Bettler. Sicher nicht. Ich winke ihm, auf meine Straßenseite zu kommen. Ein feines, schmales Intellektuellengesicht. Kein Bettler. Aber die offene Hand als Zeichen seiner Bedürftigkeit? Doch womit wäre diese Hand zu füllen? Ich frage ihn, ob ich ihn irgendwohin bringen kann. Danke, sagt er mit einem reizenden Lächeln. Oder ob ich ihm sonstwie helfen kann? Wieder das Lächeln. Ob ich wenigstens mit Geld helfen kann; es könne ja sein, daß er im Augenblick... Nein, nein, wirklich, danke. Nun denn. Ich fahre weiter. Im Rückspiegel sehe ich, daß er stehenbleibt und mir kurze Zeit nachschaut. Dann ist er verschwunden.
Vielleicht wars mein Wort, das ihm seine offene leere Hand füllte: War es das, was er brauchte? Seltsam glücklich fuhr ich weiter, aber nicht in der geplanten Richtung, sondern in die andere und beschloß, T. H. zu holen und mit ihr ans Meer zu fahren. Wer war jener Mann? Wer? Wer immer: es war ein Mensch, also ER.

Undeutsches Deutsch. Ich schlage eine (gute!) Zeitschrift auf und lese: »... ist von grundlegendster Bedeutung« und »bedarf tiefschürfendster Forschung«. Genug. Der Mann kann nicht Deutsch. Etwas ist grundlegend, aber grundlegender oder grundlegendst kann nichts sein. Tiefschürfend, ja, aber nicht tiefschürfendst. Es muß heißen, wenn schon ein Partizip im Komparativ sein soll: tiefst schürfend.
Daß die Leute sagen: Er hing den Mantel auf, und: Der

Mantel hängte am Haken – das macht mir Zahnweh. Es heißt: Er hängte den Mantel auf, und dann hing da der Mantel.
Bisweilen habe ich einen sprachheiligen Zorn auf meine hochgestochenen Journalistenkollegen, unter denen leider auch bedeutende Leute sind. Deutsch können sie nicht. Ich nehme mir vor, ein paar Zeitungsaufsätze guter Journalisten auf Sprachfehler hin zu untersuchen. Ich werde es nicht tun, mich reut die Zeit. Aber es wäre eine ingrimmig lustige Aufgabe, meine Rezensenten auf ihre schiefen Bilder und ihre falsche Grammatik hinzuweisen.

Zu den Gedanken und Vorstellungen von der Weltkatastrophe. Im Matthäus-Evangelium die Stelle von der Rettung jener Menschen, die (zu jeder Zeit) bereit sind, der Stimme Gottes zu folgen: »Bei der Ankunft des Menschensohns... wird von zwei Männern, die auf dem Feld arbeiten, einer mitgenommen und einer zurückgelassen.«
Wie verhält sich das zu Darwins Gedanken der Selektion? Bei Darwin: die Arten von Lebewesen, die sich veränderten Umständen anpassen können, überleben, die anderen sterben aus.
Und im Evangelium: wer »Gottes Wort hört«, das heißt, wer ein geistiges, geistliches Leben führt, hat sich den Bedingungen des neuen aions (der Teilhardschen »Noo-Sphäre«) angepaßt. Derjenige, der sich dem »Geist« verwehrt und ein »Erdenkloß« bleibt (ein egoistischer, seinen Magen vollstopfender, sexbesessener, liebeferner, gedankenloser, gewalttätiger, kriegführender, Tier und Mensch mordender Mensch, vielmehr Un-Mensch), der wird »hinweggenommen«. Vielmehr: er nimmt sich selber hinweg, er schließt sich aus vom Aufstieg, er erträgt die höheren Schwingungen der Materie in der Noo-Sphäre nicht, er

kann nicht in der starken, geistigen Luft der wirklich neuen Zeit, des neuen aion, leben. Darwin hat schon recht, nur muß man ihn anders, neu, interpretieren. Übrigens hat Jesus als »Richter« (IM Menschen selbst) ja auch die Selektion getroffen: die einen nach rechts, die anderen nach links; die Liebenden nach rechts, »kommt...«, die Hassenden und Gleichgültigen nach links (»Hinweg mit euch!«). Der neue aion, das Friedensreich, wird nur von den Liebenden erkannt.

Il Principe. Ein Franziskaner in Zivil, der etwas über mich schreiben will. Schon wie er eintrat, fühlte ich: Der Mann ist etwas Besonderes, ein Herr aus bestem Haus, exzellent erzogen; alle liebenswerte franziskanische Demut vermochte nicht, den geborenen Aristokraten, die alte »Rasse«, zu verbergen. Meine Großmutter hatte Pferde, Ackergäule, darunter ein anderes Pferd, edle Rasse, es stammte aus einem Gestüt, wo man Reitpferde züchtete; weil der Besitzer verstarb und die Nachkommen das Gut verwirtschaftet hatten, mußte mans verkaufen. Das edle, etwas nervöse, aber tüchtige Tier zwischen den Ackergäulen.
Das wars, was da zu mir kam: Rasse. Der Fremde gab sich einfach, redete sachlich Theologisches, und ich schaute seine Hände an, die sehr schön waren, lang und schlank und sensibel, ihre Bewegungen waren sehr ruhig. Der Name des Besuchers war bürgerlich und paßte nicht zu ihm. Ich brachte ihn dazu, mir zu sagen, woher er stamme: aus einem Ort an der Grenze zwischen der Ex-DDR und dem Westen. Aber seine eigentliche Heimat liege viel östlicher. Wo denn? Nun: seine Mutter sei Österreicherin gewesen, und zwar aus der Familie der Habsburger. Und der Vater? Einer der wenigen, welche überlebten, als die Romanows ausgerottet wurden. Ein Abkömmling der Zaren-Familie.
Ich zeigte ihm ein Silbertellerchen mit dem Wappen der

Königin Olga von Württemberg, einer Romanow. Das hatte mir eine sehr geliebte Frau geschenkt, die Prinzessin Walburgis Schaumburg-Lippe, deren Mann ein Romanow war. Ein Kreis schließt sich: Das Tellerchen gehört Ihnen, Prinz! Der Franziskaner lachte: »Mir gehört nichts, aber es dürften noch erhebliche Schätze im Osten liegen, versteckt, irgendwo; meinetwegen.«
Es kommen Besucher in mein Haus, die eine schwere, dunkle Strahlung hinterlassen, und ich habe stundenlang Mühe, wieder zu mir selber zu finden. Dieser Franziskanerprinz hinterließ helle Freude.

Späte Erkenntnis. Gestern: in der TV-Reihe ›Die Welt der Tiere‹ sah ich Tiermütter. Wilde Tiere: Löwinnen, Panther- und Leopardenweibchen. Wie zärtlich sie zu ihren Jungen waren. Die Jungen fühlten immer die Wärme des mütterlichen Leibes. Meine Mutter hielt mich ein einziges Mal auf dem Arm, da war ich eben fünf Jahre alt. Der Augenblick ist unvergessen. Er war die einzige Liebkosung (ich irre mich nicht).
Mütterliche Körperwärme habe ich nie gefühlt. Freilich: sie hat mich sehr lange gestillt. Ich glaube, weit über ein Jahr. Das mag als Ausgleich gelten für alles Entbehrte.
Heute beim Anschauen der Tiermutterzärtlichkeit sprang mich ein fast wildes Weh an. Meine Mutter hat mich nie geliebt. Sie hat mich nie in ihre Körperwärme gehüllt. Warum? Niemand kann einem im Leben das ersetzen, was man als Kind entbehrte. Vielleicht kommt mein Gefühl der Einsamkeit (trotz vieler Freunde) aus jener Entbehrung.

Goethe. Anregung durch das Buch des Schweizer Arztes Frank Nager über ›Goethe und die Medizin‹. Ich lese wieder einmal Goethe, dieses Mal seine Dramenfragmente. Was für schlechtes Zeug hat er da zusammengeschrieben! Aber selbst sein (literarisch betrachtet) schlechtes Zeug ist genial. ›Prometheus‹. Da finde ich die oft zitierten Verse:

»Sieh nieder Zeus
Auf meine Welt sie lebt.
Ich habe sie geformt nach meinem Bilde
Ein Geschlecht das mir gleich sei,
Zu leiden weinen, zu genießen und zu freuen sich,
Und dein nicht zu achten, wie ich.«

In diesem Fragment steht einiges, was mich tief bewegt: da sieht Prometheus-Goethe den Tod als den »Augenblick, der alles erfüllt, alles was wir gesehnt, geträumt, gehofft, gefürchtet...« Wenn der Mensch »in inner eigenem Gefühle umfasset eine Welt«, dann stirbt er. So sagt er zu Pandora. Als sie ihm dann die Frage stellt, was nach dem Tode sei, antwortete er: »Wenn alles, Begier und Freud und Schmerz im stürmenden Genuß in sich aufgelöst, dann sich erquickt in Wonne schlafft, dann lebst du auf, aufs jüngste wieder auf, aufs neue zu fürchten zu hoffen und zu begehren.« Goethe glaubt also an Reinkarnation; an den ewigen Rhythmus von Werden und Vergehen. Ein Geist wie der Goethes konnte gar nicht anders, als an die Unzerstörbarkeit des Lebens glauben und den Tod (des Starken) nur als Verwandlung sehen.
Das Fragment beginnt mit einem Nein. »Ich will nicht...« Ich muß lachen: Genau so beginnt mein Roman ›Tobias‹, der ein moderner kleiner Prometheus ist, ein gegen Zeus (gegen den eigenen Vater und alle Väter und den Vater an sich) revoltierender Jugendlicher. »Nein, ich will nicht.«
In dem Buch des Arztes über Goethe höchst interessant, daß Goethe die »Ganzheits-Medizin« vor-erkannte und die Herkunft aller Krankheiten aus dem Verlust des seelischen Gleichgewichts und daß er von der Medizin als Wissen-

schaft und den Medikamenten recht wenig hielt. Ich müßte jetzt alle Zitate aus dem Buch aufschreiben. Statt dessen nur eines, an die Adresse aller Neurotiker von je und von heute gerichtet:

»Suche nicht vergebene Heilung!
Unsrer Krankheit schwer Geheimnis
Schwankt zwischen Übereilung
Und zwischen Versäumnis.«

Anders gesagt: Ursache aller Krankheit ist die Störung zwischen Yin und Yang.
Goethe selbst war nicht nur einige Male todkrank, sondern immer auch kränklich. Wie kurierte er sich? Durch Tätigkeit.

Die Immer-Wiederkehrenden. Immer wieder fallen mir gewisse Dinge in die Hände, nicht irgendwelche, sondern für mich bedeutende. Ich weiß nicht, wo sie sich verstecken, jahrelang sogar, bis sie mir eines Tages plötzlich, ungesucht, auf den Tisch kommen.
Da ist ein alter Zeitungsausschnitt (1951, Hausmitteilung des List Verlages): die wenigen Habseligkeiten Gandhis, seine Stahlbrille, seine zwei Eßschalen, seine Uhr, sein Tintenfaß mit Schreibzeug, ein Buch, dessen Titel nicht zu lesen ist, seine zwei Paar hölzernen Sandalen. Sein Nachlaß. Sein ganzer Besitz. Ja, und die kleine Äffchen-Trinität: Hände vor den Augen, den Ohren und vor dem Mund. Das aber ist unpassend für Gandhi: Er sah, er hörte, er sprach! Sooft ich dieses Blatt sehe, lese ich den beigefügten Satz: »Wir dürfen den Glauben an die Menschheit nicht verlieren. Die Menschheit ist wie ein Ozean. Wenn ein paar Tropfen des Ozeans schmutzig sind, dann ist der Ozean selbst noch lange nicht schmutzig.«
Wie sehr bedarf ich zu Zeiten dieses Satzes.

Das andere Ding, das mir immer wieder vor Augen kommt (es schlüpft z. B. aus einem Buch, in das ich es einmal vor Jahren als Merkzeichen legte, oder es fällt aus einem alten Taschenkalenderchen oder es kommt zwischen alten Fotos zum Vorschein): ein Streifchen Papier mit senkrechten Strichen, die beim genauen Hinsehen sich als Gewehrschäfte entpuppen. Elf Schäfte, sechs scheinen sich zu gleichen, der siebte zeigt eine ganz kleine Veränderung, als sprosse da etwas aus dem Schaft, der achte zeigts noch deutlicher: es sind Knospen mit Ansätzen von Blättern; beim neunten haben die Sprossen sich bereits zu Blättern entfaltet; beim zehnten ist aus dem Gewehr eine Blattpflanze geworden; beim elften ists ein Strauch mit einer Rose.
Das dritte Ding ist eine kartengroße Plastikhülle mit zwei Bildern: das eine ein uraltes Foto, uralt heißt: genau so alt wie ich selbst, ein Foto von mir als Wickelkind mit einem runden Licht auf meiner Brust, erklärbar als technischer Defekt, eine Erklärung, die keine ist. Das andere Bild, gedruckt nach einem Foto, das vor vielen Jahrzehnten, ich weiß durchaus nicht wie, in meine Hände kam: das Gesicht des Guru Maharishi, der, wies scheint, mich still durchs Leben geleitet. Daß die beiden Bilder sich nie einzeln verlieren und einzeln auftauchen, sondern immer zusammen, gilt mir als ein Zeichen.
Eben suchte ich sie, ich fand sie nicht. Sie wollen nicht gesucht werden, sie wollen sich von selbst zeigen, wenn die richtige Stunde da ist.

Mögliche Rückkehr in den Mutterschoß. Im RAI-TV in der großartigen Reihe über die Entwicklung der Tierwelt. Die ersten Lebewesen, Tiere, welche das Wasser verließen, um nach und nach Landtiere oder doch Amphibien zu werden. In der tiefsten Wassertiefe gab (gibt) es keinen Sauerstoff. Die Tiere da unten brauchten keinen, zunächst, später dann stiegen sie von Zeit zu Zeit an die Oberfläche, um Sauerstoff zu atmen. Sonnenwärme brauchten sie auch nicht. Sie lebten in tiefer Nacht auf dem Grunde der Ur-Wasser. Sie erzeugten die nötige Lebenswärme aus sich selbst, genau gesagt, aus der Nähe der Wärme der unterirdischen Vulkane. So gings also auch: ohne Sonne, ohne Sauerstoff. Und sie lebten. Anpassung ist alles. Werden auch die Menschen lernen, ohne Sauerstoff zu leben, der schon viel zu knapp ist? Werden sie zurückkehren über den amphibischen Zustand zum Leben in der ozeanischen Tiefe, im Fruchtwasser des Mutterschoßes des Planeten Erde?

Angst. Was ist das: Gott? Wir sagen: Lieber Gott; wir sagen Gott-Vater, wir sagen: Hilf uns. Als sei er ein menschliches Wesen. Ich sah ihn heute nacht als die entsetzliche, grenzenlose, lichtlose Leere. Nichts. Einfach Nichts. Nur Leere. Ein unzulängliches Wort für den Urschrecken, der das Universum beherrscht. Oder nicht? Oder der Ausdruck für einen Bewegungsstrom ohne Anfang und Ende?
Oder aber: der Ausdruck für jene Klänge, welche durch die Bewegung entstehen? Ur-Klänge? Sphären-Musik?
Mitten im Angst-Traum begriff ich: Gott ist Musik.

Das Göttliche Kind. Mein neuer Nachbar, der Psychiater Donato Leccisi, bringt mir ein Büchlein mit Gedichten seines Vaters, ein Teil im umbrischen Dialekt, den zu lesen natürlich nicht einfach ist. Er zwingt mich zu langsamem Lesen. Das hat einen Vorteil: ich lese genau und ich denke dabei:
Zum Beispiel:
»Omaggio a Maria.« Der Dichter sieht Maria mit dem Kind auf dem Schoß, und sie weiß (so denkt der Autor), daß sie

den ewigen Gott im Arm hält, und sie sieht das unabwendbare Drama seines Todes am Kreuz.
Das Gedicht ist bewegend, aber...
Woher weiß die Frau aus Nazareth, daß dieses Kind Jahwe ist – denn ihr Gott ist doch Jahwe. Hat es ihr nicht der Verkündigungsengel gesagt? Ja, der Erzählung nach; aber diese Erzählung bei Lukas ist mythologischer Natur. Mirjam, das Mädchen, das Jungfrau blieb (in, bei, nach der Geburt, laut Dogma), weiß das alles doch nicht. Heißt das, daß die Geschichte nur eine fromme Legende ist? Sie ist mehr, viel mehr. Sie ist ein großer Mythos.
Aber man kann die Geschichte auch anders lesen. Da ist eine Mutter, irgendeine, die ihr Kind anschaut und dabei denkt: Ach Kind, was für ein Schicksal wirst du haben in deinem Leben, in dieser harten Zeit; du wirst Soldat werden und Menschenbrüder erschießen müssen oder du selbst wirst erschossen, und auch wenn es anders kommt, wirst du leiden, denn Leiden ist unser aller Schicksal.
Muß es der Mutter, jeder Mutter, nicht das Herz zerreißen, an die Zukunft ihres Kindes zu denken, auch wenn ihr Kind nicht in Jerusalem am Kreuz stirbt? Jeder Mensch stirbt an einem Kreuz.
Ich lese die Geschichte noch anders: Maria, die Große Mutter, die Erdenmutter, die weibliche Ur-Gottheit, aus deren weltenweitem Uterus die Menschheit stammt, sie sieht weinend das Schicksal der Menschheit voraus, die ihr Kind ist.
Stammt der Mensch nach den Mythen vieler Völker und nach der modernen Anthropologie nicht aus dem Meer, dem ozeanischen Fruchtwasser? Erinnern wir uns in Mythen und Träumen, in uralten und neu auftretenden Symbolen nicht an unser Leben als Fisch, und ist nicht der Fisch das Symbol für den Christus Jesus, und sind wir im Uterus nicht noch fischähnliche Wesen? Sieht die Urmutter voraus, was der Mensch, einmal dem Urmeer entstiegen, lei-

den wird? Nicht an ihr menschliches Ein-Kind denkt sie, sondern an das Weltenkind, die Menschheit. Und sie weint über das, was sie sieht. Das von ihr Geborene, es wird wieder vergehen.
Ihr eigenes Kind, Jeschua, stand es nicht vom Tode auf? Ist es nicht das Leben schlechthin? Trockne deine Tränen, Erdenmutter, du wirst wieder gebären. Du teilst das Schicksal aller Mütter, du leidest das Schicksal der Menschheit.
Hiermit sind wir weit entfernt vom süßlichen Marienkult. Wir stoßen vielmehr zum tiefsten Geheimnis vor, das zugleich das lichteste und das dunkelste ist – das Geheimnis vom ewig sich wiederholenden Werden und Vergehen.

Demokraten – Antidemokraten. Unter dem Eindruck der politischen Entwicklung in Franco-Spanien, Mussolini-Italien und Hitler-Deutschland, schrieb Thomas Mann in einem seiner Tagebücher, ich glaube 1935, es gebe keinen Liberalismus mehr. Vermutlich wollte er sagen, er glaube nicht an die Möglichkeit der Demokratie. Darin gleicht er den Häuptern der katholischen Kirche: die haben im Zweiten Vatikanischen Konzil ausdrücklich die Vorschläge fortschrittlicher Theologen (wie Karl Rahner), die Kirche zu demokratisieren, verdammt. Haben die Anti-Demokraten vielleicht recht? Gibt es den DEMOS, das »Volk«, als politische Instanz? Was wollen wir alle eigentlich?
Die Italiener wollen und praktizieren die Anarchie, und die Ehrlichen unter ihnen geben das zu. Die katholische Kirche ist ein Ein-Parteien-Staat mit einem starren System, von dem die Oberen glauben, es sei auf einen ewigen Felsen gebaut. Die Ostblock-Völker probieren die Demokratie wie Klein-Kinder das Laufen und fallen dabei (wirtschaftlich) auf die Nase. Die in akuten Krisen- und Kampfzeiten »starken Männer« werden nach einiger Zeit zu dekorati-

ven Staatspräsidenten oder zu Handlungsreisenden in Sachen Wirtschaftshilfe. Oder man bringt sie um unter der Beschuldigung, sie seien Diktatoren gewesen nach dem Wunsch des Volks.

Ist Demokratie denn überhaupt möglich? Ist sie eine Utopie? Die Gegen-Utopie zu jener vom guten König? Schreien nicht viele Russen nach einem Väterchen Zar? Halten nicht viele Völker an ihrem König fest: die Norweger, die Schweden, die Dänen, die Engländer, die Belgier, die Holländer, die Spanier? Und wir Bayern, hätten wir nicht gern einen freundlichen dekorativen harmlosen Wittelsbacher auf dem Thron, auf den nun mal kein Parteipolitiker paßt?

Was eigentlich steht hinter dem Wunsch nach einem starken, aber milden Herrscher?

Graben wir tief genug hinunter in unserm vagen Wunsch nach dem König, geraten wir in die Welt der Mythen, wo die Urbilder hausen, unsterblich, und da finden wir das Urbild »König«, und hinter dem Urbild König steht das Urbild Gott. Was wir suchen, ist das Zentrum des Universums, den Punkt Alpha, der zugleich der Punkt Omega ist. Wir suchen den Ur-Vater, der unser Tun lenkt, der unsre Bitten erhört, der unser Vertrauen nie enttäuscht. Noch tiefer gegraben: wir suchen den Sinngeber. Wir suchen den Ewig-Zuverlässigen, wir suchen die Nabe des ewig sich drehenden Weltenrads.

Unser Bild von Gott: der Herrscher auf dem Weltenthron, in der Hand die Erdkugel, in der andern das Szepter, mit dem er sich selbst legitimiert. Wer aber ist es tatsächlich, der ihn legitimiert? Ist es nicht der Mensch? Ist nicht das Ziel der Demokratie der Sturz der Theokratie, die Entthronung Gottes, das Einschmelzen des Goldes von Thron, Krone, Szepter und das Verteilen des Geldes an die Armen der Welt? Wollen wir das wirklich?

Nein: wir wollen unsern König.

Aber hat der Weltenkönig nicht selber abgedankt, indem er Mensch wurde und den Menschensohn, den Menschen schlechthin, auf den Thron erhob?
Ist nicht der GOTT am Kreuz gestorben, damit der MENSCH göttlich werde? Ich spreche hier die Gedanken des Apostels Paulus und jene einiger Mystiker aus, also keine Häresie.
Diese Fragen bedrängen mich nicht etwa theologisch, sondern existentiell.

Ein Kriegsbuch lesen. Ein Roman mit dem Titel ›Der Soldat aus dem großen Krieg‹, geschrieben von Mark Helprin, einem 1947 geborenen US-Amerikaner, der im Israel-Krieg gekämpft hat und also den »großen Krieg« nicht kennt, wohl aber den Krieg an sich. Ein Kriegsbuch von 900 Seiten.
Schon lange abgeschreckt durch Ernst Jüngers scharf brillante, gefährliche Kriegsbücher, las ich lebenslang keines mehr außer Tolstojs ›Krieg und Frieden‹, Lawrences ›Sieben Säulen der Weisheit‹ und Hemingways ›Wem die Stunde schlägt‹. Jetzt aber nehme ich das Kriegsbuch dieses jungen jüdischen Amerikaners zur Hand, und nach den ersten 20 Seiten bin ich bereit, alle 900 zu lesen. Ich lese sie, Seite für Seite, fast Zeile für Zeile, immer mit dem Gefühl, einen Abschnitt noch mal lesen zu müssen, weil ich zu sehr auf die Ereignisse hin gelesen, also nur die oberen Schichten aufgedeckt hatte, während das Buch ein Berg ist, der, Schicht um Schicht, aufgegraben werden muß, damit man in die Nähe des glühenden Kerns gelangt.
Was kommt vor in diesem Buch?
Ein alter, aristokratischer, römischer, emeritierter Universitätsprofessor für Ästhetik, im Ersten Weltkrieg Soldat, macht eine Wanderung. Er trifft »per Zufall« einen Arbeiterjungen, der in allem sein Gegenteil ist (man kann ihn

auch als die Figur des Ewig-Jungen in ihm selbst sehen): jung, proletarisch, gesund, naiv und, lang nach dem Zweiten Weltkrieg geboren, ohne jedes Wissen von dem, was »Krieg« ist. Die beiden haben das gleiche Ziel: einen 70 km entfernten Ort im Norden Roms. Ein langer Fußmarsch durch eine einsame Gegend, während der Alte dem Jungen sein Leben erzählt. Ein seltsames Unterfangen, dem unwissenden Jungen das komplizierte Wissen eines Philosophen verständlich zu machen. Aber das Wissen ist aufgehängt an den realistischen Kriegsabenteuern des Alten, an dessen strategischem und phantastischem Detailwissen, und das interessiert den Jungen, der durch primitiv-gescheite Fragen den Alten zum Immer-weiter-Erzählen provoziert.

Ein simpler literarischer Kunstgriff, kann man sagen. Aber in diesem Buch gibt es keine primitiven Tricks und keine Verlegenheitslösungen. Alles ist »legale Arbeit«, sozusagen. Anders gesagt, hochstilisierte Kunst wird wieder Natur.

Der Alte erzählt also von seinen Kriegserlebnissen. Wieso, wozu? Will er den Jungen für den Krieg begeistern? Will er ihn abschrecken? Will er sich selbst als Helden vorstellen? Oder aber als Kriegsgegner? Weder noch. Er berichtet das Erlebte. Eine subjektive Kriegschronik des Ersten Weltkriegs: wüste brutale Kampfszenen, rührende menschliche Begegnungen, das Erlebnis der soldatischen Gemeinschaft, Abenteuer am Rande des Todes, Desertion, haarscharf an der Exekution vorbei, radikale Einsamkeit auf Beobachterposten in einer Höhle hoch im Gebirge, eine subtile Liebesgeschichte unaufdringlich eingewoben (sie hat sogar ein happy-end, dem Bedürfnis des Autors nach Sinn und Harmonie entsprechend). Hat der Autor alles selbst erlebt? Oder hat er alles grandios phantasiert? Vermutlich hat er Selbst-Erlebtes hochgesteigert und vieles dazuerfunden. Aber fragt sich das der Leser? Die ›Odyssee‹ lesend, fragt er ja auch nicht, ob Odysseus einen Cyklopen sah und eine

Circe, welche Männer in Schweine verhexte, und ›Moby Dick‹ lesend fragt man auch nicht, ob Melville nicht einfach ›Seemannsgarn‹ spinnt. Man glaubt das Unglaubhafte, wenn der Erzähler ein Magier der Sprache ist. Und das ist Mark Helprin.

Ich las das Buch nochmals und fragte mich zuletzt: Wollte der Autor überhaupt ein Kriegsbuch schreiben? Ja und nein. Aber was meinte er mit »Krieg«, und was bedeuten ihm seine realen und orgiastischen, phantasierten Kriegsabenteuer? Und was bedeutete die Wanderung des Alten wirklich? Der Junge hat ein Ziel, das mit einem Ortsnamen bezeichnet ist. Der Alte hat, so sagt er, dasselbe Ziel. Aber schon wird die Sache zweideutig. Das Ziel des Alten ist kein Ort, sondern der Un-Ort, die Un-Zeit, die »Ewigkeit«. Er geht in den Tod. Er will in der freien Natur einen freiwilligen Natur-Tod sterben: an Alterserschöpfung. Der Junge denkt nicht an derlei, aber sein Ziel ist dennoch der Heimgang, der Tod; er weiß es nur noch nicht.

Der Alte hat seinen Lebensweg zurückgelegt, der Junge hat ihn vor sich. Leben und Tod, beides ein Traum. Auch der Krieg: ein Traum. Für den Alten das Synonym für die unlösbare Verbindung von Leben und Tod. Eros und Thanatos sind eins. Wenn der Soldat pflichtgemäß tötet, obwohl er dagegen ist, so weiß er, daß er nur den materiellen Teil des Feindes trifft, dabei aber den unsterblichen Teil des Toten befreit. Sein Töten geschieht nicht im Auftrag des Kriegsministeriums, sondern des Schicksals. Freilich kann hier eingewendet werden, das sei ein Um-Lügen, ein Um-Werten des Kriegsschreckens. Das wäre es, wenn für ihn der Krieg eben der materielle Krieg wäre. Aber für ihn ist er ein Mythos. Alle Schilderungen von Kämpfen in Kunst und Religion sind nicht simple Realität, sondern Mythologie: das Leben als Kampf, Ur-Kampf von Anbeginn bis heute. Auch die Engel kämpfen, und ihr Anführer ist Michael, und der Kampf ist der Kampf des Lichts gegen die Finsternis.

Solche Gedanken finden sich mehr oder minder deutlich bei Mark Helprin und geben diesem »Kriegsbuch« seine unheimliche Tiefendimension. Helprin ist, das ist klar, ein religiöser Mensch, ein junger Weiser, vielleicht eine Art Chassid, jedenfalls ein tief Gläubiger. Sein Buch endet mit dem Gebet des sterbenden Alten: »Lieber Gott... laß mich zu denen, die ich liebe.«

Liebe, Kampf, Traum: Schlüsselworte. Der reale Krieg, gesehen durch das Medium großer Kunst, führt zur Katharsis. Es gibt in dem Reichtum aller Szenen, Einfälle, Personen des Buches auch eine kaum getarnte Anti-Kriegs-Erklärung: die Figur des Orfeo Quarta. (Orfeo!) Ein Schreiber im Kriegsministerium. Ein scheinbar ganz untergeordneter Angestellter. Tatsächlich aber hat er die Rolle des »buckligen Männleins« in einem bösen deutschen Kinderlied: die Rolle des zerstörenden Dämons. Dieser groteske Gnom hält alle Fäden in der Hand. Er schreibt nach Gutdünken die Stellungsbefehle, Todesurteile, Begnadigungen. Er schreibt in seiner altmodischen schönen Handschrift und haßt die neu eingeführten Schreibmaschinen. Hier mischt sich wohl des Autors Haß auf die Technik ein, der Haß auf die Maschine, die ihm für Kriegsmaschinerie und jede Art Bürokratie steht. Im Roman will der Held den Gnom töten, aber die Schreibmaschine kommt ihm zuvor: sie stürzt sich auf den, der sie haßt: den Gnom im Kriegsministerium. So wäre denn das Buch doch ein Anti-Kriegsbuch? Falsch. Es ist weder dies noch das. Es ist der Bericht eines Mannes, der das Leben heiß liebt, aber weil der Tod Teil des Lebens ist, auch den Tod liebt und der selbst beim befohlenen Töten erlebt, daß der Lebensstrom weiterfließt. So wird das Töten auf mythische Art zu einem Akt der Lebenszärtlichkeit und Zeugnis des Glaubens an die Unsterblichkeit des Menschen und der Liebe.

In aller Kürze: dieser Mark Helprin ist kein Kriegschronist, sondern ein Mystiker und ein bedeutender Dichter. Nur

macht er es dem Leser schwer, ihn zu verstehen und bis zu jener Tiefe vorzudringen, die ich den glühenden Kern nenne.
Für einen professionellen Rezensenten wäre es interessant, das Buch so zu lesen, wie man die Partitur einer Symphonie studiert. Er fände, daß dieses Buch mit all seiner scheinbaren Chaotik schön durchkomponiert ist: mit dem Wechsel von Dur und Moll, von Andante und Allegro furioso, von Marcia funebre und Scherzo, von Thema und Umkehrung und so fort. Ein literarisches Meisterstück.

Volksschriftsteller sein. In einer deutschen Zeitung wurde ich »Volksschriftstellerin« genannt. Es war unfreundlich gemeint. Abschätzig. Eine definitive Disqualifikation.
In Kaufhäusern findet man Waren mit dem Etikett: »Zweite Wahl.« Also schlechtere Ware.
Der Volkswagen war gedacht als das Auto für den kleinen Mann, fürs minderbemittelte Volk.
Der »Volksschriftsteller« schreibt Literatur zweiter Wahl, gut genug für die kleinen Leute aus dem Volk, für Nicht-Akademiker, Verkäuferinnen, Handlungsreisende, Handwerker, kleine Angestellte, Nichts-als-Hausfrauen, für die Nichtgebildeten, die höchstens die mittlere Reife haben. Die professionellen Kritiker verachten Autoren, die fürs Volk schreiben. Literatur, die vom Volk gelesen, verstanden, geliebt wird, ist eo ipso Ware zweiter Wahl. Literatur hat schwierig zu sein, exklusiv, hermetisch. Je unverständlicher, desto besser.
Es gibt tatsächlich eine Literatur, die so schwer zu verstehen ist, daß sie nur wenigen Lesern zugänglich ist: Novalis, zum Beispiel, auch Joyce, auch Celan.
Aber ihre Schwerverständlichkeit ist kein Kriterium für ihre Größe. Und nicht alle Literatur, die sich schwer ver-

ständlich gibt, ist groß. Viele, vor allem junge Autoren, wollen etwas Ausgefallenes schreiben, um interessant zu sein. Interessant für Kritiker, die nach Neuem aus sind und sich bluffen lassen. Dies nebenbei.

In der Musik hat man sich entschlossen, einzuteilen in E-Musik und U-Musik. Eine blödsinnige Unterscheidung. Jedermann meint beurteilen zu können, was das eine und was das andre ist. Ich kann es nicht. Ich weiß, daß Webern, zum Beispiel, nicht unterhaltend ist, sondern schwer, ernst, quälend. Und ich weiß, daß Mozart eine Menge unterhaltender Musik schrieb ohne besondern Anspruch auf hohe Qualität. Einige Leute, denen ich die Frage vorlegte, was für sie E-Musik sei, sagten: Beethovens Neunte. Die Befragten waren musikalisch ungebildet, aber sie »verstanden« die Neunte. Sie verstanden sie auf ihre Art. Spielte ich ihnen aber eine Schallplatte mit dem Quartett opus 133 vor, so fanden sie es zu schwierig. Beide Stücke sind vom selben Komponisten. Aber an die Neunte hat man sich so gewöhnt, daß sie schon fast U-Musik geworden ist. Musik fürs Volk. Wo, bitte, ist der qualitative Unterschied zwischen Schuberts ›Rosamunden-Quartett‹ und seinem C-Dur-Quintett? Je mehr ich über diese Fragen nachdenke, um so weniger kann ich sie beantworten, genau so wenig wie die Frage nach dem literarischen Ort der Volksschriftsteller. Warum stellt man solche Fragen? Und doch kann man sie nicht ganz beiseite schieben. Als Tolstoj schon weltberühmt war mit seinen großen Romanen ›Krieg und Frieden‹ und ›Anna Karenina‹, entschloß er sich, fürs Volk zu schreiben, dessen dumpfe Unwissenheit ihn tief bewegte. Wie der Schweizer Schriftsteller Pestalozzi wollte er »dem armen Volk aufhelfen« durch Aufklärung und Erbauung. Also schrieb Tolstoj Bücher fürs Volk. Was dabei herauskam, ist keine große Literatur, denn wer gezielt fürs Volk schreibt, der tut sich Gewalt an und verrät seine Kunst. Ich verstehe sehr gut, daß Tolstojs Frau entsetzt war über seinen Abstieg. Aber sie verstand nicht, daß Tolstoj sich seines »Aristokratentums« in Lebenshaltung und Literatur schämte. Er leistete einen Akt politisch-religiöser Askese. Das ist tief zu respektieren.

Es ist nun freilich etwas anderes, wenn ein großer Schriftsteller AUCH fürs Volk schreibt, obwohl er anders kann, oder ob jemand eben nur Ware zweiter Wahl zustande bringt. J. P. Hebel (der einem immer als »Volksschriftsteller« präsentiert wird) schrieb fürs Volk, in vollem Bewußtsein, daß man dem Volk zwar aufs Maul und in die Seele schauen muß, aber dabei keinen Erbauungsschund schreiben darf. Er schrieb fürs Volk auf hohem Niveau. So gehts also auch.

Ich habe nie fürs Volk geschrieben (außer in Aufsätzen für Zeitschriften). Ich habe nie um die Gunst irgendwelcher Leser gebuhlt. Ich schrieb, wie ich nach meinem angeborenen Gesetz schreiben mußte. Wenn mich das »Volk« liest, so nicht deshalb, weil ich ihm billige Ware liefere, sondern weil ich stellvertretend für die Sprachlosen die Leiden meiner Mitmenschen kenne und zur Sprache bringe. Daß unter meinen Lesern auch Leute von hohem geistigen Rang sind, kommt daher, daß ich für niemand schreibe, also für alle. Nun: ich lasse mich gern Volksschriftstellerin nennen, denn ich gehöre zum Volk.

Thomas Manns Tagebuch von 1950. Er hatte bestimmt, daß seine Tagebücher – »without any literary value« – erst 20 Jahre nach seinem Tod geöffnet werden dürften. Er rechnete fest damit, Gegenstand intensivster Forschung zu bleiben.

»Es kenne mich die Welt, aber erst wenn alles tot ist. Heitere Entdeckung dann« (Eintrag vom 13. 10. 1950). Wenn alles tot ist. Was? Wer? Wenn alle tot sind. Er starb 1955. Die ersten Tagebücher wurden 1979 publiziert. War da »al-

les tot«? Tot war er. Aber es lebten noch viele seiner Zeitgenossen, es lebte Katia, seine Frau, es lebten die Kinder Monika, Golo, Medi und die Enkel, um nur seine Familie zu nennen. Aber es lebten auch viele andere, bekannte Persönlichkeiten, und er schreibt Intimitäten über sie, so über meinen im vorigen Jahr verstorbenen Freund Fritz Landshoff. Das Problem der Aufrichtigkeit, die die Grenzen der Diskretion mißachtet, beschäftigt mich qualvoll, jetzt, da ich den zweiten Teil meiner Autobiographie zu schreiben begonnen habe.
P. S. Die Entdeckungen, die Thomas Mann für »heiter« hält, sind ganz und gar nicht heiter für den späten Leser. Im Gegenteil. Aber man hat zu Recht auch auf das Platen-Zitat verwiesen: »Es kenne mich die Welt, auf daß sie mir verzeihe.«

Zürcher Quartett-Abend. Seitdem ich in fast sträflicher Selbstüberschätzung 1985 den Vortrag zur Eröffnung der Berliner Festwochen in der Philharmonie übernommen habe, den ich schließlich (mit viel Lampenfieber) vor einem Festpublikum hielt und der dann richtig »einschlug« (Thema: ›Die Aufgabe der Musik in der Gesellschaft von heute‹), hält man mich für eine der seltenen Personen, die als Schriftsteller auch etwas von Musik verstehen (Eugen Drewermanns mich tief bewegende Widmung in seinem Buch ›Milomaki oder vom Geist der Musik‹: »Für Luise Rinser, in deren Werk und Leben Musik und Dichtung eins sind«). Man lädt mich immer wieder ein, über Musik zu reden: vor drei Jahren in der ganz wunderbaren Kirche in Payerne im Schweizer Kanton Waadt die Texte zum Bachschen ›Magnifikat‹ zu sprechen, am Bayerischen Rundfunk eine lange Sendung zu machen ›Musik meiner Wahl‹, die mir zu einem historischen Querschnitt von der altgriechischen Musik bis zur heutigen geriet; eine weitere ähnliche, einige öffentliche Gespräche mit Isang Yun in

Berlin und so fort. Nun die Einladung nach Zürich: Vor- und Zwischentexte zu einem Abend mit Streichquartetten meiner Wahl zu verfassen. Ich nahm (wieder mich kühn überschätzend) mit Freude an und bereute es bald, als mich die Fülle der Quartette und die Beschränkung auf eine 90-Minuten-Sendung (Musik und Wort) in wahre Panik versetzten. Was auswählen? Zwei, höchstens drei Quartette würden schon ein Konzert füllen. Schließlich die harte Entscheidung, von wichtigen Quartetten nur charakteristische Sätze zu wählen. Schallplatten, CD, Bänder abhören, immer wieder, dutzende Male, wochenlang, Versuchung, dem Zürcher Publikum kein »Feierabendkonzert« (so heißt die Reihe, der Titel störte mich) anzubieten, bei dem es passiv sich was Schönes vorspielen läßt, sondern es zu erschrecken mit neuer Musik (die für den Musiker schon längst nicht mehr »neu« ist, aber den Hörgewohnheiten der normalen Konzertbesucher zuwiderläuft), also Hindemith, Bartók, Schönberg, Webern, Blacher (atonale und Zwölfton-Musik). Ich könnte diese Wahl begründen: schöne klassische Musik kann man sich zu Hause von Platten vorspielen lassen und die klassische Dreiklangtonalität genießen und dabei sich entspannen, unbekümmert um das Elend der Welt.

Musik als Genußmittel: ein Mißverständnis, an dem viele Interpreten schuld sind. Man meint, klassische tonale Kammermusik müsse klangreich und gefühlvoll gespielt werden; selbst die unerbittliche Härte der letzten Beethoven-Quartette entschärfte man, und Schubert gar wurde sentimentalisiert. Weder Schubert noch Beethoven noch Mozart schrieben sentimentale Quartette. Schon bei ihnen spürt man den Bruch mit der klassischen Musik, der relativ heilen Welt. Da gibt es bereits fremde Klänge, bedrohliche, unheimliche, schmerzende Einbrüche heraufkommender Katastrophen. Man überspielte sie. Man muß nicht Bartók spielen, um die wilde und strenge Härte moderner Musik zu hören. Ich brauchte nicht nur Musik aus der Mitte unseres

Jahrhunderts, um die schreiende Not unserer Zeit hörbar zu machen. Unsere Misere, unsere Revolten, unsere Verzweiflungen finden wir auch schon in der Musik des vorigen Jahrhunderts, wo sie allerdings noch »schön« klingen wie bei Dvořák und Debussy.

Musik, die schön ist und nicht auch weh tut, ist billige Musik, wie »rosa Romane« billige Literatur sind. Musik lebt aus Spannungen, und die sind immer unbequem.

Mein Entschluß: nicht nur »moderne« Musik zu wählen, sondern auch klassische, aber unter den klassischen Quartetten solche Sätze, die kein Genießen erlauben, sondern zum Mit-Denken zwingen.

Quartett-Abende mag das Publikum nicht gern, das weiß man. Wieso?

Symphonie-Konzerte mag man, weil man das Repertoire kennt und weil sie einem erlauben, in einem Gefühlsrausch zu versinken. (Beethovens Symphonien zum Beispiel.) Man hat keine Mühe beim Hören.

Quartette in ihrer strengen Vierstimmigkeit aber zwingen einen zum Mithören. Die Quartettform ist die strengste musikalische Form; da hört man jeden kleinsten Fehler in Klang und Rhythmus.

Es ist die schwierigste Aufgabe für die Musiker. Da gibts keinen Dirigenten. Da gibts nur vier »gleich-mächtige« Spieler. Der erste Geiger gibt allenfalls Zeichen mit den Augen. Man meint zu wissen, was ein Streichquartett ist. Sehr einfach: vier Leute, davon zwei Geiger, ein Bratschist, ein Cello. Da könnten auf dem Podium die vier größten Solisten der Welt sitzen, und es könnte ein schlechtes Quartett sein, denn den Solisten fiele es schwer, sich einzuordnen und auf ihr Star-Solistentum zu verzichten.

Quartettspielen ist eine strenge Schule, nicht nur musikalisch, auch menschlich. Der Hörer darf nicht sagen: Das ist ein hervorragender Cellist oder ein glänzender erster Geiger. Er muß sagen können: das ist ein wunderbares Quar-

tett. Da brauchts viel Disziplin, besser gesagt: viel Demut.
Ich weiß das, denn durch meine Schuld hatte ich einmal ein Quartett auseinandergebracht, ein Schülerquartett. Ich spielte zweite Geige, war keineswegs die beste, hatte aber das beste Instrument, eine böhmische Geige; ich wollte ihren vollen Klang zur Geltung bringen, so überspielte ich rücksichtslos die anderen, bis sie zu Recht nicht mehr mochten. Das war mir, der Fünfzehnjährigen, eine Lehre fürs Leben.
Zu meinem Zürcher Quartettprogramm: also doch ein Kompromiß: einige schwierige Sätze klassicher Musik, Haydn, Beethoven, Schubert, nach Haydn als Bürgerschreck die ›Sechs Bagatellen‹ von Webern, dann drei Werke, die, jeweils auf sehr eigene Art, aus der Folklore kommen: Tschaikowsky, der Russe, Dvořák, der tschechische Böhme, Bartók, der Ungar, dann, als hübscher Ausklang, die ›Italienische Serenade‹ von Hugo Wolf (keineswegs von mir geliebt), aber nun doch ein wenig Publikums-Entspannung, die ich freilich durch ein querköpfiges Nachwort noch einmal störe. An dessen Schluß hätte ich gerne etwas Positives gesetzt: die aller-neueste Musik, etwa die von Isang Yun. Nachdem Isang Yun durch das Inferno von politischer Verfolgung, Tortur und Gefängnis und viel Krankheit und Armut gegangen war und, musikalisch gesehen, in der »Darmstädter Schule« alle modernen Kompositionstechniken gelernt hatte, die restlos aufräumten mit der »Schönheit in der Musik«, fand er zuletzt wieder zu einer neuen Art von Schönheit, freilich einer härteren Art, aber immerhin einer, die eine Auferstehung größerer Harmonie verspricht. Leider steht uns sein neues Quartett noch nicht zur Verfügung. Bei seiner Musik fällt mir Rilkes Wort ein: »Das Schöne ist nichts als des Schrecklichen Anfang.« Ich wage, das Wort umzukehren: Alles Schreckliche ist der Anfang des (neuen) Schönen.

Berliner Erfahrung. Februar 1992. Trotz aller meiner politisch-menschlichen Erfahrungen habe ich mir eine gewisse Naivität bewahrt. Ich glaube eigensinnig an die Möglichkeit der friedlichen Verständigung unter denkenden Lebewesen.
So flog ich nach Berlin zu dem Treffen der Mitglieder der Ost- und der West-Akademie der Künste, die bis 1949 die bedeutende »Preußische Akademie für Kunst und Wissenschaft« war. Die Teilung Deutschlands teilte auch die Akademie. Gewaltsam. Mit den Jahren unterliefen wir die scharfe Trennung: Mitglieder der einen Akademie wählten solche der anderen, freilich nur ausnahmsweise. Wir vom Westen wählten einige, denen wir mit dieser Wahl die Ausreise in den Westen erleichterten. Umgekehrt wurden einige, die denen im Osten links genug erschienen, in die Ost-Akademie gewählt. Es ging zögernd hin und her. Eine klare politisch-ideologische Linie war nicht zu erkennen. Mir liegen Namen auf der Zunge, Namen von Ost-Kollegen, die ein mehr oder minder undurchsichtiges Doppelspiel trieben. Aber daß eben diese Schuldfrage aufgeworfen würde, wollte ich vermeiden, denn ich habe ja die Szene schon einmal durchlebt, als wir Bundesdeutschen nach dem Krieg die Säuberung von Nazis durchführen wollten. Die waren genauso überall hineinverflochten wie die im Osten. Die im Osten tun freilich bis heute so, als hätten sie keine Nazis gehabt. So etwas nennt man Verdrängung. Man schiebt den Sündenbock dem Westen zu, als sei die nachmalige DDR nicht ebenso Teil des Nazi-Deutschlands gewesen. Derlei ist Heuchelei und politische Lüge. Sollen wir jetzt mit gleichen Methoden arbeiten? Wir wissen doch, wer von unseren Kollegen nicht etwa nur mit der SED arbeitete, sondern mit der Stasi, dem Geheimdienst. Vielmehr: wir wissen es noch nicht genau von allen. Mit denen, von denen klar erwiesen ist, daß sie Denunzianten waren (ob freiwillig oder gezwungen), können wir freilich nicht zusammen-

arbeiten. (Noch lange nicht.) Die Schlimmsten kamen schon gar nicht zum Treffen; sie haben sich vorher selbst aus der Akademie ausgeschlossen.
Meine alte Naivität. Ich dachte, wir würden sagen: Schütten wir den Graben zu, vergeben wir Geschehenes; auch wir haben politische Fehler gemacht, und viele von euch im Osten haben ja an ihren (Schein-)Sozialismus geglaubt wie wir an unsere (Schein-)Demokratie. Mitläufer hier wie dort.
Ich war 1945 in eine »Entnazifizierungs-Kommission« gewählt worden. Ich sollte mitentscheiden: die Schafe zur Linken, die Sünden-Böcke zur Rechten. Ich gabs bald auf, denn bei den Böcken waren die Wirtschafts- und Finanzexperten, die unter Hitler gearbeitet hatten, und für sie, die Spezialisten, war kein Ersatz. Und so waren die alten Nazis, sofern sie nicht offenkundige Kriegsverbrecher gewesen waren, bald wieder an ihren Plätzen und brachten Deutschland auf die ungeahnte wirtschaftliche Höhe, von der wir Westlichen alle profitieren. So wirds, sagte ich denen im Osten, euch auch gehen.
Ja, aber das ist keine Lösung. Das Problem sitzt tief wie ein Tumor, der wuchert.
Wir sahen es auf der Tagung: wir West-Kollegen waren bereit, die Ost-Kollegen ohne Rücksicht auf ihre ideologische Position zu uns »heimzuholen«. Aber eben das wollten sie nicht. Sie wollten nicht »heim ins Reich«, sie wollten die versöhnliche Umarmung mit dem großen Bruder nicht. Sie wollten sich nicht schlucken lassen vom Westen. Mit Recht: sie hatten sich autark und unter vielen Opfern ihren Kulturbereich aufgebaut und der gesamtdeutschen Kultur viel Gutes eingebracht in der Literatur, der Musik, im Theater.
Die Schriftsteller waren schließlich bereit zur Vereinigung, in einer einzigen Akademie. Wer nicht bereit war, das waren die bildenden Künstler. Sie saßen da mit dem Messer

zwischen den Zähnen. Nein, nein, dreimal nein: keine Vereinigung en bloc. Vielleicht Einzelzuwahlen... Einen Tag und einen halben Tag lang diskutierten wir, dann gab es eine Wahl: wer will, daß sich die beiden Akademien wieder vereinigen und wer wills nicht. Abstimmung: zwei Drittel Mehrheit für die Vereinigung. Immerhin. Es war ein mühsames Ergebnis. Walter Jens sagte, es gebe keine Sieger und keine Besiegten.
Ja, schon. Aber was jetzt? Was tun jene im Osten, die sich nicht anschließen? Eine eigene Ost-Akademie gründen? Das geht nach den Statuten nicht. Eine Geheim-Akademie? Eine nicht-konstituierte? Geht nicht, weil Akademien die finanzielle Unterstützung der Landesregierungen brauchen. Eine Gruppe von Einzelgängern, die zu keiner Akademie gehören. Möglich. Aber wie traurig wäre dieses Ergebnis.
Wie tief die Kluft geworden war im Lauf der Jahrzehnte, erschreckte mich. Obwohl ich doch in den letzten Jahrzehnten so oft in der DDR gewesen war zu Lesungen und Gesprächen: die Tiefe der Kluft hatte ich nicht ermessen.
Während der Sitzung lief in mir ein anderer Gedanke ab: Was streitet ihr um die Akademie, während ringsum die Welt brennt? Robert Jungk sagte es dann auch laut. Und dennoch: Jede kleine Geste der Versöhnung ist ein Beitrag zur Welt-Versöhnung und zur Welt-Harmonie. Ich lasse das große Wort stehen, obwohl es mir selbst zu groß erscheint. Utopie ist es, was uns hilft, weiterzuleben. Sonst bleibt uns nur der Massenselbstmord.
Aber das, was ich erhofft hatte, blieb aus: das große Verzeihen. Die radikale Aussöhnung von Mensch zu Mensch. Mit Schrecken begriff ich, daß nicht nur die große Spannung Ost–West bleibt, sondern auch, mühsam überdeckt, jene innerhalb der einzelnen Akademiemitglieder.
Wieder fragt meine Naivität: Seht ihr nicht, daß die Zeit der Ideologien vorbei ist und daß uns nichts bleibt als die

Zusammenarbeit beim Aufbau eines neuen Sozialismus, der euch und uns überleben hilft?
Ich kam heute aus Berlin zurück. Ich bin diesem Kleinkriegen nicht mehr gewachsen.
Bleibt die Frage: kann, muß, darf man verzeihen, was einer einem anderen angetan hat? Konkret: wenn man weiß, daß durch eine absichtliche Denunziation ein Mensch ins Gefängnis kam – darf man dem verzeihen? Kann man Hitler verzeihen oder Himmler oder dem KZ-Schlächter Hoeß oder – ach, es sind so viele.
Wer ermächtigt mich, denen zu verzeihen?
Hier betreten wir eine hohe, metaphysische Ebene. Gilt der ostasiatische Satz »Tat twam asi« und das Wort Jesu »Was ihr meinem geringsten Bruder angetan habt, das habt ihr mir getan«?

Ostern 1992: Ich überdenke den Titel dieses Tagebuchs: ›Wir Heimatlosen‹. Sind wir wirklich Heimatlose? Gibt es keine Heimat für uns?
O doch! Der Dichter Novalis sagt es: »Wo gehn wir denn hin?« – »Immer nach Hause.«